大いなる遺産

上巻

チョーンシー・ヘア・タウンゼンドに愛情をこめて進呈する

1

父の姓はピリップ、自分の名はフィリップで、幼い私の舌はどちらも短くあいまいにピップと発音するのが精いっぱいだった。だから私は自分をピップと呼び、まわりからもピップと呼ばれるようになった。

ピリップが父の姓だと言ったのは、墓石にきちんとそう書いてあるし、鍛冶屋《かじや》に嫁いだ姉のジョー・ガージェリー夫人からもそう聞いたからだ。私自身は父も母も見たことがない。ふたりの似姿さえ目にしたことがなかったので（写真の発明はまだずっと先のことだ）、頭のなかに初めて思い浮かべた父母の面影は、理屈に合わないけれど、墓石から呼び起こしたものだった。父の墓に書かれた文字の形から、不思議と彼はがっしりしてたくましく、日焼けして、波打つ黒髪の人という気がした。母のほうは、〝およびジョージアナ、上の者の妻〟という墓碑銘の字体と雰囲気から、そばかすがあって病弱な人という子供らしい結論を出した。両親の墓の横に、おのおの五十センチ足らずの小さな菱形《ひしがた》の石棺が五つ、きれいに並んでいたが、それはあの万人共通の闘いであまりにも早く生きるのをあきらめてしまった幼い五人の兄たちの墓碑だった。その石の形のせいで、私は、彼らがみな仰向《あおむ》けでズボンのポケットに両手を突っこんで生まれ、この世にいるあいだじゅう手を外に出さなかったのだと本気で信じるようになった。

私たちの故郷はくねくねと流れるテムズ川の下流の湿地帯で、海までは三十キロほどあった。生まれて初めて物事のあり方をはっきりと幅広く認識したのは、忘れられないほどひどい天気の、ある夕方だったように思う。そのとき私には、イラクサの生い茂るその荒涼とした場所が、たしかに教会の墓地だとわかった。当教区の故フィリップ・ピリップ、およびジョージアナ、上の者の妻が死んで埋められていること、彼らの幼い息子たち、アレクサンダー、バーソロミュー、エイブラハム、トバイアス、ロジャーもやはり死んで埋められていること、墓地の向こうの平らな暗い荒れ地が、水路や土手や木戸で区切られ、ところどころで牛が草を食《は》む沼地であること、その先の低い鉛色の線が川で、吹きつけてくる風の遠いねぐらが海であること、そして、そのすべてが怖くなって泣きだす、震える小さな塊がピップであることがわかった。

「うるさい！」怒鳴り声がして、教会のポーチの横に並ぶ墓のあいだから男が飛び出してきた。「動くな、小僧。さもないとその喉《のど》をかっ切るぞ！」

粗い灰色の服に身を包み、片方の足に大きな鉄の鎖をつけた怖《おそ》ろしい男だった。帽子はかぶらず、靴は破れ、頭にぼろ布を巻いていた。水にびっしょり濡《ぬ》れて泥にまみれている。岩で足をくじき、硬い石で切り傷を負い、イラクサの棘《とげ》が刺さって、イバラに服を裂かれた男。足を引きずり、ぶるぶる震え、眼を怒らせて、うなっていた。

その男が歯をガチガチ鳴らしながら私の顎《あご》をつかんだ。

「ああ！　どうか喉を切らないでください」私は恐怖に打たれて懇願した。「どうか、お願い」

「おまえの名前は？」男は言った。「さっさと答えろ！」

「ピップです」

「なんだと？」男は私を睨《にら》んで言った。「もっと大きな声で！」

「ピップ。ピップです！」

「家はどこか教えろ」男は言った。「場所を指差せ」

私は自分の村があるほうを指差した。教会から二キロほど離れた、ハンノキの林と枝打ちをした木々のあいだに見える平らな水辺の土地だ。

男は私をしばらく見ていたあと、足をつかんで逆さに吊《つ》り下げ、ポケットの中身を落とした。ひと切れのパンのほかには何も入っていなかった。教会がまたもとどおりに立ち——というのも、男にいきなりすごい力で逆さ吊りにされて、教会の尖塔《せんとう》が足の下に見えていたのだ——とにかくそれがまたもとどおりに立ち、私は背の高い墓石の上に、震えながら坐《すわ》らされた。男はパンをがつがつと食べていた。

「おい、犬ころ」彼は唇をなめながら言った。「おまえのほっぺた、ずいぶんふっくらしてるな」

たしかに肉づきはよかったのだろう。当時の私は歳《とし》のわりに小柄で、強くもなかったけれど。

「食わないでおくのはもったいない」男は脅すように首を振った。「食ってやるか」

どうか食べないでくださいと私は熱心に訴え、坐らされた墓石にがむしゃらにしがみついた。そこから落ちたくなかったのもあるし、泣くのをこらえるためでもあった。

「おいこら」男は言った。「おっかさんはどこにいる？」

「あそこです」私は言った。

男ははっとして逃げかけたが、立ち止まり、振り返った。

「あそこです」私は怯《おび》えながら説明した。「〝オヨビ・ジョージアナ〟。あれがぼくの母さんです」

「そうか！」男は戻ってきた。「それで、おっかさんの隣は親父《おやじ》か？」

「はい」私は言った。「父さんも、そこに〝トウキョウクノコ〟って」

「はっ！」男はつぶやき、考えこんだ。「だったら、おまえは誰と暮らしてる？　そこに帰してやるかどうかは決めてないがな」

「姉さんです――ミセス・ジョー・ガージェリー。鍛冶屋のジョー・ガージェリーの奥さんです」

「鍛冶屋だと？」男は自分の足を見おろした。

暗い顔で足と私を代わる代わる見たあと、私のいる墓石に近づいてきて、両腕で私をつかみ、そのまま支えられる限度までうしろに傾けた。男の眼はとても力強く私の眼を見おろし、私の眼はとても頼りなく彼の眼を見上げた。

「よおく聞け」彼は言った。「この先、おまえを生かしとくかどうかがかかった質問だからな。ヤスリってのを知ってるな？」

「はい、知ってます」

「食いもんもわかるな？」

「わかります」

質問をするたびに少しずつうしろに倒すので、不安と恐怖は増すばかりだった。

「ヤスリを取ってこい」また倒した。「食いもんだ」また倒した。「両方持ってくるんだ」また倒した。「でないと、おまえの心臓と肝臓をえぐり出してやる」また倒した。

私は怖くて震え上がった。激しいめまいを覚え、両手で相手にしがみついて言った。

「どうか、お願いですから、まっすぐ起こしていただければ、少し気分がよくなってもっときちんとお話を聞けるんですけど」

男はすさまじい勢いで私を逆さまにした。教会が風見《かざみ》鶏《どり》の上に飛び跳ねた。そして男はまた私の両腕をつかんで墓石の上にまっすぐ坐らせ、次のようにぞっとすることばを続けた。

「明日の朝早く、ヤスリと食いもんを持ってこい。そのふたつを、あそこの古い砲台のところまで持ってくるんだ。黙ってそうしろ。おれだろうが誰だろうが、会ったなんてことを言ったり、におわしたりするなよ。そしたら生かしといてやる。もし人にばれたり、この命令からちょっとでもはずれるようなことをしたら、それがどんなにつまらないことでも、おまえの心臓と肝臓を引きちぎって取り出し、焼いて食ってやるからな。ちなみに、おれはひとりじゃないぞ、ひとりだと思ってるかもしれんが。もうひとり、若い男がいっしょに隠れてる。その若いのに比べたら、おれなんか天使だ。そいつはおれのこのことばを聞いてる。で、本人にしかわからん方法で、子供に襲いかかることができる。子供の心臓と、肝臓にな。その若い男から子供が隠れようったって無理なこった。家のドアに鍵《かぎ》をかけ、ベッドにぬくぬくともぐりこみ、毛布を頭の上に引き上げて、ああ気持ちいい、これで安心だと思うかもしれんが、その若い男は子供にこっそり忍び寄って、腹をかっさばく。いまはおれがそいつを抑えて、おまえを傷つけないようにしてやってるが、かなりむずかしいぞ。おまえの腸《はらわた》から若い男を遠ざけておくのは至難の業だ。さあ、どうする？」

　私はヤスリをかならず持ってきますと答えた。残った食べ物もできるだけ集めて、朝早くに砲台に届けます、と。

「そうしないと天罰が下ると言え！」

　私がそのとおり復唱すると、男はようやく墓石からおろしてくれた。

「いいな」彼は続けた。「言われたことをちゃんと憶《おぼ》えてろよ。若い男のことも忘れるな。さあ、家へ帰れ！」

「お……おやすみなさい」私はつかえながら言った。

「休むともさ！」男は冷たく湿った平地を見やって言った。「おれもカエルとか、いっそウナギだったらよかったぜ！」

言うと同時に、彼は震えてばらばらになりそうな体をひとつにまとめるように両腕で抱え、足を引きずりながら教会の低い塀のほうへ歩いていった。イラクサをかき分け、緑の塚にびっしりと生えたイバラのなかを進んでいくその姿は、幼い私の眼には、死者の手から逃れようとしているかのごとく見えた。墓の下からじわじわと伸びてきて、彼の足首をいきなりつかみ、地中に引きこもうとする手から。

男は教会の低い塀に達すると、両脚の感覚が失《う》せて強張《こわば》ったような動きでそこを乗り越え、私のほうを確かめようと振り返った。私は彼が首をまわしかけるや、くるりと家のほうを向いて全速力で駆けだしたが、しばらくして肩越しにうしろを見ると、彼はまた川のほうへ歩きはじめていた。相変わらず両腕で自分を抱きかかえ、痛む足で大きな岩のあいだを進んでいる。大雨が降ったときや、潮が満ちたときのために、沼地のあちこちに足場としてそういう岩が置かれているのだ。

私が立ち止まって振り返ったときには、沼地はすでに地平の彼方《かなた》に長く黒く延びた線だった。川もまた別の線だが、沼地ほど幅広くも黒くもない。空では怒れる赤の長い線と濃い黒の線が混じり合っていた。見渡すかぎり、垂直に立っているのは川岸に霞《かす》むふたつの黒いものだけだった。ひとつは船乗りが舵《かじ》を取るときに頼る航路標識——箍《たが》のはずれた樽《たる》を竿《さお》の上にのせたような代物《しろもの》で、近くに寄ると醜いのがわかる。もうひとつは絞首台《こうしゅだい》で、かつて海賊を吊してさらすのに使った鎖がぶら下がっている。男は足を引きずりながらその絞首台のほうへ向かっていた。あたかも彼が生き返った海賊で、いったん台からおりたものの、もう一度首を吊りに戻っているかのように。そう考えると、ぞっとした。牛たちも首をもたげて彼を見ているのは、同じことを考えているからだろうか。怖ろしい若者はいないかとあたりを見まわしたが、どこにもそんな気配はない。それでも私はまた怖くなり、今度は止まらず一気に家まで駆け戻った。

2

姉のジョー・ガージェリー夫人は、私より二十以上年上で、私を〝手で《バイ・ハンド》〟〔訳注　母乳ではなく人工栄養で〕育てたことを誇り、近所でもたいへんな評判だった。当時はそれがどういう意味なのかわからなかったし、彼女の手は肉厚で固く、何かといえば夫と私を叩《たた》いていたので、私は姉がジョー・ガージェリーと私ふたりともを〝手にかけて〟育てたということだろうと思っていた。

姉は美人ではなかった。だからジョー・ガージェリーと結婚したのも〝手にかけた〟からにちがいない、という印象を私はなんとなく抱いていた。ジョーは色白で、すべすべした顔の両側にカールした亜麻色の髪が垂れ、ごく薄い青色の眼はともすれば白眼の部分と混じり合っているように見えた。温厚で善良、やさしく、気楽で、愚かだが気のいい男――強いことでも弱いことでも、ヘラクレスのようだった〔訳注　ギリシャ神話の英雄だが、親友を殺した償いに奴隷として女主人に仕えたこともある〕。

姉のジョー夫人は、黒髪に黒い眼、肌一面が赤いので、石鹼《せっけん》の代わりにナツメグのおろし金で体を洗っているのではないかと思うほどだった。背が高く、骨張っていて、ほとんどいつも粗布のエプロンをつけていた。紐《ひも》を体のうしろで蝶結《ちょうむす》びにし、真四角の頑丈な胸当てには待ち針や縫い針をたくさん刺している。年がら年じゅうエプロンをつけているのは、自分の価値を力強く示し、ジョーを厳しく非難するためだった。そもそもなぜつけるのか、つけるにしてもなぜ毎日片時もはずそうとしなかったのかは、いまだにわからないのだが。

ジョーの鍛冶場は家の隣にあった。家は私たちの地方の多く――というより当時はほとんど――の建物がそうだったように、木造だった。私が教会の墓地から駆け戻ると、鍛冶場は閉まり、ジョーがひとりで台所に腰をおろしていた。ジョーと私はともに苦労する仲間で、信頼し合っていたから、私がドアの掛け金をはずして家のなかをのぞくと、向かいの炉端に坐っていたジョーはさっそく話しはじめた。

「ミセス・ジョーがおまえを探してもう十二回外に出たぞ、ピップ。いまも出てるから、十三回目だ」

「そうなの？」

「そうだよ、ピップ」とジョー。「もっと言うとな、くすぐり棒《ティックラー》を持ってる」

その憂鬱《ゆううつ》な知らせに、私はチョッキのただひとつのボタンをひねくりまわし、すっかり落ちこんで暖炉の火を見つめた。ティックラーは先端に蠟《ろう》が塗ってある杖《つえ》で、私の体でこすれてつるつるになっている。

「坐ったり立ったりしてたが、ティックラーをつかむと、かんかんに怒って飛び出してった。そういうことだ」ジョーは炉《ろ》格子《ごうし》の下のほうから火かき棒を差し入れ、ゆっくりつついて炎を見つめた。「いやもう、すごい剣幕だったぞ、ピップ」

「出ていって長いことたつ、ジョー？」私は彼を体の大きな子供のように考えていた。自分と同等であるかのように。

「そうさな」ジョーは安物の時計を見上げて言った。「今回は、怒って飛び出して五分ほどかな、ピップ。あ、戻ってきた。ドアのうしろに隠れろ。そのタオルのうしろに」

私は助言にしたがった。姉のジョー夫人はドアを勢いよく開け、うしろに邪魔なものがあるのに気づくとたちまちその原因を察し、ティックラーを突っこんで調べ、見つけた私をジョーのほうにぶっ飛ばした。私は夫婦間の飛び道具になることが多かった。どんなときにも喜んで受け止めてくれるジョーは、私を炉端に寄せると、かくまうように無言で大きな脚を伸ばした。

「いったいどこをほっつき歩いてたの、この小猿！」ジョー夫人は足をどんと踏み鳴らして言った。「何をしてたか正直に話しなさい。こっちは不安だし心配だし、気が気じゃなかったんだからね。もし話さなかったら、あんたが五十人のピップでも、この人が五百人のガージェリーでも、そこの隅から引きずり出すよ」

「墓地に行ってただけ」私は泣いて体をさすりながら、坐った場所から言った。

「墓地！」姉はくり返した。「あたしがいなけりゃ、あんたはとっくの昔にその墓地行きで、ずっとそこにいたんだからね。誰があんたを手で育てたと思ってるの」

「姉さんです」私は言った。

「なんでそんなことしたんだろうね？　知りたいもんだ」姉は大声で言った。

私は涙声で答えた。「わかりません」

「こっちだって！　あんなこと二度としない！　わかるでしょ。誓って言うけど、あんたが生まれてから、このエプロンをとったことがないんだから、ほんとに。鍛冶屋の妻（しかもその鍛冶屋がガージェリー）ってだけでもひどいのに、あんたの母親役までやったんだ」

私はその問題に集中できず、絶望的な気分で火を見つめていた。沼地にいる足に鉄の鎖をつけた逃亡者、謎《なぞ》の若い男、ヤスリ、食物、守ってもらえるこの住まいで盗みを働くというおぞましい誓いが、復讐《ふくしゅう》に燃える石炭〔訳注　ロマ人への書第十二章第二十節、シェイクスピア『ヘンリー六世第二部』第五幕第二場に類似の表現がある〕のなかに浮かび上がっていたからだ。

「はっ！」ジョー夫人はティックラーをしまいながら言った。「墓地だとさ、まったく！　墓地なんてことを言ってりゃいいのよ、あんたたちふたりは」ちなみに私たちのうちのひとりは、墓地などとは口にしてもいない。「そのうちふたりであたしを墓地に追いやるんでしょうね。あたしがいなくなったら、どれだけ立派なふたりになることやら！」

姉が夕食の支度を始めると、ジョーは脚越しに私をちらっと見た。心のなかで私と自分を足し合わせて、将来そういう痛ましい事態になった場合に、どういうふたり組になるか推し量っているかのように。それから、こういう騒ぎになったときの癖で、顔の右側の亜麻色の巻き毛と頰ひげを触りながら、青い眼でジョー夫人の動きを追った。

　姉のバターつきパンの切り分け方は勇猛で、それはいつも変わらなかった。まず左手でパンの塊をエプロンの胸当てにがっしりと抱えこむ。ときどき待ち針や縫い針がパンに刺さって、私たちが食べるときに口のなかに入る。次にナイフでバターを取り（量はさほど多くない）、薬剤師が膏薬《こうやく》を作っているような手つきで塗りつける。ナイフを返しながらぺたぺたと手際《てぎわ》よくパンの端まで延ばし、皮のところでこねて削る。そのあと膏薬の端でナイフを最後にさっとぬぐい、塊から分厚いひと切れを落とすようにまわりに切れ目を入れ、完全に離れるまえにふたつに分けて、ひとつをジョー、もうひとつを私にくれるのだ。

　そのとき私は空腹ではあったが、自分のパンに手をつける気になれなかった。あの怖ろしい男と、もっと怖ろしい彼の仲間の若い男のために、何か取っておかなければならないと思ったのだ。ジョー夫人の家政の切り盛りはとても厳格だったから、食べ物をくすねようと食料庫を探しても何も見つからない可能性もあった。そこで自分のバターつきパンを、ズボンの脚に隠しておくことにした。

その決意をするのには、途方もない努力が必要だった。高い家の屋根から飛びおりたり、深い水のなかへ飛びこんだりするのと同じだ。何も知らないジョーがいることで、それはいっそうむずかしくなった。すでに述べたとおり、私とジョーは受難者同士ひそかに理解し合っていたし、ジョーがやさしい友情を示してくれたこともあって、ふたりで毎晩、パンの食べ比べをする習慣があった。パンにかじりつきながら、ときどき黙って自分の分を持ち上げ、相手の食べっぷりに感心して、それを刺激になお熱心に食べるのだ。この晩もジョーはどんどん減っていくパンを私に幾度も見せては、いつもの親善試合に誘ってきたが、そのたびに私が片方の膝《ひざ》に黄色いお茶のカップを、もう片方の膝に口をつけていないバターつきパンをのせているのを見ることになった。ついに私は決死の覚悟で計画を実行に移すことにした。それも、その場の状況に合わせてもっとも無理のないかたちでやらなければならない。私はジョーがこちらを一瞥《いちべつ》して眼をそらした瞬間に、パンをズボンのなかに隠した。

ジョーは私に食欲がないのかと心配になったらしく、思案しながら自分のパンをひと口かじったが、いかにも不味《まず》そうだった。いつもよりずいぶん長くもぐもぐやって考えこみ、しまいに丸薬のように呑《の》みこんだ。そしてもうひと口かじろうと首を大きく傾けたとき、私のバターつきパンがなくなっているのに気づいた。かじりかけたところで急に動きを止め、びっくり仰天して私をじっと見つめたので、嫌でも姉の眼に止まった。

「いったい何？」姉はぴしりと言って、カップを置いた。

「おいおい！」ジョーは私に首を振り、真顔でたしなめた。「ピップ！　おまえ、腹をこわすぞ！　どこかにつっかえるだろうよ、ちゃんと嚙《か》まないと、ピップ！」

「だから何？」姉はいっそう鋭くくり返した。

「ちょっとでも吐き出せるなら、ピップ、そうしたほうがいいぞ」ジョーは驚き呆《あき》れて言った。「行儀はたしかに大切だが、健康も大切だからな」

　だが、すでに姉は我慢できず、ジョーに飛びかかって両手で頰ひげをつかみ、うしろの壁に彼の頭を打ちつけていた。私は部屋の隅から申しわけない気持ちで見ているしかなかった。

「さあ、なんのことか少しは話す気になった？」姉は息を切らして言った。「串刺《くしざ》しの大豚みたいにぼうっと見てないで」

　ジョーは困りきった顔で姉を見、困りきった様子でパンをかじって、私に眼を戻した。

「わかるだろ、ピップ」ジョーは食べたパンを頬張ったまま、重々しく言った。ふたりだけでいるときのような内緒話の口調だった。「おまえとは、いつだって友だちだ。おまえの告げ口なんかぜったいにしない。けど、そんな――」坐っていた椅子《いす》を動かして、ふたりのあいだの床に眼を落とし、また私に眼を上げて、「そんな無茶な呑みこみ方をしたら！」

「食べ物を呑みこんだのね？」姉が叫んだ。

「なあ、いいか」ジョーは相変わらず口にパンを入れたまま、夫人ではなく私のほうを見て言った。「おれもよく呑みこんだよ、おまえぐらいの歳には。しょっちゅうな。小さいころは、まわりにも呑みこむやつがいっぱいいた。けど、さっきのおまえみたいなのは見たことないぞ、ピップ。喉を詰まらせて死ななかったら神様に感謝しないと！」

姉は今度はこっちに飛んできて、私の髪をつかんで引っ張り上げ、「さあ来な。薬を飲ませるから」とだけ言った。これがなんとも嫌な台詞《せりふ》なのだ。

当時、どこかの藪《やぶ》医者がタール水〔訳注　タールの水溶液。消毒薬になるが、肺病などの民間療法にも使われた〕を良薬として復活させ、ジョー夫人はその不味さが効能にほかならないと信じて、いつも食器棚に置いていた。元気いっぱいなときにもこの薬を強壮剤として大量に飲まされるので、私はタールを塗った新しい柵《さく》のようなにおいを発して歩きまわっていた。この夜は緊急特別治療の必要ありということで、タール水を一パイント〔訳注　約〇・五リットル〕与えられた。それも私が飲みやすいようにと、ジョー夫人がブーツ脱ぎ器にブーツを挟みこむように片腕で私の頭を抱え、薬を喉に注ぎ入れた。ジョーは半パイントですんだものの、「具合が悪くなっていた」という理由でやはり飲まされた（暖炉脇《わき》でゆっくりとパンを食べ、考えごとをしていた彼にとっては大迷惑だった）。私自身の経験からすると、それまで平気だったとしても飲んだあとではまちがいなく具合が悪くなったはずだ。大人にしろ子供にしろ、良心に責め立てられるのはつらいものだが、それが子供の場合には、心の重荷がズボンに隠した重荷と協力し合って途方もない罰になる（それはいまも証言できる）。ジョー夫人からものを盗む罪悪感——家財をジョーのものと思ったことがないので、ジョーから盗む気はしなかった——に加えて、坐っていても、台所でちょっとした手伝いを命じられても、隠したパンをずっと手で押さえていなければならない煩《わずら》わしさで、気が変になりそうだった。沼地から吹きこむ風で火がぱっと燃え上がると、外から声が聞こえた気がした。足に鉄の鎖をつけ私に秘密を誓わせたあの男の声だ。明日まで飢えさせるな、待たないぞ、すぐにでも食べ物をよこせと言うあの男の。私の腸で手を血まみれにさせないでおくのが至難の業らしい例の若い男について考えることもあった。もしその男が短気な性格を抑えられなかったり、時間をまちがえたりして、明日の代わりに今日、私の心臓と肝臓をつかみ出せると思ったとしたら！　恐怖で人の髪の毛が逆立つものなら、私の髪はそうなっていたにちがいない。まあ、本当に髪の毛が逆立った人なんていないと思うけれど。

　クリスマス・イブだったので、私は時計の七時から八時まで、翌日食べるプディングを大鍋《おおなべ》用のへらでかき混ぜなければならなかった。脚に重荷を隠したままその作業をして（それでまた、あの男も脚に重荷を抱えていたことを思い出した）、ズボンの裾《すそ》からバターつきパンを落とさないでいるのはかなりむずかしいのがわかった。うれしいことに、途中でこっそり抜け出して、良心の悩みの種を屋根裏の寝室に置いてくることができた。

「聞こえた？」私は言った。プディングを混ぜる仕事が終わり、ベッドに送られるまえに暖炉の隅で最後に体を暖めていたときだった。「いまのは大砲の音、ジョー？」

「ああ！」ジョーは言った。「また囚人か」

「どういうこと、ジョー？」

　説明は自分の役割と心得ているジョー夫人がぶっきらぼうに答えた。「逃げたのさ。逃げたの」とタール水よろしく私に説明を投与した。

ジョー夫人が針仕事でうつむいているあいだに、私はジョーに口だけを動かして、「囚人って何？」と訊《き》いた。ジョーも口を動かしてとても丁寧に答えてくれたが、私には「ピップ」の一語しか理解できなかった。

「昨日の晩、囚人がひとり脱走したんだ」ジョーは声に出して言った。「日没の大砲の合図のあとで。だから警告のために大砲を撃った。今日はまたひとり逃げたんで、警告したんだな」

「誰が撃ってるの？」

「うるさい子だね」姉が縫い物から眼を上げ、しかめ面《つら》で割りこんだ。「なんて質問魔なの。質問なんかやめな、嘘《うそ》を答えられずにすむから」

私の質問が多すぎるにしても、それに姉は嘘を答えるということだから、この言い方は姉自身に対して失礼ではないかと思ったが、もとより彼女は赤の他人が同席しないかぎり失礼な人だった。

そこでジョーがたいへんな努力をして口を大きく動かし、私はいっそう好奇心をそそられた。ジョーは「不機嫌《サルクス》」と言ったように見えた。だから私は当然、ジョー夫人を指差し、口で「彼女《ハー》？」という形を作った。しかしジョーは取り合わず、また口を大きく広げ、あることばを思いきり強調したが、私にはさっぱりわからなかった。

「ミセス・ジョー」私はついに最後の手段に訴えた。「知りたいんですけど——もし差し支えなかったら——あの大砲はどこから聞こえてくるの？」

「神様、この子にお慈悲を！」姉は叫んだが、本気でそう思うどころか、むしろ逆を望んでいるような口調だった。「廃船《ハルクス》からよ」

「ああ！」私はジョーを見ながら言った。「廃船！」

ジョーは咎《とが》めるようにこほんと咳《せき》をした。「さっきから言ってるじゃないか」とばかりに。

「それで、廃船って？」私は言った。

「この子はいつもこれ！」姉は糸を通した針で私を指し、首を振った。「ひとつ質問に答えると、すぐに次の質問が一ダース来る。廃船ってのは監獄船〔訳注　一七七六年以降、テムズ川に古くなった軍艦を繋留し、囚人の追加の収監施設として使っていた〕のことよ、ぬめ地《メッシズ》の向こうに繋留《けいりゅう》された」私たちの村では〝沼地〟をそう呼んだのだ。

「監獄船には誰が入れられてるの？　その人たちはどうしてそこに入ったの？」私は誰に向けるでもなく疑問を口にしたが、内心、知りたくて必死だった。

ジョー夫人はもうたくさんと、いきなり立ち上がった。「ひとつ言っとくよ。あんたをこの手で育てたのは、質問で人を死ぬほど困らせるためじゃないからね。そうなったら、あたしは褒められるどころか責められる。監獄船に入れられるのは、人殺しをしたり、ものを盗んだり、偽造したり、ありとあらゆる悪いことをしたからさ。そのどれもが、かならず質問から始まるんだ。さあ、さっさとベッドへ行った！」

私は寝室まで蠟燭《ろうそく》を持っていくのを許されたことがなかった。暗いなか、ずきずきする頭で――ジョー夫人が最後のことばとともに指貫《ゆびぬき》をはめた手で私の頭をタンバリンさながら叩いたので――階段を上がっていくと、自分には監獄船がいかにもあつらえ向きに思えて、ぞっとした。質問をすることから始まって、ジョー夫人のものを盗むのだから、脇目もふらずにそこへ向かっているではないか。

ずいぶん昔のそのときから、私は何度となく、恐怖に駆られた子供がどんな秘密を抱えているかわかる人はほとんどいないと思ってきた。どれほど理屈に合わない恐怖でも、恐怖であることに変わりはない。私は自分の心臓と肝臓を欲しがっている若い男のことが死ぬほど怖かった。足に鉄の鎖をつけた対話者も死ぬほど怖かった。そして、ひどい約束をさせられた自分自身が死ぬほど怖かった。全能の姉が救ってくれる見込みはなかった。私が何を言おうとはねつける人だったから。恐怖を押し隠しつつ、必要とあらばなんでもしてしまったのではないかと思うと、いまでも怖くなる。

その夜、私は多少うとうとしては、春の激しい潮の流れに乗って川を下り、監獄船に行き着く夢を見た。絞首台のまえをすぎると、海賊の幽霊が拡声器で私に呼びかけ、岸に上がっていますぐ絞首刑になれ、早く来いと叫ぶ。私は眠りたくても眠れなかった。夜明けがかすかに兆《きざ》すなり食料庫から食べ物を盗まなければならないのがわかっていたからだ。夜中は明かりがないので何もできない。明かり欲しさに鉄と火打石で火を熾《おこ》したりしたら、それこそ海賊が鎖をガラガラ鳴らすくらいの音が出てしまう。

寝室の小さな窓の外で、特大の黒いビロードの棺覆《おお》いのような夜が灰色に変わりはじめると、私は起き上がって階下《した》におりた。途中で踏んだすべての板と、その板のすべての割れ目が、私のうしろから、「泥棒だ！」、「起きて、ミセス・ジョー！」と叫んだ。この時期なので食料庫にはふだんよりずっと多くの蓄えがあった。逆さに吊された野ウサギには肝をつぶした。そのウサギは、私が背を向けかけたときにウインクしたように思えた。ものを確かめたり選んだりしている時間はない。切羽詰まっているので、何をする暇もなかった。パン、チーズの皮、壜《びん》半分のミンスミート〔訳注　ドライフルーツやナッツを砂糖やスパイスといっしょに酒に漬けた保存食〕（それを昨夜のパンのひと切れといっしょにハンカチに包んだ）、焼物の壜からブランデーをいくらか（こちらは自分の部屋にあったガラス壜に移し替えた。飲むと酔っ払うスペイン甘草水をこっそり作っていたのだ。焼物の壜のほうには台所の食器棚の水差しから水を足しておいた）、肉がほとんどついていない骨つき肉、そして美味《おい》しそうなまん丸の小さなポークパイを盗んだ。パイには気づかず去ってしまうところだったが、ふと食器棚の片隅にある覆いのかかった陶器の皿に、何が丁寧に置かれているのか確かめたくなり、段に足をかけてのぞくと、パイがあったのでちょうだいしたのだ。すぐに食べるものではなく、なくなってもしばらくは気づかれないことを祈った。

台所には鍛冶場につながるドアがあった。私は鍵をあけ、閂《かんぬき》をはずして、ジョーの道具のなかからヤスリを取った。そしてもとどおり戸締まりをし、昨夜家に駆け戻ったときに入ったドアを開け、閉めて、霧のかかった沼地へと走りだした。

3

霜の降りた朝で、大気はじっとりと湿っていた。私の部屋の小窓の外も、まるで小鬼がそこでひと晩じゅう泣いて窓をハンカチ代わりに使ったかのように濡れそぼっていた。見れば霜は葉を落とした垣根にも、まばらな草にも降りていて、目の粗い蜘蛛《くも》の巣のように枝から枝、葉から葉へと連なっていた。どの柵も木戸もぐっしょり濡れ、沼地の霧はかぎりなく濃く、人々を私たちの村へ案内する道しるべの木の指も——といっても誰も来ないから、みな当てにしていないのだろうが——すぐ下に行くまで見えないほどだった。抑えこまれた私の良心にとって、見上げたその指は、滴《しずく》を垂らしながら私を監獄船に送り出す幽霊のように見えた。

　沼地に入ると霧はますます濃くなり、私が走って何かにぶつかるというより、まわりのものが走ってぶつかってくるような気がした。罪悪感に苛《さいな》まれる心には、それが本当につらかった。木戸も溝も土手も霧のなかから飛びかかってきて、「人のポークパイを盗んだ子だ！　捕まえろ！」と、取りちがえようもなくはっきりと叫んでいるようだった。牛がいきなり現れては、その眼でこちらをじっと見つめ、鼻から白い息を吹き出して、「おいこら、盗人《ぬすっと》小僧！」と言った。白いクラバット〔訳注　男性用スカーフ〕のような模様のある一頭の黒い雄牛は、目覚めた私の良心から見てどことなく牧師のような雰囲気を漂わせていた。よけようとするとしつこく見すえ、責め立てるように首をまわすので、私は泣きじゃくりながら、「どうしようもなかったんです！　自分のために盗んだんじゃないんです！」と訴えた。すると彼は頭を下げ、鼻から白い雲のような息を吐きながら後肢《あとあし》を蹴《け》り上げ、尻尾《しっぽ》をこれ見よがしに振って消えていった。

　その間ずっと私は川のほうへ向かっていたが、どれほど速く駆けても足はいっこうに温まらなかった。これから会おうとする男の足枷《あしかせ》のように、冷たい湿気が私の足にまとわりついていた。砲台への道順はしっかり頭に入っていた。いつか日曜にジョーと行ったことがあったからだ。ジョーは古い大砲に腰かけ、私が徒弟として毎日働くようになったら、またここへ来てとびきり愉《たの》しくやろうと言った。けれども私は霧で方向感覚を失い、気づくと右に行きすぎていて、川沿いの砂利の土手を引き返さなければならなかった。引き潮で川底の泥と、潮の高さを測る杭《くい》が見えていた。その土手を大急ぎで走り、砲台のそばにあるのがわかっている堀割を横切って、向こう側の土手を駆け上がったとたん、眼のまえに男が坐っていた。こちらに背を向けて腕を組み、すっかり寝入って船を漕《こ》いでいた。

予期していないときに私が朝食を持って現れればなおさら喜ぶのではないかと思ったので、そっと近づいて男の肩に触れた。相手はびくっと飛び上がったが、なんとそれは昨日の男ではなく、別人だった！

ただ、この男も粗い灰色の服を着て足に重い鎖をつけ、まっすぐ立てず、しわがれ声で、寒そうだった。ちがうのは顔だけで、こちらはぺしゃっとしたつば広のフェルト帽をかぶっていた。それらすべてを私は一瞬で見て取った。というより、一瞬しか与えられなかった。その男が罵《ののし》り、殴りかかってきたのだ。もっとも、大振りの弱々しい一撃だったので、狙《ねら》いがそれて本人がつまずき、自分を殴りそうになったのだが。そのあと男はさらに二度つまずきながら霧のなかへ走り、見えなくなった。

「あれが若い男だ！」気づくと同時に心臓が飛び跳ねた。肝臓がどこにあるか知っていたら、きっとそこにも痛みを感じたはずだ。

　ほどなく砲台に着くと、目当ての男がいた。夜のあいだじゅうそうしていたかのように自分の体を抱きしめ、足を引きずり往《い》ったり来たりして、私を待っていた。すさまじく寒い思いをしていたのは確かだ。いますぐ倒れて凍死するのではないかと私はなかば期待した。男の眼にはすさまじい空腹が見て取れ、ヤスリを渡して彼がそれを草の上に置いたときには、私の手の包みを見ていなければヤスリにかぶりついたかもしれないと思うほどだった。今回、男は私の持ち物を手に入れるために、逆さ吊りにはしなかった。私が包みを解いてポケットを空《から》にするあいだ、頭を上にしておいてくれた。

「壜のなかには何が入ってる、小僧？」男は言った。

「ブランデーです」

　男はすでにミンスミートを奇《き》天《て》烈《れつ》な方法で喉に流しこんでいた――食べるというより大あわてでどこかにしまいこもうとしている人のようだった――が、中断していくらか酒を飲んだ。飲みながらあまりにも激しく震え、壜の首を噛み切らずに歯のあいだに挟んでおくのもひと苦労という感じだった。

「悪《お》寒《かん》がしてるみたいですけど」私は言った。

「まあそうだな、小僧」

「ここはひどいところだから。ぬめ地で寝たんでしょう。ひどい悪寒のもとだし、リューマチにもなります」

「沼地に殺されるまえに朝食を食ってやる」男は言った。「食べてすぐ、あそこの絞首台で首を吊られることになっても、ぜったい食ってやる。そうやって震えをやっつけるのさ。見てろ」

彼はミンスミート、骨つき肉、パン、チーズ、ポークパイを同時にがつがつ食べていた。その間、疑り深い眼で私たちのまわりの霧を見つめ、ときおり食べるのをやめ——噛むことすらやめて——聞き耳を立てた。現実の音や想像上の音、川から聞こえる何かの金属音や、沼地の生き物の息づかいなどが聞こえるたびに、はっと驚き、ふいに私に訊いた。

「おまえ、まさか嘘つき小僧じゃないだろうな？　誰もいっしょに連れてきてないな？」

「連れてきてません！」

「警官もあとから来ないな？」

「来ません！」

「そうか。信じてやろう。まあ、その歳でこんなみじめな蛆虫《うじむし》を追いたてる手伝いをするとしたら、よっぽど凶悪な若い猟犬だがな。糞《くそ》の山で死にかけたこんなみじめな蛆虫を！」

男の喉で何かがクッと鳴った。体のなかに時計のようなものがあって、それが鳴ろうとしているかのように。男はぼろ布の服の袖《そで》で眼をこすった。

私はその絶望した姿が哀れになり、ゆっくりとパイを食べはじめた彼に思いきって言った。「美味しいみたいでうれしいです」

「なんか言ったか？」

「美味しいみたいでうれしいって」

「ありがとよ、小僧。本当に」

私は家にいる大きな犬が餌《えさ》を食べるところをたびたび見ていたが、その犬と男の食べ方がかなり似ていることに気がついた。いきなり鋭く嚙みつくように食べるのが、犬そっくりだ。そして毎回、口いっぱい頬張ったものをあっと言う間に、あまりにもすばやく呑みこむ。食べ物をかっさらっているようだった。あらゆる方向から誰かがパイを奪いにくるとでも思っているのか、横目であちこち見ながら食べている。落ち着きがなさすぎて、味を愉しむどころではないだろうし、誰かがいっしょに食事をしにきても、その人に噛みついてしまいそうだ。そういったすべての点で、うちの犬にとてもよく似ていた。

「あの人には何も残さないんですね」話しかけるのも失礼かと思ってできた沈黙のあとで、私はおそるおそる言った。「これを取ってきた家には、もう何もありませんから」そのことだけは確かなので、伝えておいたほうがいいと思ったのだ。

「あの人には残さない？　誰のことだ？」わが友人はパイのサクサクしたところをかじるのをやめて言った。

「若い人です。あなたが話した。いっしょに隠れているという」

「ああ！」彼は荒々しい笑いとともに言った。「あいつか。なるほど。あいつに食いもんはいらん」

「いりそうに見えたけど」

男はぴたりと食べるのをやめ、びっくりして、射るような視線で探りを入れてきた。

「見えた？　いつ？」

「さっきです」

「どこで？」

「あそこ」私は指差した。「あそこでうとうとしてたから、あなただと思って」

男は私の服の襟をつかんで睨みつけた。喉をかき切るという昨日の考えが甦《よみがえ》ったのではないかと思うほどだった。

「似たような服を着て、その、帽子だけちがってました」私は震えながら説明した。「それで――あの」言い方に細心の注意を払うべきところだった。「つまり――同じ理由でヤスリを借りたがってるようでした。ゆうべの大砲、聞こえませんでした？」

「ほう、やっぱり大砲が鳴ったのか」男は静かにつぶやいた。

「鳴ったのかだなんて、変だな」私は言い返した。「ずっと遠いぼくのうちでも聞こえましたよ。家の窓も閉まってたのに」

「おい、いいか！」男は言った。「こんなだだっ広いところにひとりでいて、頭はふらふらするし、腹も減って、寒さと飢えで死にそうになってるとな、ひと晩じゅう大砲が聞こえて、人の声がするんだよ。聞こえる？　それどころか兵隊が見えるのさ。松明《たいまつ》の光で赤い軍服が照らされたそいつらが、まわりを取り囲んで迫ってくる。自分の番号が呼ばれ、抵抗するなと叫ばれ、マスケット銃がガチャガチャ鳴って、〝用意！　構え！　こいつを狙え！〟という命令が聞こえる。で、捕まっちまうと――まわりには誰もいない！　ゆうべは追跡隊が見えた。整列して、あのくそども、ザッ、ザッと足音を立てて近づいてくる。そんなのが百はいたぞ。それから大砲も！　すっかり日が昇ってから、大砲で霧が揺れるのが見えた――ところで、その男」私がそばにいることを忘れたかのようにそれだけしゃべってから、「そいつについて、なんか気づいたことはなかったか？」

「顔にひどい傷がありました」われながらそんなことを憶えていたとは意外だった。

「ここじゃないか？」男は手で自分の左の頰を容赦なく叩きながら叫んだ。

「ええ、そこです！」

「あいつはどこだ？」男は少しだけ残っていた食べ物を灰色の上着の胸のところに押しこんだ。「やつが行った方向を教えろ。追いつめてやる、猟犬みたいにな。このくそ鎖のせいで足がひりひりする！　ヤスリを貸せ、小僧」

　私はもうひとりの男を霧が覆い隠した方向を指し示した。男は一瞬眼を上げたが、すでに生い茂った草の上に坐りこみ、必死で鎖にヤスリをかけていた。こちらには眼もくれない。すりむけて血が出ている自分の足すら気にかけていないようで、ヤスリ並みに感覚のない物体のようにぞんざいに扱っていた。私はそれほど激しい勢いでヤスリがけをする男を見てまた心の底から怖くなり、これ以上家から離れていることも同じくらい怖くなった。もう行きますと告げたが、相手は振り向きもしないので、こっそり去るのがいちばんだろうと考えた。最後に男を見たときには、膝の上に屈《かが》みこんで足枷と格闘し、我慢ならんというふうに鎖と自分の足に呪詛《じゅそ》をつぶやいていた。最後に霧のなかで止まって耳をそばだてたときにも、まだヤスリをかける音が聞こえていた。

4

家の台所には警官がいて、私を逮捕しようと手ぐすね引いて待っていると覚悟していた。が、帰ってみると警官はおらず、それどころか盗みもまだ見つかっていなかった。ジョー夫人はこの日の祝いの準備で家じゅう駆けずりまわり、ジョーはちりとりとぶつからないように台所の入口に逃げていた。姉が家のなかを精力的に掃除しているときには、遅かれ早かれジョーはちりとりに捕まってしまう運命なのだ。

「いったいあんたはどこへ行ってたの？」私が良心に咎められながら姿を見せたとき

の、ジョー夫人のクリスマスの挨拶《あいさつ》がこれだった。

私は、聖歌を聞きにいっていたと答えた。「へえ！　そう！」ジョー夫人は言った。「もっと悪いことしてたっておかしくないけどね」まさに図星だった。「あたしも鍛冶屋《かじや》の奥さんだとか、（同じことだけど）エプロンを決してはずさない奴隷《どれい》じゃなかったら、聖歌ぐらい聞きにいってたよ」ジョー夫人は言った。「けっこう好きなのさ、聖歌が。だからこそ、このとおり聞けないんだろうけど」

眼のまえでちりとりが片づけられ、ジョーは私のあとから勇気を出して台所に入ってきたが、夫人がきっと睨《にら》みつけると、仲直りを持ちかけるように手の甲で鼻の下をこすり、彼女が眼をそらすと、今度は私に両手の人差し指を交差《クロス》させて見せた。ジョー夫人の機嫌が悪い《クロス》という、私とジョーのあいだの符牒《ふちょう》である。ただ、姉にとってはそれがごく当たりまえなので、私たちの人差し指は何週間も続けて十字軍騎士の像の脚と同じように交差していることがよくあった〔訳注　十三世紀の教会の流行で、横たわった騎士像の脚が交差していると十字軍に出征したと信じられていた〕。

この日はすばらしい食事が出る予定だった。塩漬けの豚足、野菜、詰め物をしたローストチキン二羽に、前日の朝には立派なミンスパイが作られ（だから、ミンスミートがなくなっても悟られなかったのだ）、プディングも火にかけられていた。この大がかりな準備のために、朝食はあっさり切りつめられた。「だって」ジョー夫人は言った。「まだやることが山ほどあるのに、ちゃんとしたものを出して、お腹《なか》いっぱい食べて、皿洗いまでするなんてごめんですからね、ぜったい！」

そこで私たちは、家にいる大人と子供というより、強行軍で移動する二千名の兵士のように、パンふた切れを与えられ、すまなそうな顔つきで棚の水差しから牛乳と水をがぶ飲みした。その間、ジョー夫人は窓にきれいな白いカーテンをかけ、幅の広い炉棚のひだ飾りを新しい花柄のものに替え、こういう日のためにある廊下の奥の小さな客間を開けた。この部屋は一年の残りの時期には閉まっていて、家具には銀色の紙が冷たい靄《もや》のようにかかり、それは炉棚に四匹並んだ陶器のプードルにまで及んでいる。四匹は、黒い鼻と口にくわえた花籠《はなかご》までそっくり同じだ。ジョー夫人は家を隅々まできれいにしておく人だが、その清潔さを埃《ほこり》そのものより不快で受け入れがたくする類《たぐ》いまれな技術を持っていた。潔癖な性格は信仰心に近く、信仰心で姉と同じことをしてしまう人もいる。

姉はあまりにも忙しいので、教会には代理を行かせることにした。つまり、ジョーと私である。ジョーは仕事着のときにはいかにも鍛冶屋らしくたくましいが、休日の恰好《かっこう》だと、せいぜい裕福な案山子《かかし》にしか見えない。何を着ても似合わず、彼の服ではないように思えて、おまけにすり傷もできる。この日、陽気な鐘が鳴るなか部屋から出てきたジョーは、とっておきの懺悔《ざんげ》服《ふく》を着たみじめさの権化《ごんげ》のようだった。私については、総じて姉から若い犯罪者だと思われていたにちがいない。まるで助産師の警官が（私が生まれた日に）取り上げて、重大な法を犯した者として育てなさいと姉に託したかのように。私はつねに、理性と宗教と道徳の命令に反し、最良の友人たちの忠告に背いて生まれてきたかのように扱われ、新しい服を作ってもらうときでさえ、仕立屋は、手足を自由に動かせない感化院の制服のようなものを作れと指示されるのだった。

　そういうわけで、教会へ向かうジョーと私は、心ある人から見ればまことに哀れを催す姿だったはずである。とはいえ、そんな外見のみっともなさも、私の内面の苦しみに比べればなんでもなかった。ジョー夫人が食料庫に近づいたり、部屋から出たりするたびに大きな恐怖に襲われ、それに勝るのは、己の手がなしたことに対する後悔の念くらいだった。邪悪な秘密の重荷を感じながら、もしこれを告解したら、教会の力で怖《おそ》ろしい若い男の復讐から守ってもらえるだろうかと考えた。結婚予告が読まれ、牧師が「異議ある者は述べよ！」と言ったところで立ち上がり、聖具室でふたりきりで話せませんかと牧師に持ちかけるのはどうだろうと、ふと思った。この日がクリスマスではなくふだんの日曜だったら、そんな極端な手段に出て、居並ぶ小さな会衆を驚かさなかったともかぎらない〔訳注　教区の男女が結婚するには、三週連続の日曜に牧師が予告をおこない、異議が出なければ認められた〕。

教会書記のウォプスル氏がわが家で食事をすることになっていた。車輪修理工のハッブル氏とその夫人、最寄りの町で穀物を商い、自前の二輪馬車を持っている財産家のパンブルチュークおじ（実際にはジョーのおじだが、ジョー夫人が自分のおじにしてしまっている）も呼ばれていた。正餐《せいさん》は一時半からで、ジョーと私が家に帰ると、すでに食卓が整えられ、ジョー夫人はきれいな服に着替え、ご馳走《ちそう》も出番を待つばかりだった。客人たちを迎えるために正面玄関の鍵《かぎ》もあけられ（いつもはかならず鍵がかかっている）、何もかも見事に用意ができていて、まだ盗みの〝ぬ〟の字も出てきていなかった。

食事の時刻になっても少しも私の気持ちは休まらなかったが、みながやってきた。ウォプスル氏は、ローマ人ふうの鷲鼻《わしばな》とてかてかした大きな額の持ち主で、よく響く低い声がことのほか自慢だった。たしかに知人のあいだでは、ウォプスル氏に思いどおり聖書を読ませたら牧師は卒倒してしまうという話だった。本人も、もし教会が〝開放〟されたら――つまり競争で教会内の地位が決まるようになったら――それなりの足跡を残す希望がなくはないと言っている。実際には、教会は〝開放〟されていないので、すでに述べたとおり、彼は書記である。ただ、ウォプスル氏の「アーメン」はすさまじい迫力で、詩篇を読むときには――つねにひとつの詩をまるごと読む――まず会衆席を見渡し、「皆さんは上の段にいるわが友人の話を聞いた。今度は私の朗読について意見を聞かせてもらおうではないか！」とでも言いたげな顔をするのだった〔訳注　教会書記は礼拝で歌や祈禱文《きとうぶん》の唱和を指揮する。上の段にいるのは牧師〕。

私は正面玄関のドアをいつも使っているふりをして、客人を迎え入れた。まずウォプスル氏、次にハッブル夫妻、最後にパンブルチュークおじが入ってきた。もっとも、私が彼をおじと呼ぶことは禁じられていて、呼べば厳罰に処せられる。

「ミセス・ジョー」パンブルチュークおじが言った。鼻息の荒い、のんびりした中年の大男で、口は魚のよう、眼はうつろに見つめ、薄茶色の髪が頭で逆立っていて、いままさに窒息死しかけて際どく生き返ったばかりに見えた。「この時期にふさわしい手土産を持ってきましたぞ――持ってきました、奥さん、シェリーのボトルを一本――それから奥さん、ポートワインも一本」

毎年クリスマスの日に、彼はこのように一本の壜を鉄亜鈴のようにさげ、偉大なる珍客として現れて、まったく同じ台詞を吐くのだった。そして毎年クリスマスの日に、ジョー夫人もいまのように、こう答える。「ああ、パン・ブル・チューク・おじ・さま！　なんてご親切な！」毎年クリスマスの日に、彼はやはりいまのように、こう返す。「いや、たいしたもんじゃない。ところでみんな元気かな？　端金坊主《はしたがねぼうず》はどうしてる？」――私のことだ。

　こうした機会には、私たちは台所で食事をとり、ナッツやオレンジやリンゴのデザートになると客間に移動する。その変化はジョーが仕事着から日曜の晴れ着に変わるときと似ていた。姉はこの日、いつになく生き生きしていた。それに、ほかの誰よりハッブル夫人がいっしょにいるときには、だいたいふだんよりやさしいのだ。私の記憶にあるハッブル夫人は小柄で巻き毛、尖《とが》った顔つき、体つきの人で、青い服を着ている。ハッブル氏よりずっと若い歳《とし》で結婚したので――どれほど昔なのかは知らないが――いまだに若い娘のように遇される習わしだった。ハッブル氏のほうは怒り肩で猫背の頑固な老人だったと記憶している。おが屑《くず》のにおいがして、両脚のあいだがものすごく開いているので、私の背が低かったころには、彼が小《こ》径《みち》を歩いてくると脚のあいだから何キロもの平原が見通せたものだった。

　こういう立派な人たちに囲まれるのだから、私はたとえ食料庫で盗みを働いていなかったとしても、場ちがいだと感じたことだろう。食卓の角が胸に当たる恰好で、テーブルクロスの隅に追いやられ、パンブルチューク氏の肘《ひじ》が眼にぶつかっていたからではない。話すことを許されなかった（話したくもなかったが）からでもないし、鶏の足のざらざらした端っこや、豚が生前とうてい自慢できなかったようなつまらない部分を食べさせられていたからでもない。ちがうのだ。そんなことは気にならない——放っておいてくれるのなら。だが、彼らは私を放っておかなかった。せっかくの機会だから私を会話に加えなければと思っているらしく、何かといえばこちらに話題を振って攻め立てた。私はさながらスペインの闘牛場で説教の剣に突かれまくる哀れな仔牛《こうし》だった。

それは一同が食事の席についたとたんに始まった。ウォプスル氏がまず芝居がかった抑揚で食前の祈りを捧《ささ》げ——いま思えば、ハムレットの父の幽霊とリチャード三世の宗教的な合作のようだった——みなこの恵みに心から感謝すべきであるというまことに妥当な願望で締めくくった。それを機に姉が私をきっと見すえ、非難がましい低い声で言った。「聞こえた？　感謝しなさいよ」

「とりわけ感謝しないとな」パンブルチューク氏が続けた。「おまえを手で育ててくれた人たちに」

ハッブル夫人が首を振り、この子はろくな大人にならないという悲しい予感とともに私を見て言った。「どうして若い人たちは感謝しないんでしょうね？」この道徳的な謎がみなの手に負えなくなったところで、ハッブル氏が、「もともと邪悪だからだ」とあっさり答えて問題を解決した。一同は「そのとおり！」とつぶやき、不快そうな恨みがましい眼で私を見た。

客がいるときには、いないときよりジョーの立場と影響力は弱くなった（もしそんなことが可能なら）。けれども、いつも彼なりの方法でできるだけ私を助け、励ましてくれた。食事時なら決まってグレイビーソースを（もしあれば）分けてくれる。この日、グレイビーはたっぷりあったので、ジョーはここで半パイントほどのグレイビーをスプーンで私の皿に移した。

その少しあとで、ウォプスル氏が牧師の説教を厳しく批評し、教会が〝開放〟されたらというもの仮定のもと、自分ならどういう説教をするか語りはじめた。この日の牧師の話の要点をいくつか説明し、主題の選び方がまずかったと指摘した。主題は〝いくらでもある〟のだから、なおさら赦《ゆる》しがたい、と。

「まさしく」パンブルチュークおじが言った。「これまたおっしゃるとおり！　見つけ方を知っている人にとっては、主題はいくらでもある。それこそ必要なことです。見つけ方さえわかれば、それほど懸命に探さなくともよい」そして少し考えてから言い添えた。「たとえば、豚ひとつとってもわかる。これも話題になりますぞ！　話題が欲しければ豚を見よ！」

「まさにそうです」ウォプスル氏が応じた。私を話に引きずりこむことは、彼が口を開くまえからわかった。「若者はその文脈から多くの教訓を引き出せそうですな」

（「よく聞いときなさいよ」と姉が険しい声で私にささやいた。）

ジョーがまたグレイビーを分けてくれた。

「豚《スワイン》」ウォプスル氏はそれが私の洗礼名であるかのように、赤面する私をフォークで指して、深く響きわたる声で続けた。「豚《スワイン》は放蕩《ほうとう》息子の仲間だった〔訳注　ルカ伝福音書第十五章の放蕩息子の寓《ぐう》話《わ》による〕。豚の暴食が、若者への戒めとしてわれわれのまえに示されているのです」

（そんなことを言いながら、先ほどまでこの豚は肉厚でジューシーだと褒めちぎっていたのだから、たいしたものだ。）「豚において忌《い》まわしいことは、少年においてはいっそう忌まわしいのです」

「あるいは、少女において」ハッブル氏がつけ足した。

「もちろん、少女においても、ミスター・ハッブル」ウォプスル氏は少々苛立《いらだ》って同意した。「ですが、ここに少女はいない」

「ちなみに」パンブルチューク氏が急に私のほうを向いて言った。「何に感謝すべきか、よく考えるんだな。もしおまえがキーキー鳴く生き物に生まれていたら――」

「この子は本当にそうでしたよ」姉が最高に力強く言った。

ジョーがまたグレイビーをくれた。

「まあ、四つ足の豚のことを言っとるんだがね」とパンブルチューク氏。「もしそういうものに生まれていたら、おまえはいまここにこうしているかな？　つまり――」

「こんな恰好ではなく」ウォプスル氏が料理のほうに顎《あご》を振って言った。

「こんな恰好のことを言っとるのではないのです」パンブルチューク氏は言い返した。話に割りこまれるのが嫌いなのだ。「つまり、すぐれた年長者とこのように食事を愉しみ、彼らの会話によって向上し、贅沢《ぜいたく》に浸る。そういうことができたかな？　できないだろう。そして、おまえの運命はどうだ？」また私のほうを向いて、「市場価格にしたがって何シリングかで売り払われ、藁《わら》のなかでごろごろしていると、肉屋のダンスタブルが近づいてきて、おまえをすばやく左脇に抱え、右手で仕事着をめくり上げてチョッキのポケットからナイフを取り出し、おまえの血を流して命を奪うのだ。手で育ててもらうなんてことにはならなかった。断じて！」

ジョーがまたグレイビーをくれたが、私は怖くて口に運ぶどころではなかった。

「あなたにとってとても厄介な子だったのですね」ハッブル夫人が姉に同情した。

「厄介？」姉は鸚鵡《おうむ》返しに言った。「厄介ですって？」そして、私が罪深くも罹《かか》った病気や、寝かしつけようにも寝なかったこと、高いところから落ち、低いところへ転がって怪我《けが》ばかりしていたこと、いっそ墓に入ってくれと願うばかりだったのに決して入ろうとしなかったことなど、怖気《おぞけ》をふるう出来事の数々を並べたてた。

古代ローマ人はあの鼻で互いに相手を苛立たせていたのだと思う。だからあれほど闘いに明け暮れたのだ。それはともかく、私は己の不品行が発表されるあいだ、ウォプスル氏のローマ人ふうの鼻が憎らしくてたまらず、本人が痛いと叫ぶまで引っ張ってやりたいと考えていた。姉の独演会のあとには沈黙ができ、みなが怒りと嫌悪《けんお》の眼でこちらを見つめた（私は彼らの視線を痛いほど感じた）が、そこまで耐えてきたことなど、沈黙が破られたあとの出来事に比べれば取るに足りなかった。

「さよう」パンブルチューク氏がそれた話題をやんわりと戻した。「豚――これは茹《ゆ》でてしまえば、なかなか味わい深いものではないかな？」

「ブランデーを召し上がってください、おじさま」姉が言った。

ああ、ついにこのときが来てしまった！　パンブルチューク氏はブランデーが薄いのに気づき、そう言うだろう。私は終わりだ！　テーブルクロスに隠れたテーブルの脚を両手で握りしめ、運命の瞬間を待つしかなかった。

姉が焼物の壜を取りにいき、持ってきてブランデーをついだ。ほかに飲む人はいなかった。嫌な男はグラスを弄《もてあそ》び——手に取り、明かりで透かして見、また置いて——私のみじめさを長引かせた。その間、ジョー夫妻はパイとプディングを出すためにせっせとほかの皿を片づけていた。

私はパンブルチューク氏から片時も眼が離せなかった。両手両脚でテーブルの脚にしがみつき、いけ好かない男がグラスをいじるのを見ていた。グラスを持ち上げ、微笑《ほほえ》み、頭をのけぞらせてブランデーを飲み干す。そのとたんに一同は、ことばでは言い表せないほど驚いた。パンブルチューク氏が弾《はじ》かれたように立ち上がり、怖ろしい咳の発作を起こすと、踊るようにくるくるまわって部屋から飛び出していったからだ。窓から見えた彼はどたばた走って吐き戻し、すさまじい形相で、気がふれたかと思うほどだった。

私はテーブルの脚につかまりつづけていたが、ジョー夫妻はパンブルチューク氏のもとへ駆けつけた。自分が何をしたのかはわからないが、何かの弾みでまちがいなく彼を殺してしまったのだと思った。そんな身の毛のよだつ状況で胸をなでおろしたのは、パンブルチューク氏が部屋に連れ戻され、あんたたちを食って食中毒になったとでも言いたげに一同を見まわし、椅子にどさっと坐《すわ》りこんだからだった。彼はあえぎながら、「タール！」という意味深長なことばを発した。

私はブランデーの壜にタール水を足してしまったのだ。やがて彼の具合が悪くなることはわかっていた。私は昨今流行の霊媒師のように、隠れた手に力をこめてテーブルを動かした。

「タールですって！」姉が驚いて叫んだ。「まあ、いったいどうしてタールなんかが入ったんでしょう」

しかし、あの台所では全能だったパンブルチュークおじは姉のことばを聞かず、話題そのものにも耳を貸さずに、傲慢《ごうまん》な手のひと振りですべてを退け、ジンのお湯割りを所望した。姉は私が不安になるほど考えこんでいたが、彼の命令で動かざるをえず、ジン、お湯、砂糖、レモンの皮を用意してせっせとかき混ぜはじめた。少なくともそのあいだ、私は救われた。まだテーブルの脚をつかんではいたが、熱烈な感謝をこめてそうしていた。

徐々にその手を離して、プディングを食べられるくらいには落ち着いてきた。パンブルチューク氏もプディングを食べた。全員が食べ、それで食事はすべて終わった。パンブルチューク氏はジンのお湯割りのありがたい効用で、にこにこしはじめた。私がこの日はやりすごせそうだと思いだしたところで、姉がジョーに言った。「きれいな皿を持ってきて――冷たいのをね」

すぐさま私はまたテーブルの脚をつかみ、それを若い仲間で魂の友人であるかのように胸に引き寄せた。これから何が起きるかわかって、今度こそ終わりだと思った。「ぜひ味わってくださいませ」姉は最高に上品ぶって客人たちに言った。「最後に、パンブルチュークおじさまのすばらしく美味しい贈り物を皆さんに味わっていただかないと！」

本当に？　どうかみんな、食べたくないと言って！

「おわかりですね」姉は立ち上がりながら言った。「パイですのよ。風味豊かなポークパイ」

一同は口々に感謝のことばをつぶやいた。仲間から褒められるだけの価値はあると思っているパンブルチュークおじは、状況を考えると快活すぎるくらいの口調で言った。「さよう、ミセス・ジョー、できることはやるべきだ。ともにパイを切ろうじゃないか」

姉がパイを取りにいった。食料庫に近づく足音が聞こえた。パンブルチューク氏がナイフを構えるのが見えた。ウォプスル氏のローマ人の鼻にふたたび食欲が目覚めた。ハッブル氏が、「風味豊かなポークパイなら何を食べたあとでも入りますな。なんら支障もなく」と言い、ジョーが「おまえも食べなよ、ピップ」と言うのが聞こえた。

恐怖で甲高い悲鳴を発したのが心のなかでのことだったのか、それともみなに聞こえる実際の声だったのか、いまだにわからない。とにかく私は、これ以上耐えられない、逃げなければと思い、テーブルの脚を離して懸命に走った。

だが、正面のドアまでしかたどり着けなかった。そこにマスケット銃を持った兵士の一隊がいたからだ。なかのひとりが私に手錠を差し出して、「さあほら、なかへ戻れ、早く！」と言った。

5

玄関口に兵士たちが現れ、担いだマスケット銃の床尾《しょうび》をどんと打ちおろすと、食事に来ていた面々は困惑してテーブルから立ち上がった。台所に手ぶらで戻ってきたジョー夫人は、「いったいぜんたい――どこへ行ったのかしら――あのパイ！」と言っていたが、はたと立ち止まり、呆然《ぼうぜん》と兵隊を見つめた。

ジョー夫人が見つめたとき、軍曹と私は台所にいた。この危機で私はまた少し頭が働くようになった。最初に私に話しかけたのはこの軍曹で、いまは一同を見まわしながら、気を引くように手錠を持った右手を伸ばし、左手は私の肩に置いていた。

「失礼いたします、皆さん」軍曹は言った。「ですが、玄関口でこの聡明《そうめい》な少年に説明したとおり」（説明などしていなかったが）「国王陛下の命のもと、逃亡犯を追っており、鍛冶屋の助けが必要なのです」

「この人になんの用ですの？」姉がすかさず言い返した。夫が求められていること自体が気に入らないのだ。

「奥様」礼儀正しい軍曹は応じた。「私個人として答えるなら、彼の立派な夫人と近づきになる喜びと栄誉を求めてということになりますが、国王陛下の代わりに申せば、ちょっとした仕事を頼みたいのです」

　これは一同に気の利《き》いた答えと見なされ、パンブルチューク氏は「お見事！」と声をあげたほどだった。

「よろしいか、鍛冶屋」そのときまでにジョーを鍛冶屋と見定めていた軍曹は言った。「これが壊れてしまってね。錠がかからず、嚙《か》み合わせがうまくいかない。すぐに必要になるので、ちょっと見てもらえないかな？」

　ジョーは見て、炉の火を熾さなければならないので一時間というより二時間近くかかると宣言した。「そうか。ならすぐに取りかかってもらいたい、鍛冶屋」軍曹はぶっきらぼうに言った。「国王陛下の仕事だから。もし隊の者たちに手伝えることがあったら、いつでも使ってくれ」そう言うと、部下たちを呼び入れた。彼らは続々と台所に入ってきて部屋の隅に武器を積み上げ、兵隊がよくやるように所在なげに立って両手を体のまえで軽く組んだり、膝《ひざ》や肩を片方ずつ休めたり、ベルトや弾薬袋の口をゆるめたり、ドアを開けて軍服の詰襟越しに堅苦しく庭に唾《つば》を吐いたりしていた。

それらすべてを、私は見るともなく見ていた。不安と苦悩でそれどころではなかったのだ。ただ、手錠は私を捕まえるためのものではなかったようだし、軍隊が現れたせいでパイの件もどうやらうやむやになりそうだったので、気の動転も少し落ち着いた。

「いま何時ですか？」軍曹はパンブルチューク氏に尋ねた。あなたほど鑑識眼のあるかたなら時間はおわかりだろうというふうに。

「ちょうど二時半をすぎたところですな」

「それなら悪くない」軍曹は考えながら言った。「ここで二時間近く足止めを食らったとしても、だいじょうぶだろう。沼地からここまでどのくらい離れていますか？　二キロにはならんでしょう？」

「一キロ半ほどです」ジョー夫人が言った。

「よろしい。日が暮れるまでにやつらを追いつめられる。日暮れまえにという命令を受けておるのです。けっこう」

「脱獄囚ですか、軍曹？」ウォプスル氏がさも当然という口調で訊《き》いた。

「さよう！」軍曹は答えた。「ふたりです。まだ沼地にいるのは確かで、日暮れまでそこから出ようとはせんでしょう。どなたか彼らの姿を見かけたかたはおられませんか？」

　私を除く全員が、見ていないと自信たっぷりに答えた。誰も私のことは考えていなかった。

「ふむ！」軍曹は言った。「やつらは自分たちで思っているより早く包囲されるでしょう。さて、鍛冶屋、準備を頼むぞ。国王陛下が待っておられる」

　ジョーはすでに上着とチョッキを脱いでクラバットをはずし、革のエプロンをつけて、鍛冶場に入っていた。兵士のひとりが木の窓を開け、別のひとりが火を熾し、もうひとりがふいごに向かい、残りはすぐに燃え上がった火を囲んで立った。ジョーがハンマーでトンカチ、トンカチやりはじめ、私たちはそれを見ていた。

　差し迫った追跡劇にみな大いに興味をそそられ、姉に至っては気前までよくなった。樽《たる》からビールをピッチャーに移して兵士たちにふるまい、軍曹にはグラスについだブランデーも勧めた。しかし、そこでパンブルチューク氏が語気鋭く言った。「ワインになさい、奥さん。そっちにはタールが入っていないだろうから」軍曹は彼に礼を述べ、できればタールは飲みたくないので、同じ手間ならワインをいただきますと言った。ワインのグラスが渡されると、軍曹は国王陛下の健康を願い、クリスマスを祝ってひと息で飲み干し、舌鼓《したつづみ》を打った。

「上等の酒でしょう、どうです、軍曹？」パンブルチューク氏が言った。

「当てましょうか」軍曹は答えた。「これはあなたが持ちこまれたのではありませんか？」

パンブルチューク氏は野太い笑い声をあげて言った。「ほう、なぜです？」

「なぜなら」軍曹は彼の肩をぽんと叩《たた》いて言った。「ものの価値を知っておられるかただから」

「そう思われますか？」パンブルチューク氏は同じように笑って言った。「もう一杯おやりなさい！」

「あなたもごいっしょに」と軍曹。「私のグラスの頭をあなたのグラスの脚に――あなたのグラスの頭を私のグラスの脚に――カチン、もひとつカチン――ミュージカル・グラスの最高の音色ですな！　あなたの健康に乾杯。千年の天寿を全うし、正しいものを見きわめるいまの力がいつまでも続かんことを！」

軍曹はまたひと息でグラスを空け、もう一杯飲みたそうに見えた。パンブルチューク氏は接待に熱中し、ワインが自分の土産だったことも忘れて、ジョー夫人からボトルを取り上げ、じつに機嫌よくみなについでまわった。私ですら分けてもらったほどだ。すっかり気が大きくなった彼は、ワインのボトルが空になると、もう一本も持ってこさせ、これも同じくらい気前よくふるまった。

みなが鍛冶場のまわりに集まっていかにも愉しそうにしているのを見ると、沼地を逃亡するわが友人がこの食事にどれほどすばらしいソースを提供したか、考えずにはいられなかった。彼のもたらす興奮が歓待に花を添えるまで、彼らはこの四分の一も愉しんでいなかった。それがいまや〝ふたりの悪党〟逮捕の期待で大いに盛り上がっている。ふいごは逃亡犯に吠《ほ》えかかり、炎は彼らを焼こうと燃えさかり、煙は彼らを追って飛んでいき、ジョーは彼らにハンマーをトンカチ振るっているように見えた。炎が燃え上がっては収まり、赤く熱い火花が散っては消え、壁の暗い影も逃亡犯を脅すように揺らめいて、憐《あわ》れむ私の想像のなかで、午後の青ざめた外の景色は不運な悪党どものために青ざめたように思われた。

ようやくジョーの仕事が終わり、ハンマーや炎が燃え上がる音がやんだ。ジョーは上着を着ると、何人かは兵士たちに同行して逃亡者の追跡を見届けるべきだ、と勇気ある提案をした。パンブルチューク氏とハッブル氏は、パイプを吸いたいし、ご婦人たちの相手もしなければということで断ったが、ウォプスル氏はジョーが行くなら自分も行くと言った。ジョーは同意し、夫人の許可がおりれば私も連れていきたいと言った。いつもならぜったいに許可されないところだが、ジョー夫人はこれがどういう結末になるかどうしても知りたかったので、条件をひとつ出した。「マスケット銃で頭を吹き飛ばされたこの子を連れ帰っても、あたしはもとどおりにできませんからね」

軍曹は女性たちに丁重に別れの挨拶をし、パンブルチューク氏とは同志のように名残を惜しんだ。もっとも、素面《しらふ》だったら、酔ったときほどこの紳士の長所を評価したかどうかは疑わしいが。部下たちはマスケット銃を取って整列した。ウォプスル氏とジョーと私は最後尾を守り、沼地に入ったらいっさい口を開かないようにと厳命された。みなで外の寒気のなかに出て着々と目的へと進んでいるあいだ、私は指示に背いてジョーにささやいた。「ジョー、逃亡犯が見つからなきゃいいのにね」ジョーはささやき返した。「一シリング賭《か》けてもいいが、連中は逃げきれんと思うぞ、ピップ」村からぶらぶらやってきて私たちに加わる人はいなかった。天気は寒くて荒れ模様、道は寂しく、足元も悪く、宵闇《よいやみ》も近づいていたから、村人は家のなかで赤々と火をたいてクリスマスを祝っていたのだ。明かりのともった窓に何人かが駆け寄ってこちらを眼で追っていたが、誰も外には出てこなかった。私たちは道しるべを通りすぎ、まっすぐ教会墓地のほうへ向かった。墓地に着くと、軍曹が手で合図してみなを数分間止め、二、三人の兵士が散開して墓のあいだや教会の玄関を探った。しかし、何も見つけられずに戻ってきて、私たちは墓地の脇《わき》にある門を抜け、広々とした沼地に出た。東風に乗って冷たい霙《みぞれ》が降りはじめ、一行を叩きつけた。ジョーが私を背負ってくれた。

　この陰鬱《いんうつ》な荒れ地で私はほんの八、九時間前に、隠れているふたりに出会ったのだが、誰もそんなことは想像すらしていない。ここであの逃亡犯が見つかったら、兵士たちを連れてきたのは私だと思うのではないか。私は初めてそのことに思い至り、恐怖で震え上がった。おまえは嘘《うそ》つき小僧じゃないだろうな、とあの男は言った。彼を追いたてる手伝いをするとしたら、よっぽど凶悪な若い猟犬だ、と。私のことを、まったく信用ならない嘘つきで猟犬で裏切り者だと思うだろうか。

　いまさらそんなことを自問しても無意味だった。ジョーに背負われてこの場にいるのだから。ジョーは私をのせて猟師のごとく堀割を横切り、ウォプスル氏が転んでローマ人の鼻を打ったりせずにしっかりついてくるよう声をかけていた。兵士たちはわれわれのまえで間隔を広くとって横一列になっていた。私が今朝歩いて霧のなかに迷いこんだコースをたどっている。霧はこれからまた出るところなのか、風が吹き払ったのか。日没の低くまぶしい太陽に照らされて、航路標識も、絞首台《こうしゅだい》も、砲台の土手や川の対岸もはっきり見えたが、みな薄い鉛色だった。

　私の心臓は鍛冶屋のようにジョーの広い肩を叩いていた。どこかに囚人の気配はないかとあたりを見まわしたが、何も見えず、聞こえなかった。ウォプスル氏のふいごのように激しい息遣いには一度ならず驚かされたが、やがてそれにも慣れ、追跡対象の立てる音ではないと判別できるようになった。ヤスリを使う音が聞こえたと思ったときには、ぎょっとしたが、羊の鈴の音だった。羊たちは草を食《は》むのをやめ、怯《おび》えた様子でこちらを見ていた。牛たちはしつこい風と霙から顔を背け、どちらもわれわれのせいだと怒っているような眼つきだった。しかし、それらと一日の終わりに雑草の葉の一枚一枚が震える音を別にすれば、沼地の荒涼とした静寂を破るものは何もなかった。

　兵士たちは古い砲台のほうへ向かっていた。私たちはその少しうしろを進んでいたが、ふいに全員がぴたりと足を止めた。風と雨の翼に乗って、長い叫び声が聞こえてきたのだ。くり返し叫んでいた。東のほうから聞こえ、距離はあるが長く大きな声だった。いや、その入り乱れた音から判断すると、ふたり以上が同時に叫んでいるようだった。

ジョーと私が追いついたとき、軍曹と近くにいた兵士たちもそういうことを小声で話していた。（耳ざとい）ジョーが同意し、次いで（耳の悪い）ウォプスル氏も同意した。決断力のある軍曹は、叫び声に応じるべきではないが進路を変更する、みな〝駆け足で〟行くように、と命令した。そこでわれわれは右方向（そちらが東）に曲がった。ジョーが驚くべき勢いで進みだしたので、私は背中にしがみつかなければならなかった。

もうみな走っていて、ジョーはその間ひと言だけ、「これはきついな」と言った。土手を駆けのぼって駆けおり、木戸を飛び越え、堀の水を蹴散《けち》らし、イグサの藪《やぶ》に分け入って、どこを通ろうと誰も気にしなかった。叫び声に近づくと、ふたり以上が叫んでいることがますます明らかになった。ときおり完全に聞こえなくなると、兵士たちは止まった。また聞こえると、さらに早足で近づき、私たちもあとに続いた。しばらくすると、目的にかなり接近し、「人殺し！」と叫ぶひとりの声が聞こえた。今度は別の声が、「囚人だ！　逃亡犯！　衛兵！　逃亡犯はこっちだ！」と呼ばわった。

どちらの声も格闘を始めたかのようにくぐもり、また大きくなった。これで兵士たちは鹿《しか》のように疾走し、ジョーもあとを追った。

声のもとに最初にたどり着いたのは軍曹で、部下ふたりがすぐそばにいた。私たちが追いついたときには、兵士たちは撃鉄を起こした銃を構えていた。

「ふたりともいる！」軍曹が堀のなかであえぎ、組んずほぐれつしながら言った。「降伏しろ、ふたりとも！　野生の獣じゃあるまいし！　離れろ！」

水がはね散り、泥が飛び、呪《のろ》いのことばが吐かれ、拳《こぶし》がふるわれた。さらに数人の兵士が堀に入って軍曹に加勢し、わが囚人ともうひとりの男を別々に引きずり出した。ふたりとも血を流し、ぜいぜい息を切らして罵《ののし》り、暴れていたが、もちろん私はどちらにも見《み》憶《おぼ》えがあった。

「おい！」わが囚人がぼろ着の袖《そで》で顔の血をふき、引き抜いた髪を指に挟んで振りまわしながら言った。「おれがこいつを捕まえたんだ！　おれがあんたたちに引き渡す！　そこをまちがえんなよ！」

「細かいことはどうでもいい」軍曹が言った。「同じ苦しみを味わえば、おまえ自身のためにもなるだろう。さあ、手錠だ！」

「おれのためになるわけない！　いま以上の喜びは必要ないんでね」わが囚人は欲深

な笑いを発した。「おれが捕まえたんだ。こいつもわかってる。おれにはそれで充分だ」

もうひとりの囚人は見るからに激怒していた。顔の左側の古傷に加えて、いまや体じゅうすり傷やかき傷だらけのようだった。息切れで話もできないうちに、ふたり別々に手錠をかけられたが、彼は隣の兵士に寄りかからないと倒れこんでしまいそうだった。

「いいか、兵隊さん、こいつがおれを殺そうとしたんだ」が彼の最初のことばだった。

「殺そうとした？」わが囚人が見下すように言った。「殺そうとして失敗したってのか？　ちがう、引っ捕らえて差し出した、それがおれのやったことだ。こいつが沼地から逃げるのを防いだだけじゃなく、ここまで引っ張ってきた。はるばるここまで連れ戻した。こいつは紳士だ、この悪党は。そしてこの紳士がまた監獄船に入れられるわけだ、おれの働きで。こいつを殺す？　そりゃ殺し甲斐《がい》はあるだろうけど、連れ戻してやるほうがこいつにはつらいのさ」

もうひとりの囚人はまだあえいでいた。「こい――こいつは――おれを殺そうとした。誓――誓って言える」

「いいか！」わが囚人は軍曹に言った。「おれはひとりで監獄船から逃げた。思いきって飛び出して、やってのけたんだ。その気になりゃ、こんな死ぬほど寒い沼地からも逃げ出せた――この足を見てくれ、鉄の鎖もほとんど残っちゃいない――けど、そこでこいつを見つけちまった。こいつを自由にする？　おれが発見した方法でこいつにいい目を見させる？　またしてもこいつにおれを利用させる？　もう一度？　いやいや、ありえん。たとえあの底で死んだって――」と手錠のはまった手を大きく堀のほうに振って、「こいつを離しゃしなかっただろう。あんたたちも、おれがこいつをしっかり捕まえてるところを見つけたはずだ」

もうひとりの逃亡犯は、ひどくこの仲間を怖れている様子でくり返した。「こいつ、おれを殺そうとした」

「嘘だ！」わが囚人は獰猛《どうもう》な力のこもった口調で言った。「こいつは生まれつき嘘つきで、死ぬまで嘘つきだ。顔を見てみな。そう書いてないか？　なんならその眼をこっちに向けてみろ。おれを見られるもんなら見てみろ」

相手は軽蔑《けいべつ》の笑みを浮かべようとしたが、神経質に口が引きつって、表情にならなかった。兵士たちを見て、沼地を、空を見渡したが、しゃべる相手だけは見ることができなかった。

「ほらな？」わが囚人は追い討ちをかけた。「こいつがどんな悪党かわかったろ？

うつむいてきょろきょろしてるあの眼を見てみなよ。おれたちがいっしょに裁判にかけられたときも、あんな顔をしてた。これっぽっちもおれのほうを見なかった」

もうひとりの囚人はずっと、乾いた唇をもぞもぞ動かして、落ち着きなく遠くや近くに眼をさまよわせていた。が、ついに一瞬、話し手に視線を向けて、「おまえになんか見る価値はない」と言い、手錠のかかった両手になかば嘲《あざけ》るような一瞥《いちべつ》を投げた。わが囚人は怒り狂い、兵士たちに止められなければ相手に飛びかかっていたところだった。「ほらね」もうひとりの囚人は言った。「この男は、可能だったらおれを殺す。だろう?」彼が恐怖で震えているのは誰の眼にも明らかだった。唇には奇妙な白い泡が薄雪のようについていた。

「言い合いはもうけっこう」軍曹が言った。「松明《たいまつ》をつけろ」

銃の代わりに籠を持っていたひとりの兵士がひざまずいてそれを開けているあいだ、わが囚人は初めてまわりを見て、私に気づいた。私は着いたときにジョーの背中からおり、堀の端にずっと立っていた。わが囚人に見られて私も真剣な視線を返し、両手を軽く動かして首を振った。私のせいでこうなったのではないと信じてもらうために、彼がこちらを向くのを待っていたのだ。その意図を読み取ってくれたかどうかは、まったくわからなかった。彼は私には理解できない表情を、ほんの一瞬浮かべただけだったからだ。しかし、その注意深い表情は私に生涯忘れられない印象を残した。それは彼に一時間、いや一日見られたところで変わらなかっただろう。

ほどなく籠を持っていた兵士が火を熾《おこ》し、三、四本の松明をともして、一本をみずから持ち、残りをほかの兵士に渡した。すでにあたりは暗くなりかけていたが、このころには充分暗く、すぐにもっと暗くなった。そこから去るまえに四人の兵士が輪を作り、空中に二度発砲した。やがて少し離れた後方でも松明がつけられ、川の向こうの沼地にも松明が見えた。「よし」軍曹が言った。「進め」

まださほど行かないうちに、前方で大砲が三発鳴った。私の耳のなかで破裂したような音だった。「監獄船が待ってるぞ」軍曹が私の囚人に言った。「おまえたちが行くのがわかっている。遅れるな。しっかりついてこい」

ふたりの囚人は互いに遠ざけられ、それぞれ兵士たちに囲まれていた。私はジョーの手を握り、ジョーはもう一方の手で松明を持っていた。ウォプスル氏は帰りたがったが、ジョーは最後まで見届けると心を決めていたので、私たちは兵士たちについていった。道がだいぶよくなった。たいてい川沿いで、ところどころ小さな水車と泥だらけの水門がついた水路があって、迂回《うかい》する。まわりを見ると、うしろから残りの松明がついてきていた。松明から地面に大きな火の塊が落ち、くすぶって燃えているのも見えた。あとはまわりじゅう漆黒の闇だった。松明のヤニ臭い炎のせいで私たちのまわりは暖かく、マスケット銃に囲まれて足を引きずりながら歩くふたりの囚人は、それをありがたがっているようだった。彼らがまともに歩けないので、隊全体も速くは進めない。疲れ果てている彼らのために、二、三度立ち止まって休ませたりもした。

そうして一時間かそこら進むと、粗末な木の小屋と船着場があった。小屋には衛兵がいて誰何《すいか》し、軍曹が答えた。私たちは煙草《たばこ》と漆喰のにおいのする屋内に入った。火が赤々と燃えていて、ランプ、マスケット銃のスタンド、太鼓、木製の低い寝台があった。寝台は機械部分のない大きな洗濯物絞り機のような代物《しろもの》で、一度に十人以上の兵士が横になることができた。外套《がいとう》を着てそこに寝ていた三、四人の兵士は私たちにあまり興味を示さず、ちょっと顔を上げて眠そうにこちらを見つめ、また寝はじめた。軍曹が報告らしきことをして何か台帳に書き入れたあと、私が〝もうひとりの囚人〟と呼ぶ囚人がまずボートに乗せられるために衛兵に連れていかれた。

わが囚人はあのとき以来、私を一度も見ていなかった。小屋のなかで立っているあいだ、考えごとをしながら暖炉の火に見入るか、足を片方ずつ炉格子《ろごうし》に上げて、このところの苛酷《かこく》な冒険をねぎらうようにしんみりと見つめていた。それが突然、軍曹のほうを向いて言った。

「この脱走に関して言っておきたいことがある。おれのせいで疑いをかけられる人がいるといけないんでな」

「好きに言うがいい」軍曹は腕を組み、彼に冷たい視線を送って答えた。「だが、言う場所はここじゃない。わかってるだろうが、この件が片づくまえに、おまえが話したり聞いたりする機会は充分ある」

「ああ、わかってる。けどこれはちがうこと、別の件なんで。人は黙って飢え死にできん。少なくともおれはな。だから村で食いもんを取った――沼地のすぐそばに教会がある村だ」

「盗んだということか」軍曹は言った。

「どこからってことも教えとく。鍛冶屋《かじや》の家だ」

「なんと」軍曹がジョーを見ながら言った。

「なんと、ピップ！」ジョーは私を見ながら言った。

「いろんな食いもんと――残り物だ――酒を少しと、パイだ」

「パイがなくなったようなことがあったかね、鍛冶屋？」軍曹がジョーに小声で尋ねた。

「家内がそう言っていました、ちょうどあなたがたが入ってきたときに。だろう、ピップ？」

「すると」わが囚人は暗い眼をジョーに向け、私のほうはいっさい見ずに言った。

「あんたが鍛冶屋なのか？　悪かったな、おたくのパイを食っちまって」

「いや、かまわんよ――おれとしては」ジョーはジョー夫人のことを思い出して言い添えた。「あんたが何をしたかは知らんけど、飢え死にさせるのはね、そりゃいくらなんでも気の毒だ――だろう、ピップ？」

　男の喉《のど》でまえにも聞いたクッという音がした。彼は背中を向けた。ボートが戻ってきて、衛兵が出発をうながした。私たちは彼のあとから、杭《くい》と石でできた粗末な船着場まで行った。男が乗せられたボートは、彼と同じ囚人たちが漕《こ》いでいた。彼を見ても誰も驚かない。ことさら見る気も起きないらしく、喜んだり悲しんだりもしていなかった。みな押し黙っていたが、一度だけ、ボートにいた誰かが犬にでも命令するようなうなり声で、「漕げ、おまえら！」と言った。それがオールを水につける合図だった。松明の光で、黒い監獄船が、泥の岸辺の少し向こうに邪悪なノアの箱舟さながら停泊しているのが見えた。閉ざされ、隔離され、錆《さ》びた太い鎖で繋留《けいりゅう》された監獄船は、幼い私の眼には枷《かせ》をはめられた囚人のように映った。ボートがそこに横づけされ、男が舷側《げんそく》から引き上げられて、船のなかに消えていくのを私たちはじっと見ていた。

そのあと、男にとってすべてが終わったかのように、松明が水に投げ入れられ、ジュッと音を立てて消えた。

6

あまりにも意外なかたちで盗みの容疑を晴らされた私は、すべてを正直に告白する気になれなかった。だが、そんな気持ちの底にもわずかばかりの善意があったと思いたい。

見つかる怖《おそ》れがなくなったとき、ジョー夫人に対して良心の痛みを感じた憶えはない。けれども、ジョーのことは大好きだった――そのいちばんの理由は、少年時代、やさしいジョーが私の愛情を受け入れてくれたことだったのだが――だから、とにかく彼に対してはなかなか心の整理がつかなかった。ジョーには本当のことを話すべきだという思いが（とりわけ彼がヤスリを探しているのを最初に見かけたときに）重くのしかかった。それでも話さなかったのは、おそらく、実際より悪い人間だと思われたくなかったからだ。彼の信頼を失い、それ以降は炉端に坐って、永遠に失われた心の友を暗く見つめることになるのではないかと思うと、恐怖で舌が動かなくなった。もしジョーが真実を知ってしまったら、暖炉の脇で金色の頬ひげを触っているのを見るたびに、私の盗みについて考えていると思わずにはいられなくなる——そんな想像が湧《わ》いてぞっとした。もしジョーが知ってしまったら、食卓に出た前日の肉やプディングを彼がどれほどさり気なく見たとしても、私が食料庫に入ったかどうか頭のなかで議論していると思わずにはいられなくなる。ジョーが知ってしまったら、その後いっしょに暮らすなかで、ビールが濃すぎるとか気が抜けているとか彼が言うたびに、タールが入っていることを疑っていると確信して、顔に血がのぼってしまうだろう。要するに、私は臆病《おくびょう》すぎて、正しいとわかっていることができなかった。臆病すぎて、正しくないとわかっていることを避けられなかったように。当時の私は世間と交渉がなかったから、たくさんいる人々の誰かをまねたわけではない。教わらずに学ぶ天才として、自力で行動の方針を見つけたのだ。

　監獄船からさほど離れないうちに私は眠くなり、またジョーにおぶってもらった。ジョーはそのまま家まで運んでくれたが、うんざりする道中だったにちがいない。ウォプスル氏がくたびれて、非常に不機嫌になっていたからだ。それこそ教会が開放されていたら、ウォプスル氏はジョーと私を手始めにおそらく追跡隊の全員を破門していただろう。しかし、現実には俗人だったので、濡《ぬ》れた地面に、頭がおかしいのかというほど長々と坐りこんだだけだった。もしそれが重罪にあたるなら、外套を台所の火で乾かすために脱いだとき、状況証拠のズボンの染《し》みがあらわになって、絞首刑が確定したことだろう。

そのころ私は、しばらくぶりに台所の床におろされて、子供の酔っ払いのようにふらふら歩いていた。ぐっすり眠っていたところを、部屋の暖かさと光、うるさい人声で起こされたのだ。ようやくわれに返ると（姉に背中をばしんと叩かれ、「よくもこんな子がいたものね！」とどやしつけられたのが気つけになった）、ジョーが例の囚人の告白について説明していた。訪問客はてんでに男が食料庫に侵入した方法について推測した。パンブルチューク氏は家のなかを注意深く調べたあと、男はまず鍛冶場の屋根にのぼったのだと結論した。そこから母屋《おもや》の屋根に移り、シーツを裂いて作ったロープを台所の煙突に垂らしておりてきた。パンブルチューク氏は自信満々だったし、（ほかの誰も持っていない）自家用馬車も持っていたので、一同はそうにちがいないと同意した。ウォプスル氏だけは、疲れた人にありがちなひねくれた態度で、「ちがう！」と乱暴に叫んだが、かといって自説もないし、上着も着ていないしで、誰からも相手にされなかった。濡れた尻《しり》を乾かすために台所の暖炉に向けて立っていたのだが、その尻からもうもうと湯気が立ち昇っていたのも、当然彼の信頼を高める役には立たなかった。

私が聞いた話はそこまでだった。うとうとしている子供がいてはみなの目障《めざわ》りだと姉につかまれ、力強い手で階上《うえ》のベッドまで連れていかれたからだ。引きずられる私は、あたかも五十足のブーツをはいて、それがすべて階段の一段ごとに当たっていくような音を立てた。先に述べた私の心境は、翌朝起きるまえに始まり、この話題が古びてごくまれにしか持ち出されなくなったあとも、長く続いた。

7

墓地に立って家族の墓碑銘を読んでいたとき、私は文字の読み方をようやく学んだばかりで、ことばの単純な意味も正しく理解していたとは言えなかった。たとえば、〝上の者《アバヴ》の妻〟については、父がすばらしい来世に迎え入れられたことを称《たた》える表現だと思っていた。だから、亡《な》くなった親戚《しんせき》で〝下の者《ビロウ》〟と書かれた人がいたら、まちがいなくその人に最悪の印象を抱いたはずだ。教理問答で習った神学の考え方も、正確からはほど遠かった。いまでもはっきりと憶えているが、〝毎日の暮らしで同じ道を歩め〟という神の道の教えも、家から村に出たときにはかならず同じ道をたどり、車輪修理工のところで曲がったり水車の横の坂を上がったりしない義務というふうに考えていたくらいだ。

それ相応の年齢になったら、私はジョーの徒弟になる予定であり、その厳《おごそ》かな地位につくまでは甘やか《パンパード》されてはならなかった（これをジョー夫人は〝甘やくすれ《ポンペイド》〟と発音した）。したがって、鍛冶場で雑用をこなすだけでなく、近所で鳥を追い払ったり、石を片づけたりする人が足りないとなると、手伝いにやられた。とはいえ、家族の名声が損なわれないように、台所の炉棚に貯金箱が置かれ、私の稼ぎはすべてそこに入ると広く周知されていた。貯《た》まった金は最終的には国債の返済にあてられると言われた気もするが、自分がその宝物にかかわることはいっさいできないと思っていた。

ウォプスル氏の大おばが村で夜間学校を経営していた。いわば、かぎりある資産とかぎりない欠点を持った滑稽《こっけい》な老婦人で、毎晩六時から七時まで眠りこける、それを教室でありがたく拝見するために、子供たちは毎週二ペンスを払っていた。彼女は小さな小屋を借り、その二階にウォプスル氏が住んでいたので、私たち生徒には、ウォプスル氏が怖るべき大音声《だいおんじょう》で朗読したり、ときどき天井を踏みならしたりするのが聞こえた。一学期に一度、ウォプスル氏が生徒を〝試験する〟というでたらめな噂《うわさ》があった。そんな折に実際に彼がすることは、服の袖をまくり上げ、髪の毛を逆立てて、シーザーの遺体をまえにしたマーク・アントニーの演説〔訳注　シェイクスピア『ジュリアス・シーザー』第三幕第二場〕を聞かせることだった。そのあとは決まってウィリアム・コリンズの『情熱の頌歌』になる。詩のなかで血まみれの雷剣を振りおろし、人を射すくめる形相で宣戦布告のラッパを取り上げる〝復讐《ふくしゅう》の鬼〟と化したウォプスル氏に、私はとりわけ大きな尊敬の念を抱いた。ただ、そのときには知る由《よし》もなかったが、のちに私自身が情熱の虜《とりこ》になると、コリンズとウォプスル両氏のそれは、いささか見劣りがするのだ。

　ウォプスル氏の大おばは、夜間学校を開くのと同じ部屋で小さな雑貨店も営んでいた。何がいくらで売られているか、本人はひとつも知らず、ビディが抽斗《ひきだし》にしまわれた脂《あぶら》っぽい小さな帳面を価格表のように使って、神官さながら万事を取りしきっていた。ビディはウォプスル氏の大おばの孫娘で、ウォプスル氏とどういう間柄になるのかは、正直なところ私にはわからない。ビディも私と同じ孤児で、同じく手で育てられた。体の先端部分に特徴がある人だと私は思っていた。つまり髪の毛はいつもぼさぼさ、手はいつも汚れ、靴はいつも修理が必要で、かかとが踏みつぶされていた。もっとも、これは平日にかぎった話で、日曜になるときちんとした恰好《かっこう》で教会に出かけた。

私はみずからの熱心な努力と、ウォプスル氏の大おばというよりビディの助けを借りて、アルファベットを学んだ。イバラの藪をかき分けるように一文字一文字に苦労し、引っかき傷を作りながら進んだあと、九つの数字という強盗どもに襲われた〔訳注 ルカ伝福音書第十章の〝善きサマリア人のたとえ〟になぞらえている〕。それらは夜ごと新しい手口で姿を変え、私の認識から逃れようとするのだった。しかし、暗いなか手探りするような学習の末、ようやくごく基本的な読み書きと計算ができるようになった。

ある夜、私は暖炉の隅に坐り、石板に一生懸命、ジョー宛《あて》の手紙を書いた。沼地の追跡劇から一年はたっていたと思う。あの事件がずいぶん昔に思えたし、そこらじゅうに霜がおりる冬のことだったからだ。足元の床に置いたアルファベット表を見ながら、一、二時間かけてなんとか次のような拙《つたな》い文を書いた。

〝ダイスキナ ジョー ゲンキ デスカ モウスグ ジヲ オシエルヨ ウマクナロウ ボク ジョーノ トテイナッタラ トビキリ タノシクヤロウ ケイグ ピップ〟

私は隣に坐ったジョーとふたりでいたから、何も手紙で話し合う必要はなかった。が、自分で書いたこの文書を（石板ごと）ジョーに渡すと、ジョーは奇跡的な学識として受け止めた。

「おい、ピップ、これは！」ジョーは青い眼を大きく見開いて叫んだ。「ずいぶん立派な学者だな、え？」

「学者になりたいんだ」私はジョーが持った石板を見やり、ちょっと字面《じづら》がでこぼこしているかと不安になりながら言った。

「なんと、これはＪだな」ジョーは言った。「こいつはたいしたＯだ！　ＪとＯだから、ピップ、ＪＯでジョーだな」

私は、ジョーがこれより長い音節を声に出して読むのを聞いたことがなかった。このまえの日曜にも、教会でジョーと使う祈禱書《きとうしょ》をたまたま逆さに持ってしまったのだが、いっこうに困っていない様子だったので、私はこの機会に、ジョーに文字を教えるときには本当に一からやるべきか確かめようとした。「そう、でも残りも読んでみてよ、ジョー」

「残りか、ピップ？」ジョーはゆっくりと探るような眼を私に向けた。「一、二、三――三つのＪと三つのＯ。ジョーが三つだな、ピップ！」

私はジョーのほうに身を寄せて、人差し指でたどりながら手紙をすべて読んで聞かせた。

「こいつはたまげた！」私が読み終わると、ジョーは言った。「本物の学者さんだ」

「ガージェリーはどう綴《つづ》る、ジョー？」私は少し先生気取りで訊いた。

「おれは綴らない」

「でも、もし綴るとしたら？」

「〝もし〟はないんだ」ジョーは言った。「けど、読むのはとても好きだよ」

「本当に、ジョー？」

「本当だとも。いい本やいい新聞を手にして、暖炉のよく燃える火のまえに坐っていられたら、こんなにうれしいことはないね。まったく！」ジョーは両膝をこすりながら続けた。「ようやくJとOにたどり着いたら〝ほら、やっとここにJ―O、ジョーがある〟なんて言う。読書はおもしろいなあ！」

このことから私は、ジョーの教育が蒸気機関のようにまだ幼稚な段階にあると考えた。さらに話を続けて訊いてみた。

「学校には行かなかったの、ジョー？　ぼくくらい小さかったときに」

「ああ、ピップ」

「どうして行かなかったの、ジョー？　ぼくくらい小さかったときに」

「それはな、ピップ」ジョーは火かき棒を取り、考えこむときのいつもの癖で、炉格子の下の隙間《すきま》からゆっくりと火をつつきはじめた。「教えようか。おれの親父《おやじ》はな、ピップ、酒好きで、飲みすぎるとお袋を叩いた、それはもうこっぴどくな。仕事で鉄を叩く代わりに、お袋とおればっかり叩いてた。おれを叩くときの意気込みなんか、あれに勝るのは、鉄敷《かなしき》を叩こうとしない意気込みぐらいのもんだ。聞いてるか、ピップ？　言ってる意味はわかるか？」

「うん、ジョー」

「だから、お袋とおれは親父から逃げた、何度もな。お袋は働きに出て、おれによく言ったもんだ。〝ジョー、お願いだからちゃんと勉強しなさいよ〟って。けど、親父は根は善人だったから、家族がいないのに耐えられなかった。で、おっかねえ連中をいっぱい連れてきて、おれたちが住んでた家のまえで大騒ぎしたんで、大家さんたちもおれとお袋を引き渡すしかなかった。そして親父はおれたちを家に連れ帰って、また叩いたってわけだ。それがまあ、ピップ」火をつつきながら考えるのを中断し、私を見て、「おれの勉強がはかどらなかった理由だな」

「そうなんだ。かわいそうなジョー！」

「ただな、ピップ」ジョーは火かき棒で格子の上を一、二度叩き、判事よろしく言った。「汝《なんじ》らその負債《おいめ》をおのおのに償い〔訳注　ロマ人への書第十三章第七節より〕、人をみな分け隔てなく公正に判断すれば、親父は根は善人だったんだ。わかるか?」

わからなかったが、口には出さなかった。

「とにかく」ジョーは続けた。「誰かが鍋《なべ》を沸かさなきゃいかん、ピップ。でなきゃ、いつまでたっても鍋は沸かんだろう。わかるか?」

それはわかったので、うんと答えた。

「だから、親父はおれが働きだすことに反対しなかった。そうやっていまの仕事を始めたわけさ。親父の仕事でもあったけどな、もし続けてたら。おれはけっこうまじめに働いたよ。おまえには言っとくぞ、ピップ。やがて親父を養えるようになって、親父が脳しょっ中で逝《い》っちまうまで養ってた。親父の墓石にはこんなふうに彫りたかったんだ。〝読む者よ忘れるな。ここに眠る者は人として《オン・ヒズ・パート》欠点は多々あれど、心のなか《イン・ヒズ・ハート》は善人だった〟と」

ジョーがこの対句をいかにも誇らしげに、いささかの乱れもなく暗唱したので、私は、自分で作ったのかと尋ねた。

「ああ、自分で作った」ジョーは言った。「あっと言う間にな。ハンマーの一発で蹄《てい》鉄《てつ》を打ち上げるようなもんだ。あれほど驚いたことはなかったな。自分の頭を信じてなかったんで。正直なとこ、この頭から出てきたのが信じられなかった。さっき言ったとおりな、ピップ、そいつを墓に刻むつもりだったけど、詩には金がかかる。大きく彫っても、小さく彫っても、どうやろうと。だから結局、彫れなかった。棺の担《かつ》ぎ手に払う金ももちろん含めて、節約できる金はみんなお袋のために必要だった。体を悪くして、だいぶ弱ってたから。かわいそうに、そこから長くはもたなくて、ようやく心の安らぎを手に入れたのさ」

　青い眼が心なしか潤《うる》んでいた。ジョーはいかにもきまり悪く、照れくさそうに、火かき棒の丸い握りのところでまず片方の眼を、次にもう一方の眼をこすった。

「寂しかったよ、ここにひとりで住むのはな。そんなとき、おまえの姉さんと知り合った。いいか、ピップ」ジョーは私が同意しないと思っているかのように、こちらをしっかりと見すえて言った。「姉さんは立派な女だぞ」

　私は暖炉の火に眼をそらさずにはいられなかった。疑いがどうしようもなくこみ上げてきたのだ。

「この点について家族の意見がどうだろうと、世間がなんと言おうと」ジョーは続く一語一語に合わせて、火かき棒で格子の上を叩いた。「立派・な・女・だ！」

「そう思ってくれてうれしいよ、ジョー」くらいしか、言うべきことを思いつかなかった。

「おれもだ」ジョーは私のことばをとらえて続けた。「おれもそう思うのがうれしい、ピップ。少々赤くても、あちこち骨っぽくても、おれには関係ないだろ？」

ジョーに関係ないなら誰にも関係ないね、と私は賢明な意見を言った。

「そのとおり！」彼は同意した。「まさに言うとおりだ！　おれがおまえの姉さんと知り合ったとき、あの人はおまえを手で育てたってたいへんな評判だった。それにやさしいってみんな言ってた。おれもみんなといっしょに言ったよ」そして、本当に不快なものを見るときの顔つきで続けた。「おまえについて言うと、小さくて、ひ弱で、みすぼらしくて、いやほんと、あのころの自分を知ってたらつくづく嫌になったと思うぞ」

あまりありがたい話ではなかったので、私は言った。「それはいいから《ネヴァー・マインド》、ジョー」

「けど、おれはおまえの面倒をよく見た《ディッド・マインド・ユー》ぞ、ピップ」ジョーは素朴なやさしさで答えた。「おまえの姉さんとつき合って、鍛冶場に嫁いでくる気持ちになってるのがわかったんで、教会で結婚通知を出してもらおうってとき、おれは言ったんだ。〝かわいそうなあの子も連れてくりゃいい。まだあんなに小さくて、かわいそうだ。鍛冶場にはあの子が入るくらいの余地はあるから〟って」

　私はわっと泣きだし、赦《ゆる》しを乞《こ》いながらジョーの首に抱きついた。ジョーは火かき棒を落として私を抱きしめた。「それからずっと、いちばんの友だちだ。だろ、ピップ？　泣くなよ、おい！」

　この短い中断のあと、ジョーはまた話しはじめた。

「だからまあ、ピップ、おれたちはこうしてるってわけだ。つまりそういうことさ、おれたちはいっしょにいる！　だがな、おれにものを教えてくれるときには、ピップ（あらかじめ言っとくと、おれはものすごく頭が悪いぞ、そりゃもう驚くほど）、おれたちがやってることをミセス・ジョーにあまり見られちゃいかん。要するに、こっそりやらないと。なんでこっそりか？　教えてやるよ、ピップ」

　ジョーはまた火かき棒を持っていた。これがないと話を先に進められないのではないかと私は思った。

「おまえの姉さんは統治《ガヴァメント》が好きなんだ」

「政府《ガヴァメント》が好き？」私は驚いた。漠然とだが、ジョーが離婚して姉を海軍か大蔵省の偉い人に譲ったのだろうかと思ったからだ（内心そうなってほしいと願ったことは言い添えておかなければならない）。

「統治が好きなのさ。つまり、おまえとおれを支配することだ」

「ああ！」

「それに、姉さんは家のなかに学者がいるのは気に入らんだろう。とりわけおれが学者になるのは。おれが立ち上がると困るわけよ、反逆者みたいに。わかるだろ？」

　私はそれに質問をぶつけたくなり、「でもなぜ」と言いかけたが、ジョーにさえぎられた。

「ちょっと待て。言いたいことはわかる、ピップ。待て！　おまえの姉さんがおれたち相手にときどき皇帝みたいにふるまうのは確かだ。おれたちを床にぶん投げるし、尻に敷いたりもする、怒って暴れるときにはな、ピップ」ジョーは声を落としてささやき、ドアを見やった。「正直言えば、あれは壊し屋《バスター》だ」

　ジョーはこの単語を、まるで大文字のＢが十二個並んで始まるように発音した。

「どうして立ち上がらないのか。さっきはそう訊きたかったんだろ？」

「うん、ジョー」

「それはな」ジョーは火かき棒を左手に持ち替え、右手で頬ひげをなでながら言った。彼が静かにこの仕種《しぐさ》を始めたら、希望は持てなかった。「姉さんは操り師《マスターマインド》なんだ。操り師」

「それって何？」私は彼が答えに窮するのではないかと思って訊《き》いた。しかし、期待に反してジョーはすぐに定義してみせ、私をやりこめた。こちらをじっと見て、「おまえの姉さんのことさ」と循環論法で答えたのだ。

「でもって、おれは操り師じゃない」ジョーは眼をそらし、また頬ひげをなでながら話しつづけた。「それから最後に、ピップ、これはすごくまじめに言っときたいんだ。おれはかわいそうなお袋があくせく働いて、奴隷《どれい》みたいに扱われて、正直な心を傷つけられて、生きてるあいだはちっとも安らかな気持ちにならなかったのをずっと見てたから、女に自分もまちがったことをしないか心配なんだ。だから、夫婦の立場が逆転して、おれのほうがいくらか不自由な思いをしてもかまわない。ただ言っとくと、我慢するのがおれだけならよかったのにな、ピップ。おまえをいじめるティックラーがなくて、おれだけが引き受けられりゃよかった。けどまあ、現実の世の中はこんなもんだ、ピップ。至らないところは大目に見てくれ」

幼いなりに、私はこの夜から改めてジョーを尊敬するようになった。その後もそれまでどおり対等な関係ではあったけれど、静かに坐《すわ》ってジョーを見たり、彼のことを考えたりするときには、心のなかに新たな敬意が湧き上がってくるのを感じた。

「そりゃそうと」ジョーは炭を足すために立ち上がりながら言った。「時計がもう八時を打とうとしてるのに、おまえの姉さんはまだ戻ってこないな。パンブルチュークおじさんの馬車馬が前肢《まえあし》を氷ですべらせて、すっころんでなきゃいいが」

　ジョー夫人は市の立つ日にときどきパンブルチュークおじと出かけ、女性の判断が必要な家のこまごましたものの買い物を手伝っていた。パンブルチュークおじは独身で、家政婦を信用していなかったからだ。この日もちょうど市が開かれ、ジョー夫人はその件で外出中だった。

　ジョーは火を熾し、炉床をきれいにした。私たちは馬車の音を聞こうと玄関口まで行った。乾いた寒い夜で、刺すような風が吹き、霜が白く凍りついていた。こんな夜に沼地にいたら死んでしまうと私は思った。空の星を見上げた。凍え死ぬときにこんな空に顔を向けて、輝く満天の星のどこにも助けや憐れみを見出《みいだ》せないとしたら、どれほど怖ろしいことだろう。

「馬車が来たぞ」ジョーが言った。「鐘みたいな音だ！」

　いつもよりずっと早足で駆けてくる牝馬《めすうま》の蹄鉄が固い地面に当たって、音楽のように響いた。私たちは、馬車からおりるジョー夫人のために椅子《いす》をひとつ外に出し、馬車から家の明るい窓が見えるように火をかきたて、台所がきちんと片づいているか最後の確認をした。こうした準備が完了したころ、彼らが眼元まで毛布にくるまって到着した。ジョー夫人はすぐに馬車からおり、パンブルチュークおじも続いて出てきて、馬に覆《おお》いをかけた。私たちはみな台所に入ったが、いっしょに外の冷たい空気を大量に持ちこんだので、火から暖かさをすべて追い払ったように思われた。

「さてと」ジョー夫人が興奮した様子で、まとっていた毛布をそそくさとはぎ取って言った。うしろにはね飛ばした帽子は、紐《ひも》で肩から吊《つ》り下がった。「今晩この子が感謝しなかったら、一生感謝することはないでしょうね！」

私は、わけもわからず感謝しなければならない子供として可能なかぎりの感謝の表情を浮かべた。

「甘やくす《ポンペイド》れないことを祈るばかりだわ」姉は言った。「でも、そうなりそうだけど」

「彼女はそういう人ではないと思う」パンブルチューク氏が言った。「よくもののわかった人だ」

彼女？　私はジョーを見て、唇と眉《まゆ》の動きで〝彼女？〟と尋ねた。ジョーも私を見て、彼の唇と眉の動きで〝彼女？〟と返した。姉にそれを見られると、ジョーは手の甲で鼻の下をこするいつものなだめる仕種をしながら、相手の顔色をうかがった。

「何よ」姉はいつもの噛《か》みつくような調子で言った。「何じろじろ見てんの？　家が火事なの？」

「誰かが言ったようだから」ジョーは丁寧に探りを入れた。「〝彼女〟と」

「彼女は彼女でしょうが」姉は言った。「ミス・ハヴィシャムを〝彼〟と呼びたいんでないかぎり。さすがのあんたも、それはないよね」

「ミス・ハヴィシャム？　町にいる？」とジョー。

「ほかにミス・ハヴィシャムがいるの？」姉は言い返した。「この子に遊びにきてもらいたいんだってさ。もちろん行かせますよ。あっちで遊ぶほうがいいよね」私のほうに首を振って、思いきり陽気にはしゃぎなさいとうながした。「でなきゃ、ここでこき使ってやる」

町にいるミス・ハヴィシャムのことは私も耳にしていた。このあたりでミス・ハヴィシャムを知らない人はいない。たいへんな金持ちで、泥棒に入られないように鉄格子を張りめぐらした暗い屋敷に、誰ともつき合わずに住んでいる、気味の悪い婦人だった。

「こりゃまあ！」ジョーが驚いて言った。「あの人がどうしてピップのことを知ったんだろうな」

「馬鹿《ばか》！」姉は叫んだ。「彼女がピップを知ってるなんて誰が言った？」

「誰かが言ったんじゃなかったかな」ジョーはまた丁寧に探りを入れた。「この子に遊びにきてもらいたいって」

「だったら彼女は、屋敷に遊びにきてくれる子はいないかとパンブルチュークおじさまに訊かなかったわけ？　パンブルチュークおじさまがあの人の借家人で、ときどき——四半期に一回とか、半年に一回ということは言わないけど、どうせあんたには理解できないから——でもときどき——屋敷に賃料を払いにいく可能性はないわけ？　で、彼女がパンブルチュークおじさまに、屋敷に遊びにきてくれる男の子を知らないかと尋ねることもないって？　そのとき、いつも思いやりがあってあたしたちのことを考えてくださるパンブルチュークおじさまが——あんたはそう思ってないかもしれないけどね、ジョゼフ」とジョーが甥《おい》のなかでいちばん無神経だと言いたげに、激しく非難する口ぶりで、「ここでぴょんぴょん跳ねてるこの子の名前をあげてくださらなかったというの？」私は誓って跳ねてなどいなかった。「あたしが奴隷みたいに身を捧《ささ》げて尽くしてきたこの子のことよ」

「これまたお見事！」パンブルチュークおじが叫んだ。「そのとおり！　じつに的確だ！　感心する！　さあ、ジョゼフ、おまえも事情がわかっただろう」

「いいえ、ジョゼフ」姉はまだ非難する口調で言った。ジョーは申しわけなさそうに何度も手の甲で鼻をこすっていた。「まだ事情はわかってない——わかったつもりかもしれないけど、まだちっともわかってない、ジョゼフ。まだ知らないことがあるからよ。パンブルチュークおじさまは、ミス・ハヴィシャムのところへ行けばこの子の運命がちょっとでも変わるかもしれないと考えて、今晩、これからご自身の馬車でこの子を町へ連れて帰り、ご自宅に一泊させたうえで、明日の朝、みずからミス・ハヴィシャムのもとへ届けるという提案をしてくださったのよ。あらいけない！」姉は叫び、いきなり自棄《やけ》になって帽子を放り投げた。「パンブルチュークおじさまを待たせておいて、馬も外で風邪を引きそうだってのに、あたしったらここで馬鹿相手に立ち話して。おまけにこの子は頭のてっぺんから爪先《つまさき》まで煤《すす》と泥だらけだ！」

そう言うと、姉は仔羊《こひつじ》を襲う鷲《わし》のように私に飛びかかってきた。私は台所の流しで木の桶《おけ》に顔を突っこまれ、頭を蛇口の下に置かれて、石鹸《せっけん》を塗りたくられ、こねまわされ、タオルでふかれ、叩《たた》かれ、鋤《すき》で耕され、ヤスリをかけられ、頭がおかしくなりそうだった（ちなみに、顔を情け容赦なくごしごしやられるときの結婚指輪の硬さと痛さについては、私はどんな権威にも負けない生き証人だと思う）。

洗浄が終わると、私は懺悔服《ざんげふく》をあてがわれた悔悟者のように、これ以上ないほどごわごわしたリネンのシャツと、すさまじくきつくて醜いスーツを着せられ、パンブルチューク氏に引き渡された。彼は州知事か何かのように、しかつめらしく私を引き受け、聞かせたくてたまらなかったのがわかる演説を私に聞かせた。「坊主《ぼうず》、くれぐれも友人みんなに感謝する気持ちを忘れんようにな。とりわけおまえを手で育ててくれた人たちに」

「さようなら，ジョー」

「神様のお恵みを、ピップ！」

　私はそれまでジョーと離ればなれになったことがなかった。そんな感情やら石鹸水やらのせいで、最初は馬車から星が見えなかった。その星がひとつずつまたたきはじめたが、なぜ自分がミス・ハヴィシャムのところへ遊びにいくのか、そこでいったい何をして遊ぶのかという疑問については、なんの光も投げかけてくれなかった。

8

　市の立つ町の本通りにあるパンブルチューク氏の家は、穀物種苗商《しゅびょうしょう》の住まいだけあって、胡椒《こしょう》の実や穀物の粉だらけだった。自分の店にあれだけたくさん小さな抽斗があって、とても幸せな人にちがいないと思った。低い位置にある抽斗をひとつふたつのぞいてみると、茶色の紙に包まれた種や球根があり、これらもいつか監獄から抜け出して花を咲かせたいのだろうかと考えたりした。

そんな思索に耽《ふけ》ったのは、到着した翌日の朝早くだった。前夜はまっすぐ屋根裏部屋のベッドに送りこまれた。ベッドが置かれた部屋の隅には斜めの屋根が迫っていて、私の計算では、屋根瓦《がわら》は私の眉から三十センチも離れていなかった。その朝、私は草花の種とコーデュロイが奇妙にも似ていることを発見した。パンブルチューク氏はコーデュロイを着、店員もコーデュロイを着ている。コーデュロイにはどことなく種のような雰囲気とにおいがあり、種にもコーデュロイのような雰囲気とにおいがあって、どっちがどっちか、ほとんどわからなかった。同時に私は、パンブルチューク氏の商売が通りの向かいの馬具屋を見ることであるらしいのに気づいた。その馬具屋の商売は馬車大工の仕事を見ることであり、馬車大工は両手をポケットに突っこんでパン屋を観察することで身を立てているらしく、そのパン屋は腕組みをして食料品屋に眼を凝らし、食料品屋は店の入口に立ってあくびをしながら薬屋を見ていた。時計屋だけが、つねに片方の眼に拡大鏡をつけて小さな机に集中し、つねに店のウィンドウ越しに野良着《のらぎ》の集団に作業を見つめられて、本通りでただひとり自分の仕事に専念しているようだった。

パンブルチューク氏と私は、八時に店の奥の居間で朝食をとった。店員は店のほうで豆の袋に坐ってお茶を飲み、バターつきパンを食べていた。パンブルチューク氏はいっしょにいてぜんぜん愉《たの》しくない相手だった。しかも、私の食事には難行や懺悔の要素を取り入れるべきだという姉の考えに染まりきっていたので、できるだけ多くのパン屑《くず》にできるだけ少ないバターを添え、いっそ湯だけ出すほうが誠実ではなかろうかと思うほど大量の湯を牛乳に混ぜただけでなく、食事中の会話はひたすら算数の問題だった。私が礼儀正しく、おはようございますと挨拶《あいさつ》するや否《いな》や、彼は居丈高に「七掛ける九は？」と訊いてきた。見知らぬ家で腹を空《す》かせているときに、そんなふうに質問されて、どううまく答えろというのだろう！　空腹でまだパンのひとかけらも食べていないうちに、足し算の練習が始まり、それが朝食のあいだじゅう続いた。「七足すと？」、「足す四は？」、「足す八は？」、「足す六は？」、「足す二は？」、「足す十は？」、などなど。ひとつ答えを言うと、ひと口パンをかじるかお茶を飲むかのうちに次の質問が来る。その間、パンブルチューク氏は何も考えずにのんびり坐って、ベーコンや温かいロールパンを（こういう表現が許されるなら）がつがつ貪《むさぼ》り食っていたのだ。

そんなわけで、十時になってミス・ハヴィシャムの家に出発することになったときには、無性にうれしかった。屋敷でどうふるまえばいいのかはわからず、心はまったく落ち着かなかったけれど。十五分もたたないうちにミス・ハヴィシャムの家に到着した。古い煉瓦《れんが》造りの陰気な家で、どこもかしこも鉄格子だらけだった。いくつかの窓は壁に塗りこめられ、残った窓のうち下のほうにあるものには、みな錆びた鉄格子がついていた。家の正面には庭があるが、これも鉄の柵《さく》で仕切られているので、私たちは呼び鈴を鳴らしたあと、誰かがそこを開けてくれるまで待たなければならなかった。門のまえで待っているあいだに、私はなかをのぞいて（たとえパンブルチューク氏が「足す十四は？」と言っても、聞こえないふりをした）、家の横に大きな醸造所があるのに気づいた。醸造はおこなわれておらず、長いこと使われていないように見えた。

　窓が上がり、澄んだ声が「どなた？」と尋ねた。わが案内人はそれに「パンブルチュークです」と答えた。声が「わかりました」と言い、窓がまた閉まって、鍵《かぎ》を手にした若い女性が庭を横切ってきた。

「これがピップです」パンブルチューク氏が言った。

「これがピップね？」若い女性は応じた。とてもきれいな人で、高慢そうに見えた。

「入って、ピップ」

パンブルチューク氏も入ろうとしたが、女性が門のところでさえぎった。

「あら」彼女は言った。「ミス・ハヴィシャムとお会いになりたかったの？」

「もしミス・ハヴィシャムが私にお会いになりたいのなら」パンブルチューク氏は当惑して言った。

「まあ。でも、そうはおっしゃらないわ」

彼女はにべもなく言い、議論の余地なしという態度だったので、パンブルチューク氏は面目を失いながらも抵抗できなかった。ただ私を睨《にら》みつけ——まるで私が彼に何かしたかのように！——「いいな、おまえを手で育てた人たちの名誉になるように、立派にふるまうんだぞ！」と非難がましいことばを残して去っていった。すぐに戻ってきて門越しに「足す十六は？」と尋ねるのではないかという不安は消えなかったが、さすがにそれはなかった。

若い案内人が門に鍵をかけ、私たちは庭を歩いた。砂利がきれいに敷かれているが、そこらじゅうの石の隙間から雑草が生えていた。醸造所につながる小径《こみち》があり、そのまえの木戸が開いていた。醸造所の扉はすべて開け放たれ、建物の向こう側の高い塀が見えた。なかは空っぽで使われておらず、そこを門の外より冷たい風が吹き抜けているようだった。風は醸造所の両側から出入りするたびにヒューヒュー鳴り、海に出た船の索具に当たる風の音を思わせた。

私が醸造所を見ているのに気づいて、若い女性が言った。「あなたの歳《とし》なら、あそこでできる強いビールを全部飲んだってだいじょうぶよね、坊や」

「そうですね」私は遠慮がちに言った。

「あそこではもうビールを造らないほうがいいの。造っても酸《す》っぱくなっちゃうから。そう思わない？」

「そんな気がします」

「そもそも誰も造ろうとしないけど」彼女は言い添えた。「もう終わってるから。ただ建物があそこにあるだけ、崩れてしまうまでね。強いビールが飲みたければ、もう地下室にたっぷり蓄えてある。領主館《マナー・ハウス》を溺《おぼ》れさせるほど」

「それがこの家の呼び名ですか？」

「呼び名のひとつよ、坊や」

「ほかにもあるってことですね？」

「もうひとつだけある。〈サティス〉よ。ギリシャ語、いや、ラテン語かな、ヘブライ語かも。それとも三つすべてか――どれでもわたしには同じだけど。〝充分な〟っていう意味」

「〝充分な家〟」私は言った。「変わった名前ですね」

「ええ」彼女は言った。「でも、それ以上の意味がある。この家の持ち主が誰でも、ほかに欲しいものがなくなるという意味だったの。昔の人はいとも簡単に満足したんでしょうね、きっと。でもぐずぐずしないで、坊や」

彼女は、お世辞からはほど遠い口調で、気兼ねなく何度も私を〝坊や〟と呼んだが、年齢は私と同じくらいだった。もちろん、女の子で美しく、落ち着いていたから、私よりずっと年上に見えたのだが。まるで二十一歳の女王であるかのように私を見下していた。

私たちは横のドアから家のなかに入った。正面玄関は外側から鎖二本で閉ざされていたのだ。まず気づいたのは、廊下が真っ暗で、彼女が蠟燭《ろうそく》をつけたままそこに置いていたということだった。彼女はそれを取り上げ、私たちは廊下をいくつも進んで、階段を上がった。それでも家のなかは真っ暗で、明かりは蠟燭一本だった。

ついにある部屋のドアのまえに来て、彼女が言った。「入って」

私は礼儀正しさからというより、気おくれして答えた。「お先にどうぞ」

それに彼女は、「馬鹿言わないで、坊や。わたしは入らないわ」と言い、蔑《さげす》みながら去っていった。なお悪いことに、蠟燭も持っていってしまった。

これには困り、いくらか怖くもなった。しかし、ドアをノックするほかなかったので、そうすると、なかからお入りなさいと声がした。入った部屋はかなり広く、何本もの蠟燭で明るく照らされていた。外の陽の光は完全にさえぎられている。家具から判断して、そこは化粧室のようだった――といっても、当時の私にとってその家具の多くは見たことのない形で、用途もわからなかったが。なかでも目立つのは、金縁の鏡がついていて布のかかったテーブルで、ひと目で高貴な婦人の使う化粧台だとわかった。

もっとも、そこに貴婦人がついていなければ、化粧台だとすぐにはわからなかったかもしれない。肘《ひじ》かけ椅子に腰かけ、テーブルに片肘をついてその手に顔をのせていたのは、私がいままで見たなかで、あるいは将来を含めても、いちばん不可思議な女性だった。

彼女はサテン、レース、シルクといった高価な素材の服を着ていた。しかも白ずくめで、靴も白かった。頭から長く白いベールを垂らし、髪には花嫁の花飾りをつけているが、髪そのものは白髪だ。首のまわりと両手で宝石がいくつか明るく輝き、化粧台で別の宝石も光っていた。彼女が着ている服ほど華麗ではない服と、半分荷物を詰めたトランクが散らばっていた。まだ支度の途中らしく、靴は片方しかはいておらず、もう片方は化粧台の彼女の手の近くにある。ベールもこれから整えるところで、懐中時計もまだ身につけていない。胸に飾るレースも、ほかの小物やハンカチ、手袋、花、祈禱書なども、みなごちゃごちゃと鏡のまわりに積まれていた。

　私は最初の瞬間にそれらをすべて見て取ったわけではないが、ふつうの瞬間で想定されるよりは多くを見た。本来白いはずのあらゆるもの、かつて白かったであろうあらゆるものが光沢を失い、色褪《あ》せて黄ばんでいるのにも気づいたし、花嫁衣装を着た花嫁が、衣装や花と同じようにしおれて、残された明るいものは落ち窪《くぼ》んだ両眼だけであることも、若い娘のぽっちゃりした体を包んでいたドレスが、いまは骨と皮にまでしおれた体から垂れ下がっていることも、見て取った。その昔、市《いち》に連れていってもらい、ぞっとする蠟人形を見たことがあった。正装で安置された世にも奇怪な人物の像だった。沼地の古い教会のひとつに連れていかれ、敷石の下の地下墓所から掘り出された骸骨《がいこつ》も見たことがあった。それは灰となった豪華そうな衣装に包まれていた。いま、その蠟人形と骸骨が黒い眼を動かして、私を見たように思えた。叫び声をあげそうになったが、声が出なかった。

「誰？」化粧台についた女性が言った。

「ピップです」

「ピップ？」

「ミスター・パンブルチュークの紹介で来ました。ここで——遊ぶために」

「もっと近づいて。あなたを見せて。さあ、こっちへ」

彼女のまえに立ってその視線を避けていたとき、私は鏡のまわりのさまざまな小物を仔細《しさい》に眺め、懐中時計が九時二十分前で止まっているのに気づいた。部屋の時計も九時二十分前で止まっていた。

「こちらを見なさい」ミス・ハヴィシャムは言った。「あなたが生まれたときから一度も太陽を見たことがない女なんか、怖くはないでしょう？」

申しわけないことに、「はい」と特大の嘘《うそ》をつくことのほうが怖くなかった。

「こうしてわたしが何に触っているかわかる？」両手を重ねて胸の左側に当てていた。

「はい」（私は例の若い男を思い出した。）

「何に触れている？」

「心臓です」

「引き裂かれた心よ！」

彼女はそのことばを真剣な表情で力強く発した。ある種の誇りが感じられる奇妙な笑みを浮かべて。そのあともしばらく両手を胸に当てていたが、重くなったかのように、ゆっくりとそこから離した。

「退屈なの」ミス・ハヴィシャムは言った。「気晴らしが欲しい。もう大人の男女はたくさん。さあ、遊びなさい」

この状況で不幸な子供に命じることのなかで、これほどやりにくいことは、世界広しといえどもめったにない。それはもっとも口やかましい読者ですら認めてくれるだろう。

「ときどき趣味の悪いことを思いつくの」彼女は続けた。「いまの思いつきは、何かの遊びが見たいということ。さあ、早く！」と右手の指を苛立《いらだ》たしげに動かした。「遊び、遊び、遊び！」

ふとまた姉にこき使われる己の姿が眼に浮かび、私は恐怖心から、パンブルチューク氏の馬車のまねをして部屋じゅうを走りまわろうかというやけくそな考えを起こした。が、とてもそんな芸当はできないとあきらめて、ミス・ハヴィシャムを見つめた。彼女はそれを頑固な態度と受け取ったのだろう。互いに長く見つめ合ったあとで、こう言った。

「すねて意地を張っているの？」

「いいえ。本当にごめんなさい。申しわけありません。ですが、いまは遊べません。

あなたから苦情が伝わると姉に叱《しか》られますから、できれば何かしたいのです。でも、ここは何もかも目新しくて、不思議で、上品で——物悲しくて——」そこで、しゃべりすぎている、あるいはもうしゃべりすぎたのではないかと思い、口を閉じた。私たちはまた長いこと見つめ合った。

ミス・ハヴィシャムは私から眼をそらし、身にまとったドレスや化粧台、そして鏡に映った彼女自身を見てから、また話しだした。

「何もかも目新しい」彼女はつぶやいた。「わたしにはすっかりなじんだものが、この子には不思議なのね。わたしはどれも知り尽くしているのに。でも、物悲しいことはわたしも同じ！　エステラを呼んで」

ミス・ハヴィシャムが相変わらず鏡の自分の姿を見ているので、それもひとり言だろうと私は思い、黙っていた。

「エステラを呼んで」彼女はさっとこちらを見てくり返した。「できるでしょう。エステラを呼んで。ドアの向こうにいるから」

知らない家の謎《なぞ》めいた廊下の暗がりに立ち、見えもしないし返事もしない高慢な若い女性に向かって「エステラ」と大声で呼ばわるのは、あまりにも無遠慮で、遊べという命令と同じくらいつらかったが、ついに返事が聞こえ、暗く長い廊下の向こうから蠟燭の光が星のように近づいてきた。

ミス・ハヴィシャムはエステラを近くに呼び寄せ、化粧台から宝石をひとつ取って、初々《ういうい》しい白い胸元や美しい茶色の髪に当てて眺めた。「いつかあなたのものになるからね、愛《いと》しい子。うまくお使いなさい。さあ、この子とカードで遊んでみせて」

「この子と！　だって卑《いや》しい労働者の子よ？」

ミス・ハヴィシャムの答えが聞こえたと思う――とても信じがたい答えだったが。

「だから何？　この子の心を引き裂いてやればいい」

「何ができる？」エステラがこれ以上ないほどの軽蔑《けいべつ》をこめて私に訊いた。

「〈ベガー・マイ・ネイバー〉しか知りません」〔訳注　相手の手札がなくなるまで勝負する〈戦争〉に似たカード遊び〕

「この子を乞食《ベガー》にしておやり」ミス・ハヴィシャムが言い、私とエステラは坐ってカード遊びを始めた。

そこでようやく、部屋にあるすべてのものが、懐中時計や柱時計と同じようにずっとまえから止まっているのがわかってきた。ミス・ハヴィシャムは、宝石を取り上げた同じ場所にきちんと戻した。エステラがカードを配っているあいだに、私はまた化粧台をちらっと見た。かつて白く、いまは黄ばんだ靴の片方は、一度もはかれたことがないようだった。ミス・ハヴィシャムの靴をはいていないほうの足に眼を落とすと、かつては白く、いまは黄ばんだシルクのストッキングがすれてぼろぼろになっていた。こうしてすべてのものが止まり、静かに色褪せて朽ちていなければ、たとえ瘦《や》せ衰えた体に干からびた花嫁衣装がかかっていようと、あれほど死に装束のようには見えなかっただろうし、長いベールも埋葬布そのものという感じはしなかったであろう。

　ミス・ハヴィシャムは死体のように坐って、私たちが遊ぶのを見ていた。花嫁衣装の縁飾りは土色の紙のように見えた。ときおり古代に埋葬された死体が発見されると、外の光にさらされたとたんに崩れて粉のようになってしまう。当時の私はそんなことは知らなかったが、ミス・ハヴィシャムが部屋に太陽の光を入れたら塵《ちり》と化すように見えたことは、その後何度も思い出す。

「この子ったら、十一の札を〝廷臣《ネイヴ》〟じゃなくて〝ジャック〟と呼ぶのよ」最初のゲームが終わるまえに、エステラが見下して言った。「それに、なんてがさがさの手！　ブーツもすごく分厚い！」

　それまで自分の手を恥ずかしいと思ったことはなかったが、だんだんみっともない手に見えてきた。エステラの軽蔑があまりに激しいので、私にまで感染したのだ。

　彼女はそのゲームに勝ち、私が札を配ったが、配りまちがえてしまった。しくじるのを彼女が待ち構えているのがわかったので、しくじったのも当然だった。エステラは、馬鹿で不器用な労働者の子、と私を責めた。

「あなたは何も言わないのね」見物していたミス・ハヴィシャムが私に話しかけた。「エステラはあなたにひどいことをたくさん言うのに、あなたは何も言い返さない。エステラのことをどう思う？」

「言いたくありません」私は口ごもった。

「こっそり聞かせて」ミス・ハヴィシャムは私のほうに耳を寄せた。

「とても誇り高いと思います」私はささやいた。

「ほかには？」

「とてもきれいだと思います」

「ほかには？」

「とても失礼だと思います」（そのときエステラは憎々しげに私を見ていた。）

「ほかには？」

「家に帰りたいです」

「そして二度とこの娘《こ》には会わない？　こんなにきれいでも？」

「また会いたいかどうかはわかりませんけど、家に帰りたいです」

「もうすぐ帰してあげる」ミス・ハヴィシャムは大きな声で言った。「そのゲームを終わらせなさい」

最初に見せた奇妙な笑みがなければ、ミス・ハヴィシャムの顔には笑みが浮かばないと信じてしまったことだろう。いまその顔は警戒し、思い悩むような暗い表情に沈んでいた――おそらく、まわりのすべてのものが動きを止めたせいで。そして何があっても、そこから浮かび上がることはなさそうだった。胸も落ち窪んで猫背になり、声も沈んで低くささやくので、彼女のまわりには死んだような静けさが立ちこめている。壊滅的な重い一撃を受けて、体も魂も、内も外も、すべてが落ちこんでいるように見えた。

エステラとのゲームが終わり、私は札を全部失った。勝った彼女は私から奪い取ったカードを蔑むように化粧台に放り投げた。

「今度はいつ来てもらおうかしら」ミス・ハヴィシャムが言った。「さて」

今日は水曜ですと私が言おうとしたところで、ミス・ハヴィシャムはまた苛立ったように右手の指を動かして制した。

「いいから。どうせわたしには何曜日かなんてわからない。今年の何週目かということもね。六日たったらまたおいでなさい。わかった?」

「はい」

「エステラ、この子を階下《した》に連れていって、何か食べさせてやりなさい。食べながらそのへんを見物させるといいわ。さあお行き、ピップ」

私は先ほど蠟燭を追って階上《うえ》に来たように、蠟燭を追って階下におりた。エステラはそれをもとあった場所に置いた。彼女が横のドアを開けるまで、私はとくに考えるでもなく外は夜にちがいないと思いこんでいた。突然射《さ》した日光のまぶしさに面食らい、奇妙な部屋の蠟燭の明かりのなかで何時間もすごしたような気がした。

「ここで待ってて、坊や」エステラは言い、ドアを閉めていなくなった。

庭でひとりきりになったのを機に、私は自分のがさがさの手とおんぼろブーツを見てみた。たしかにどちらも褒められたものではない。手にもブーツにも悩まされたことはなかったが、いまやそれらが卑しい付属物に思えてつらかった。あの絵札をどうして〝ネイヴ〟ではなく〝ジャック〟と教えたのか、ジョーに問い質《ただ》そうと心に決めた。ジョーがもっと上品に育てられていればよかった、そしたら自分も上品に育てられただろうに、と思った。

エステラがパンと肉とビールの小さなジョッキを持って戻ってきた。ジョッキを庭の石に置くと、私のほうを見ずにパンと肉を差し出した。粗相をした犬にやるような横柄《おうへい》な態度だった。私は侮辱され、傷つけられ、拒絶され、気分を害し、憤《いきどお》って——

あの苦痛を言い表すことばは思いつかない。神様にしかわからないだろう——涙が出てきた。眼に涙がこみ上げた瞬間、彼女は私を見て、自分がその原因になった喜びをすぐにあらわにした。おかげで私には涙を抑えこみ、彼女を見返す力が湧《わ》いた。彼女はそっぽを向いて蔑み、去っていったが、私を念入りに傷つけすぎたと感じたはずだ。とはいえ、彼女がいなくなると、私は顔を隠せる場所を探し、醸造所の小径の門のうしろにまわって、その先の壁に服の袖《そで》を押し当て、額をつけて泣いた。泣きながら壁を蹴《け》り、髪の毛をかきむしった。あまりにも苦々しい感情と、たとえようもなく鋭い苦痛を打ち消すために、何かせずにはいられなかったのだ。

姉に育てられたせいで、私は神経過敏になっていた。誰に育てられようと、子供のいる小さな世界で、不正ほど敏感に知覚され、繊細に感じ取られるものはない。その子が接するのはほんの小さな不正かもしれないが、本人が小さく、世界も小さいので、体格の差から、揺り木馬でも骨太のアイリッシュ・ハンター〔訳注 大型の馬〕並みの大きさになるのだ。私は赤ん坊のころから、心のなかで絶えず不正と闘っていた。片言を話しはじめた時期から、気まぐれな暴力で無理にしつけようとする姉は正しくないとわかっていた。私を手で育てたからといって、叩いたり小突いたりして育てる権利はない。そう堅く信じるようになっていた。罰され、侮辱され、断食《だんじき》や寝ずの番やほかの懺悔の苦行を強いられながら、その確信を養ってきた。私が道徳的に臆病《おくびょう》で神経過敏だったのは、おおむね、よるべない孤独のなかでその確信を胸に抱きつづけていたせいである。

私は傷ついた感情を醸造所の壁に蹴りこみ、髪の毛からねじり取って、いっとき忘れた。顔を袖でふいて、門からもとの場所に出た。パンと肉はそこそこ美味《おい》しかったし、ビールのおかげで体も温まってチクチクする。ほどなくまわりを眺められるくらい元気になった。

たしかにそこは、醸造所の庭の鳩《はと》小屋に至るまでさびれた場所だった。鳩小屋は強い風に吹かれて柱の上でひん曲がり、もし鳩たちがなかにいたら、ひどく揺れるので海の上にいると思ったにちがいない。だが、鳩はいなかった。厩《うまや》に馬もおらず、豚小屋に豚もいない。倉庫に麦芽はなく、銅釜《どうがま》や大桶から穀物やビールのにおいもしなかった。醸造所の仕事もにおいも、最後の湯気とともに消え去ってしまったのかもしれない。雑草が茂る庭の隅には空樽《からだる》が積まれ、昔はよかったと機嫌を損ね《サワー》ているように見えた。しかし、そのにおいはもう存在しないビールの名残にしては酸っぱ《サワー》すぎた。そうしたことから、私の記憶のなかで、あの世捨て人のような樽は屋敷のほかの部分と似たような印象である。

醸造所の裏側には古い塀があり、その向こうは雑草だらけの庭だった。塀はさほど高くなかったので、よじ登ってつかまり、反対側を見ることができた。のぞくとそこは母屋《おもや》の庭で、絡《から》まり合う雑草に覆われていたが、緑と茶色の小径の上には誰かがときどき歩いているような跡があった。現にそのときにも、エステラが私から遠ざかる方向に歩いていた。ただ、エステラはどこにでもいるようだった。たとえば、私が並んだ樽の誘惑に負けて、その上を歩きはじめたときにも、彼女が庭の樽の列の遠い端を歩いているのが見えた。こちらに背を向け、美しい茶色の髪を両手で広げて持ち、一度も振り返らずにすぐに私の視界から消えた。彼女は醸造所のなかにもいた。かつてビールを造り、まだ醸造の道具が残っている、砂利敷きで屋根の高い大きな建物である。私が初めてそこに入り、なかの陰気さに圧倒されて、入口近くに立ったままあたりを見まわしていたとき、彼女が火の消えた炉のあいだを通り、簡素な鉄の階段をのぼって、頭上高くにある回廊から外に出ていくのが見えた。

その瞬間、その場所で、私は不思議な幻を見た。当時も不思議だったが、そのあとも長いあいだ、ますます不思議に思えた出来事だった。右手の天井が低くなった隅に眼を向けると――霜のように白い光を見上げたので眼が少しかすんでいたが――太い木の梁《はり》から首をくくってぶら下がっている人が見えたのだ。その人物は、黄ばんだ白装束で、片方しか靴をはいておらず、こちら向きに吊り下がっていたので、色褪せて土色の紙のようになった服の縁飾りや、ミス・ハヴィシャムにそっくりの顔が見えた。その顔全体が私に呼びかけようとしているかのように動いた。そんな人物を見た恐怖と、一瞬前にはまちがいなくそこにいなかったとわかっている恐怖とで、私はまず走って逃げようとし、今度は逆にそちらに向かって走った。もうその人がいないのを発見すると、恐怖は頂点に達した。

明るい空の霜のように白い光と、庭の門の格子《こうし》の向こうを往《い》き来《き》する人々、残りのパンと肉とビールの元気回復の効果がなかったら、私は正気に戻れなかっただろう。それらの助けがあってさえ、エステラが私を外へ出すために鍵を持って近づいてくるのが見えなかったら、あれほど早くは立ち直れなかったかもしれない。怯《おび》えているところを彼女に見せたら、私を見下すまともな理由を与えてしまう。そんな理由など与えてなるものかと思った。

彼女は私のまえを通るときに、私の手ががさがさでブーツが分厚いことを喜んでいるような、勝ち誇った一瞥《いちべつ》をよこした。そして門を開け、手で押さえた。私がエステラのほうを見ずに通りすぎると、彼女は嘲《あざけ》るような手つきで私に触れた。

「どうして泣かないの？」

「泣きたくないから」

「ほんとは泣きたいくせに。さっきまで眼が見えなくなるほど泣いてたし。いまもまた泣きそう」

彼女は冷ややかに笑い、私を押し出して門に鍵をかけた。私はまっすぐパンブルチューク氏の家へ行き、彼が留守だったので心底ほっとした。ミス・ハヴィシャムに次回来るよう言われた日付を店員に伝え、私は鍛冶屋《かじや》までの六キロ半の道を歩きはじめた。歩きながら、この日に見たあらゆることについて考えた。自分が卑しい労働者の子であること、手ががさがさでブーツが分厚いこと、ネイヴをジャックと呼ぶ恥ずかしい癖があること、昨晩思っていたよりずっと無知であること、そして全体的に、自分が下等で情けない暮らしをしていることについて、深く考えた。

9

家に着くと、姉がミス・ハヴィシャムの屋敷についてあらゆることを知りたがり、数かぎりなく質問してきた。それに充分答えられなかったので、私はいつの間にか、うなじや腰のうしろをしたたか殴られ、恥ずかしいことに顔を台所の壁に押しつけられていた。

　他人に理解されないのではないかという怖《おそ》れが、かつての私と同じくらいほかの子の胸にも秘められているとしたら――私をことさら奇人と考える理由は見当たらないので、そう想定していいだろう――多くの隠しだての説明がつく。ミス・ハヴィシャムの屋敷のことを見たとおり語っても、理解してもらえないのはわかっていた。のみならず、おそらくミス・ハヴィシャム自身のことも理解されない。彼女は私にとって完全に不可解な存在だったが（ミス・エステラは言わずもがな）、そのありのままの姿を描写してジョー夫人にあれこれ想像させるのは、どうもがさつで不誠実という気がした。そこでできるだけしゃべらなかった結果、顔を台所の壁に押しつけられたわけだ。

　最悪だったのは、あの弱い者いじめのパンブルチューク爺《じい》さんが、私の見聞きしたことを知りたいという強烈な好奇心の餌食《えじき》になり、一部始終を語らせようとお茶の時間に自家用馬車を駆りたててきたことだ。魚のような眼と口を開き、茶色の髪を物見高く逆立て、くだらない算数の問題で息切れしてチョッキを上下させているこの拷問《ごうもん》者《しゃ》を見るだけで、私はなおさらしゃべるものかという気になった。

「さて、坊主」パンブルチュークおじは暖炉のそばの特等席に坐るなり切り出した。

「町はどうだった？」

私は答えた。「よかったです」すかさず姉が私に拳《こぶし》を振り上げた。

「よかった？」パンブルチューク氏はくり返した。「答えになっとらん。どんなふうによかったのか、説明してみなさい」

額に漆喰がつくと、頭のなかに染《し》みこんで固まってしまうのかもしれない。とにかく壁から額に移った漆喰のせいでこの上なく頑固になっていた私は、しばらく考え、新しいことを思いついたかのように言った。「つまり、よかったってことです」

姉がもう我慢ならないという叫び声をあげて、飛びかかってこようとした――ジョーは鍛冶場で仕事に精を出していたので、私を守ってくれる人はいなかった――が、パンブルチューク氏が「いや、抑えて抑えて」と割りこんだ。「この子は私にまかせてもらいたい、奥さん。どうかまかせて」と言うと、これから私の髪でも切るかのように自分のほうを向かせた。

「まず（頭のなかを整理するために）、四十三ペンスは？」

四百ポンド、と答えたらどうなるか考えたが、ろくなことはなさそうなので、できるだけ近い答えを言った――それは八ペンスほどはずれていた。パンブルチューク氏は、「十二ペンスは一シリング」から「四十ペンスは三シリング四ペンス」までペンス換算表を私に復習させ、感謝しろと言わんばかりに得々として、「さあ！　四十三ペンスは？」と訊《き》いた。私は長いこと考えてから、「わかりません」と答えた。本当に腹を立てていたので、いま思うと正解はわかっていなかったかもしれない〔訳注　正解は三シリング七ペンス〕。

パンブルチューク氏は私から答えをひねり出そうと、自分の首をネジのようにひねった。「四十三ペンスは、たとえば、七シリング六ペンス三ファージング〔訳注　一ファージングは四分の一ペニー〕かな？」

「そうです！」私は言った。姉は即座に私の横面《よこつら》を張ったが、その答えで彼の冗談が台なしになり、話がぴたりと止まったのは痛快だった。

「坊主、ミス・ハヴィシャムはどんな感じだった？」パンブルチューク氏は気を取り直して、また口を開いた。胸のまえでしっかりと腕を組み、ネジを締めつけようという肚《はら》だった。

「とても背が高くて、髪が黒い人でした」私は答えた。

「そうなんですの、おじさま？」姉が訊いた。

パンブルチューク氏は同意の印に片眼をつぶった。それで、彼がミス・ハヴィシャムに一度も会ったことがないのがわかった。ミス・ハヴィシャムはまったくそういう人ではなかったから。

「けっこう！」パンブルチューク氏は鼻高々で言った（「この子はこうやって扱わないと！　やっと言うことを聞きはじめたようですな、奥さん？」）

「まちがいなく、おじさま」姉は応じた。「いつもこんなふうにしつけてくださるといいのに。この子の扱いがよくわかってらっしゃるから」

「さあ、坊主！　今日おまえが行ったとき、ミス・ハヴィシャムは何をしていた？」パンブルチューク氏が尋ねた。

「坐《すわ》ってました」私は答えた。「黒いビロードの馬車に」

パンブルチューク氏とジョー夫人は顔を見合わせ——それはそうだろう——鸚鵡《おうむ》返しに言った。「黒いビロードの馬車？」

「ええ」私は言った。「それで、ミス・エステラが——ミス・ハヴィシャムの姪御《めいご》さんだと思いますが——馬車の窓から、金のお盆にのせたケーキとワインを渡して、ぼくたちみんな、金のお盆にのったケーキとワインをいただきました。ぼくは馬車のうしろに立って食べました、ミス・ハヴィシャムにそうしろと言われたので」

「ほかには誰がいた？」パンブルチューク氏が訊いた。

「犬が五匹」

「大きかったかね、小さかったかね？」

「すっごく大きな犬でした。みんなで銀の籠《かご》に入った仔牛《こうし》肉のカツレツを奪い合って」

　パンブルチューク氏とジョー夫人はびっくり仰天して、また眼を見交わした。私は完全に暴走していた。拷問されて自棄になった証人さながら、どんなことでも言いかねなかった。

「その馬車とやらは、いったいどこにあったの？」姉が訊いた。

「ミス・ハヴィシャムの部屋のなかに」ふたりはまた眼をむいた。「でも馬はついてませんでした」いっそ華麗な馬衣をつけた駿馬《しゅんめ》が四頭いたと言いたかったが、それはあきらめて、この限定条件をつけた。

「そんなことがあるんでしょうかね、おじさま？」ジョー夫人が訊いた。「この子、何を言ってるんだか」

「私の考えを聞かせようか、奥さん」パンブルチュークおじは言った。「要するに、椅子駕籠《いすかご》のことですよ。あの人は変わり者だから――それもたいそう変わっとるから――毎日、椅子駕籠に坐って暮らしとるわけです」

「坐っているところをご覧になったことは、おじさま?」ジョー夫人が訊いた。

「ないに決まっとる」パンブルチューク氏は認めざるをえなかった。「これまで一度も会ったことがないのだから。見たこともない!」

「驚いた、おじさま! お話はされたことがあるのに?」

「わからないかね?」パンブルチューク氏は苛立って言った。「あの家に行ったときには、彼女の部屋のすぐ外まで連れていかれて、開いたドア越しに話しかけられたのだ。それを知らないとは言わせませんぞ、奥さん。まあとにかく、この子はそこへ行って遊んだわけだ。何をして遊んだ、坊主?」

「旗で遊びました」私は言った(このときについた嘘の数々を思うと、いまも驚かずにはいられない)。

「旗!」姉がくり返した。

「そう。エステラが青い旗を振って、ぼくは赤い旗を、ミス・ハヴィシャムは小さな金色の星がいっぱい散った旗を馬車の窓から振って、そのあとみんなで剣を振りまわして、鬨《とき》の声をあげました」

「剣!」姉がくり返した。「どこから剣なんか?」

「棚から。そこには拳銃《けんじゅう》もあったし、ジャムも、薬なんかも。部屋に外の光は入ってこなくて、蠟燭が灯《とも》してあった」

「本当なのだ、奥さん」パンブルチュークおじが重々しくうなずいて言った。「まさにそのとおりでな。そこまではこの眼で見た」ふたりは私をじっと見つめた。私は精いっぱい純朴そうな顔つきで彼らを見つめ返し、右手でズボンの右脚にひだをつけていた。

さらに質問されていたら、まちがいなくぼろが出たことだろう。庭には気球があったと言う寸前だったからだ。そう言おうか、それとも醸造所に熊《くま》がいたと言おうか、ふたつのあいだで迷っていなければ口に出していたのだが、すでに提供した驚くべき話にふたりが夢中になっていたおかげで難を逃れた。彼らがまだその話題で盛り上がっているさなか、ジョーが仕事をひと休みしてお茶をしに入ってきた。姉はジョーを愉しませるというより、自分の心の負担を軽くするために、私の偽りの体験を話して聞かせた。

ジョーが青い眼を丸くして、驚き呆《あき》れた様子で台所を見まわしているので、私は深い後悔に打ちのめされた。とはいえ、それはジョーに対してだけで、ほかのふたりについてはなんとも思わなかった。私がミス・ハヴィシャムと知り合い、気に入られたことで、これからどうなるのだろうと彼らが話し合っているあいだ、私はジョーだけに対しては、幼い怪物になった気がした。姉たちは、ミス・ハヴィシャムが私に「何かをしてくれる」と信じて疑わなかった。問題はその〝何か〟がどういうかたちをとるかで、姉は「財産」だと言い、パンブルチューク氏は、私を品のよい商売――たとえば、穀物種苗商――に年季奉公させるためのふんだんな謝礼金ではないかと言った。ジョーは、カツレツを奪い合っていた犬の一頭をもらうだけではないか、と鋭い推測をして、ふたりから白い眼で見られた。「まぬけな頭じゃ、どうせそんなことぐらいしか考えられないよ」姉が言った。「仕事が残ってるんなら、さっさと戻って働きなさい」ジョーは言われたとおりにした。

パンブルチューク氏が馬車で去り、姉が洗い物をしているときに、私はジョーがいる鍛冶場にそっと入り、その日の仕事が終わるまでそばにいて、言った。「火が消えるまえに、ジョー、ひとつ言っておきたいことがあるんだ」

「そうなのか、ピップ？」ジョーは蹄鉄《ていてつ》を作るときの椅子を炉の近くに引き寄せた。「だったら聞こうじゃないか。なんだ、ピップ？」

「ジョー」私は彼のめくり上げたシャツの袖をつまみ、ひねりながら言った。「ミス・ハヴィシャムの家に行ったさっきの話、憶《おぼ》えてる？」

「憶えてる？　もちろんさ。すばらしいじゃないか！」

「ひどいことなんだけど、ジョー、あれ、本当じゃないんだ」

「どういうことだ、ピップ?」ジョーは驚いて叫び、のけぞった。「まさかあれが――」

「そう。嘘なんだ、ジョー」

「けど、全部が嘘でもないんだろう、ピップ?　黒いビロードの馬車って――」私が首を振っているのを見て、「でも、せめて犬はいたんだろう、ピップ?　なあ、ピップ」ジョーは説得するように続けた。「牛のカツレツはなかったとしても、犬はいたんだよな?」

「ううん、ジョー」

「一匹も?　子犬すら?」

「いなかった、ジョー。全部なかったことなんだ」

なすすべもなく彼を見つめていると、ジョーは困惑して見つめ返してきた。「ピップ、おい!　これはまずいぞ。いかん!　嘘をついたらどこへ行くと思う?」

「ひどいよね、ジョー」

「ひどい?」ジョーは叫んだ。「ひどいどころじゃない。最悪だ!　何に取り憑《つ》かれてそんなことを?」

「わからない、ジョー」私は答え、彼のシャツの袖を離し、その足元の灰のなかに坐りこんで、うなだれた。「でもね、カードの〝ネイヴ〟のことを〝ジャック〟って教えられなきゃよかったと思うよ。ブーツがこれほど分厚くなくて、手ががさがさでなきゃよかった」

　そうして私はジョーに、とてもみじめな気分だと打ち明けた。あまりに失礼な態度をとるジョー夫人とパンブルチューク氏には正直に話せなかった、ミス・ハヴィシャムの家にはきれいな女の子がいて、怖ろしく高慢なその子に卑しいと言われた、自分が卑しいのはわかっているが、そうでなければよかった、そのせいでどうしたわけか嘘が口をついて出てきた、と説明した。

　これは私と同様、ジョーにとってもむずかしい形而上学《けいじじょうがく》的な問題だった。しかしジョーは、それを形而上学の領域から引っ張り出して、あっさり片づけてしまった。

「ひとつ確かに言えることはな、ピップ」としばらく考えてから言った。「嘘は嘘だってことだ。どんな理由で出たにしろ、出てきちゃいけなかった。それは嘘の大元から出てきて、ぐるっとまわって同じところへ帰っていく。もう嘘はつくなよ、ピップ。嘘をついて卑しくなくなろうなんて、筋ちがいもいいとこだ。それからな、卑しいってことについてだが、よくわからん。おまえには並はずれたところがたくさんあるよ。

並はずれて小さいし、並はずれた学者だ」

「ちがうよ。何も知らないし、引っこみ思案だ、ジョー」

「だって昨日の夜、どんな手紙を書いた？　印刷の文字で書いてたぞ。手紙はこれまでいろいろ見てきたが——そう！　なかには紳士からもらったのもあった——あんなにちゃんとした字で書いたのは見たことがない」

「ぼくなんか、まだぜんぜん勉強が足りないってば、ジョー。ぼくのこと、偉く見すぎだ。それだけだよ」

「まあな、ピップ、そうかもしれんし、そうじゃないかもしれんが、誰だって並はずれた学者になるまえは、卑しい学者だったはずだろう、な？　冠をのっけて玉座に坐ってる王様だって、いまは議会の法律をきれいな字で書いてるけど、王子だったときにはアルファベットから勉強しはじめたわけだから——そう！」ジョーは意味ありげに首を振ってつけ加えた。「ＡからずうっとＺまでな。どれだけたいへんかはわかるぞ、おれ自身はやってないけど」

　この教えには希望が感じられて、私は勇気づけられた。

「仕事や稼ぎがたいしたことない人間は」ジョーは考えながら続けた。「同じようにたいしたことない人間とつき合ってるほうがいいのかな、並はずれた人間のところへ出かけて遊んだりするより――それで思い出したが、旗はあったんじゃないか、もしかして？」

「なかったんだ、ジョー」

「（旗がなかったのは残念だな、ピップ。）まあ、誰とつき合うのがいいかなんて考えてる暇はない。またおまえの姉さんがかんかんに怒りだすから。わざわざそうさせることはないよ。いいか、ピップ。心からの友だちのことばだ。本物の友だちはこう言う。まっすぐなことをして並はずれた人間になれないなら、曲がったことをしたってなれないさ。だから嘘はもう言うな、ピップ。立派に生きて幸せに死ぬことだ」

「ぼくに怒ってない、ジョー？」

「怒るもんか。けど、ああいう牛のカツレツとか、犬の喧嘩《けんか》とかは、とんでもなく不届きなことだからな。おまえのことを心から大切に思う人間として言っとくぞ、ピップ。階上《うえ》に寝にいったときに、よくよく考えることだ。さあ、これでおしまいだ。もう二度とするなよ」

　小さな自室に引きあげて祈りを唱えたときにも、私はジョーの忠告を忘れていなかったが、幼い心はまた乱れて恩知らずな気持ちになり、ベッドに横になってからも、しがない鍛冶屋のジョーのことをエステラはどれほど卑しく思うだろうとか、ジョーのブーツがどれだけ分厚く、手がどれだけがさがさしているかといったことを、いつまでも考えていた。ジョーと姉はいまごろ台所に坐っているだろう。自分も台所から上がってきたが、ミス・ハヴィシャムやエステラは台所に坐ったことなどない。そんな卑しい生活からかけ離れた、はるかな高みで生きているのだ。私はミス・ハヴィシャムの屋敷で〝やり慣れた〟ことを思い出しながら眠りに落ちた。まるであそこに三時間ではなく、三週間とか三カ月いたかのように。ほんの今日起きたことではなく、ずっと昔の思い出であるかのように。

　それは記憶に残る一日だった。私に大きな変化をもたらしたからだ。とはいえ、これは誰の人生にも言えることである。人生からある一日を選んで取り除いたところを想像してみてほしい。その後の進路はどのくらい変わっただろうか。読者もいったん読むのをやめて、長い鎖――それが鉄か金か、イバラか花かはわからないけれど――の最初の環《わ》が生まれた忘れがたい一日のことを考えてみるといい。その日がなければ、あなたが鎖に縛られることもなかったのだ。

10

翌朝かその翌日の朝に目覚めたとき、並はずれた人間になる最善の道は、ビディから得られる知識を吸収することだという考えが浮かんだ。私はそのすばらしい思いつきにしたがって、ウォプスル氏の大おばの家に行った夜、ビディに、とある理由から出世したいので知っていることを残らず教えてもらえるとありがたいと頼んだ。とても親切なビディはその場で快諾し、五分後には実行に移しはじめた。

ウォプスル氏の大おばの教育計画ないしカリキュラムは、次のようにまとめられる。生徒たちがリンゴを食べ、互いの背中に藁《わら》を入れて遊んでいると、力を蓄えたウォプスル氏の大おばがよたよたと近づいてきて、めったやたらに樺《かば》の鞭《むち》を振るう。生徒たちはその突撃をさんざんあざ笑って迎えたあと、一列に並んで、騒ぎながらぼろぼろの一冊の本を手から手へ渡していく。その本にはアルファベットと図形や表がいくつか、単語の綴《つづ》り方も少々載っている——というより、昔は載っていた。本が回覧されはじめると、ウォプスル氏の大おばは眠くなるのかリューマチの発作なのかわからないが、いきなり昏睡《こんすい》状態に入る。すると生徒たちはブーツの比較検査に取りかかる。

つまり、誰がほかの子の爪先《つまさき》をいちばん強く踏みつけることができるか競い合うのだ。この頭の体操は、ビディがあわてて入ってきて汚れた聖書を三冊配るまで続く。その聖書は（何かの塊の端っこを不器用に切り落としたような形で）、いちばんきれいなところでも、その後私が目にしたどんな稀覯本《きこうぼん》より読みづらく、紙面は鉄錆《てつさび》の跡だらけ、ページとページのあいだには昆虫界のさまざまな標本が挟みつぶされている。カリキュラムのこの部分はたいてい、ビディと聞き分けのない生徒たちとの数番の一騎討ちで彩《いろど》られる。闘いが終わると、ビディがページ番号を告げ、私たちは全員で読めるところを――読めないところも――てんでばらばらに朗読する。ビディが一本調子の金切り声で先導するのだが、生徒は誰ひとりとして中身を理解しておらず、敬意も抱いていない。この怖ろしい騒ぎがしばらく続くと、ウォプスル氏の大おばが機械仕掛けのように目を覚まし、よろよろ歩いて、たまたまそこにいた少年の耳を引っ張る。これがその夜の授業終了の合図で、私たちは知的勝利の奇声をあげながら外に飛び出す。公平を期して言えば、生徒が石板を使っても咎《とが》められることはなく、インクすら（もしあれば）使えたが、冬のあいだその種の勉強をすることはむずかしかった。授業が開かれる小さな雑貨店はウォプスル氏の大おばの居間兼寝室にもなっていて、獣脂蠟燭《ろうそく》一本で弱々しく照らされ、芯《しん》切りバサミもないせいで煙がひどかったからだ。

そんな状況なので、並はずれた人間になるには時間がかかりそうだったが、私の決意は固かった。ビディはさっそく私との約束を実行して、小さな価格表の湿糖〔訳注　べとべとした未精製の砂糖〕の項目について教えてくれた。さらに家で練習するようにと渡されたのは、古い英語の大きなDの文字で、ビディがどこかの新聞の見出しから写し取ったものだったが、私はそれが何か説明されるまで、ベルトのバックルのデザインだと思っていた。

村にはもちろんパブがあり、当然ジョーもそこでときどきパイプ煙草《たばこ》をやるのが好きだった。私はその晩、学校帰りに〈三人の陽気な艀《はしけ》乗り〉亭に立ち寄って何がなんでもジョーを家に連れ帰るように、と姉から厳しく言い渡されていたので、そこに向かった。

〈陽気な艀乗り〉亭にはバーカウンターがあり、ドアの横の壁には、つけの記録が驚くほどたくさんチョークで書きこまれていた。支払われたことは一度もないらしく、私が物心ついてからずっと書かれていて、私の背丈より長く伸びていた。わが地方では白墨がたくさん作られていたから、人々は使う機会を決して見逃さなかったのだろう。

土曜の夜だったから、亭主はその記録を恨めしげに眺めていたが、私が会いたいのは彼ではなくジョーだったので、こんばんはと挨拶《あいさつ》だけして、通路の奥の広い部屋へ進んだ。そこでは台所の火が明るく燃え盛り、ジョーがウォプスル氏と、もうひとり見知らぬ人といっしょにパイプを吹かしていた。ジョーは私を見ると、いつものように、「おお、ピップ、来たか！」と言った。とたんに、そのなじみのない人が私のほうを向いた。

謎めいた感じの男で、一度も見た憶えがなかった。見えない銃で何かを狙《ねら》っているかのように頭を片側に大きく傾《かし》げ、片眼を半分閉じていた。くわえていたパイプを取ると、煙をゆっくりと最後まで吐き出し、その間私をじっと見すえて、うなずいた。私もうなずくと、彼はまたうなずいて、長椅子の横に私が坐る場所を空けた。

けれども、私はこの憩《いこ》いの場に入ったときにはいつもジョーの隣に坐ることにしていたので、男に「ありがとうございます。けっこうです」と言って、向かいの長椅子のジョーが空けてくれたところに坐った。謎の男はジョーをちらっと見やり、彼の注意がよそに向いているのを確かめると、腰かけた私にまたうなずき、なんとも奇妙なやり方で脚をさすった。

「さっきの続きだけど」見知らぬ男はジョーのほうを向いて言った。「鍛冶屋だって話だね」

「ああ。そうだよ」ジョーは答えた。

「何を飲みます、ミスター……そう言えば、名前を聞いてなかったな」

ジョーが名乗り、男はその名で呼びかけた。「何を飲みます、ミスター・ガージェリー？ おごりますよ。最後にひとつ」

「じつのところ」とジョー。「おごられるのに慣れてないもんで。いつも自分で払うんだ」

「慣れてない？ ほう」男は言った。「でも、今回一度きり。それに土曜の夜だ。さあ、何にします、ミスター・ガージェリー」

「あんまり偏屈だと思われてもいけないから」ジョーは言った。「ラムを」

「ラムね」男はくり返した。「もうおひとかたは？」

「私もラムを」ウォプスル氏は言った。

「ラムを三つな！」男は大声で亭主に呼びかけた。「みんなに一杯ずつ！」

「この人は」ジョーがウォプスル氏を紹介した。「ぜひ聖書を読むところを聞いてもらいたいもんだが、教会の書記なんだ」

「ははあ！」男はすぐに言い、片方の眉《まゆ》を上げて私を見た。「沼地にある、あの寂しい教会か、まわりが墓地の！」

「そうだよ」ジョーが言った。

見知らぬ男はパイプを吹かしながら愉快そうにうなり、ひとり占めしている椅子に両脚を上げた。つばが広くてひらひらした旅行者用の帽子をかぶり、その下はハンカチで頭をまるごとくるんでいるので、髪の毛はまったく見えない。彼が暖炉の火に眼を向けたとき、その顔にずるそうな表情が浮かび、それが薄笑いに変わったように思えた。

「このあたりにはくわしくないけどね、旦那《だんな》がた。でも、川のほうは寂しそうだ」

「ぬめ地はたしかに寂しいよ」ジョーは言った。

「ですな。まちがいない。あそこにはジプシーだとか、放浪者の類《たぐい》はいるのかな？」

「いや」ジョーは言った。「そういうのはいないけど、ときどき逃亡犯がいる。あいつらを見つけるのはたいへんだ、ねえ、ミスター・ウォプスル」

ウォプスル氏は威厳たっぷりに昔の失態を思い出して同意したが、うれしそうではなかった。

「連中を追いかけたことがあるようですな？」男は尋ねた。

「一度ね」ジョーは答えた。「別に捕まえたかったわけじゃない。わかるよな。見物に出かけたんだ。おれと、ミスター・ウォプスルと、ピップで。なあ、ピップ？」

「ええ、ジョー」

見知らぬ男はまた私を見た。見えない銃で露骨に私を狙っているかのように、まだ片方の眉を持ち上げていた。「痩せてるが、見込みのありそうな少年だ。名前は？」

「ピップです」ジョーは言った。

「洗礼名がピップ？」

「いや、ちがう」

「姓がピップ？」

「いや」とジョー。「家のなかの呼び名みたいなもんですが、本人が小さいときにそう呼びはじめて、それが続いてるわけです」

「あんたの息子さん？」

「ふむ」ジョーは考えながら言った。もちろん、答えを出すのに考える必要などなかったが、〈陽気な艀乗り〉亭でパイプをやりながら議論するときには、何事も深く考えなければならないからだった。「まあ——ちがうね。ちがいます」

「甥《おい》っ子とか？」男は言った。

「うむ」ジョーは相変わらず深く考えこんだ様子で言った。「それもちがう。実際のところ、甥ではありません」

「だったら、いったいなんなんです、この子は」見知らぬ男は訊いた。不必要に力のこもった質問という気がした。

ウォプスル氏がそこで割りこんだ。男性が結婚できない姻戚《いんせき》関係の女性はどこまでかという問題の専門家であることを一同に思い出させ、私とジョーの間柄をくわしく説明した。一度口を開くとこれが止まらず、締めくくりにシェイクスピアの『リチャード三世』の一節をすさまじいうなり声で朗唱し〔訳注　おそらく第四幕第二場などの近親婚に触れた台詞〕、「詩人もそう言っている」とつけ加えて、充分説明した気になったようだった。

ここで述べておきたいのだが、ウォプスル氏は私を話題にするとき、かならず私の髪をくしゃくしゃにして、毛先を眼に突っこむ必要があると考えていた。わが家を訪れる彼ぐらいの身分の人がみな、似たような状況でどうしてこの腹立たしい行為をするのか、私にはまったくわからなかった。ただ、幼いころを振り返ると、家族の知り合いなどが集まったときに私が話題になると、かならず誰かの大きな手が厚かましく伸びてきて、眼を傷つける髪いじりをしたのだ。

その間、見知らぬ男は、ついに私に狙いを定めて撃ち殺そうと決めたのか、ひたすら私だけを見ていたが、いったいこの子はなんなのだと訊いたあとは、ラムの水割りのグラスが運ばれてくるまで、ひと言も発していなかった。だが、そこで彼は弾を撃った――驚くべき狙撃《そげき》だった。

それはことばではなく無言の動作で、私にははっきりと向けられていた。男は私に向かってラムの水割りを混ぜ、私に向かってそれを味わった。そしてまた混ぜ、味わった――運ばれてきたスプーンではなく、ヤスリを使って。

私だけに見えるようにヤスリを使い、終わると水滴をふき取って、胸のポケットに入れた。それはジョーのヤスリだった。見た瞬間に、この男がわが囚人の知り合いだとわかった。私は魔法にかかったように相手を見つめた。しかし、男は私のことなど眼中にないかのように長椅子の背にもたれ、もっぱら蕪《かぶ》について話していた。

わが村の土曜の夜には、一週間にけじめをつけ、また新たな生活を始めるまでの静かなひとときを愉《たの》しむ心地よい雰囲気があり、ジョーもほかの曜日より半時間長く居坐るのが常だった。その半時間とラムの水割りが尽きると、ジョーは帰るために立ち上がり、私の手を取った。

「ちょっと待った、ミスター・ガージェリー」見知らぬ男が言った。「ポケットのなかにピカピカの新しいシリング硬貨があったな。この子にやりましょう」

ひとつかみ取り出した小銭のなかから硬貨を見つけ、しわくちゃの紙に包んで、私に差し出した。「ほら！　受け取りな。おまえのだ」

私はぶしつけなほど長く彼を見つめ、ジョーにしがみついたまま礼を言った。男はジョーにおやすみと挨拶し、ウォプスル氏（私たちといっしょに出た）にも同じ挨拶をしたが、私には例の狙いをつける眼を向けただけだった——というのは正確ではない。その眼は閉じられていたからだ。しかし、閉じた眼でも驚くべきことができるのである。

家への帰り道では、もし私が話す気になっていれば、延々とひとりで話しつづけたことだろう。ウォプスル氏とは〈陽気な艀乗り〉亭を出たところで別れたし、ジョーは歩きながらずっと口を大きく開けて空気を吸いこみ、懸命にラムのにおいを消そうとしていたからだ。けれども私は、思いがけず昔の悪行と昔の知り合いが甦《よみがえ》ったことで呆然《ぼうぜん》として、ほかのことを考えるどころではなかった。

私たちが台所に入ったとき、姉はさほど不機嫌ではなかった。その珍しい状況に励まされたジョーは、新品のシリング硬貨のことを話した。「偽物《にせもの》に決まってる」ジョー夫人は自信満々で言った。「でなきゃ子供にやるわけないでしょ！　ちょっと見せてごらん」

私が紙から取り出した硬貨は本物だった。「いったいなんなの？」ジョー夫人はシリング硬貨を放り出し、包み紙を手に取った。「一ポンド紙幣が二枚？」

それはまぎれもなく、州内のあらゆる家畜市場で人の手から手に渡ったにちがいない、湿気でふくらんだ二枚の紙幣だった。ジョーはもとの持ち主に返さなければと、また帽子を取り、〈陽気な艀乗り〉亭に駆け出していった。彼がいないあいだ、私はいつもの腰かけに坐って、ぼんやりと姉を見ていた。男はもうパブにいないだろうと確信して。

　ジョーは戻ってくると、男は去っていたが、紙幣については〈陽気な艀乗り〉亭に伝言を残してきたと言った。姉はそれを紙に包んで封をし、居間の箪笥《たんす》の上にある飾り物のティーポットのなかに入れて、乾燥させたバラの葉で隠した。紙幣はその後長いあいだそこに納まっていて、昼も夜も私の悪夢のもとになった。

　悲しいことに、ベッドに入っても途切れがちにしか眠れなかった。見えない銃で私を狙う謎《なぞ》の男のことや、囚人と陰謀で結びつくのがどれほど罪深く下賤《げせん》であるか——わが卑《いや》しい人生のこの主たる出来事を、私はすっかり忘れていた——といったことを考えて、眠ろうにも眠れなかった。ヤスリも頭から離れなかった。いちばん油断したときにあのヤスリがまた現れるのではないかという恐怖に取り憑かれた。来たる水曜に訪ねるミス・ハヴィシャムの家のことを考えて無理やり寝はじめたものの、夢のなかでドアが開き、誰が持っているのかわからないヤスリがこちらに迫ってきて、悲鳴ともに目覚めた。

11

約束の時間にミス・ハヴィシャム家をふたたび訪ね、ためらいながら門の呼び鈴を鳴らすと、エステラが出てきた。先日と同じように、私をなかに入れたあと門に鍵《かぎ》をかけ、暗い廊下を蠟燭が一本立っているところまで歩いた。私にはまったく注意を払っていなかったが、蠟燭を手に取ると、うしろを振り返って、「今日はこっちへ行くわよ」と見下すように言い、屋敷の別の場所へ向かった。

その廊下は長く、領主館《マナー・ハウス》の一階を隈《くま》なく歩いたように思えた。しかし実際に歩いたのは正方形の一辺だけで、エステラはその端で立ち止まり、蠟燭を置いてドアを開けた。太陽の光がまた射《さ》し、気づくと石敷きの小さな中庭に出ていた。真向かいは離れの家で、かつては醸造所の支配人か番頭が暮らしていたようだった。家の外壁には時計があったが、ミス・ハヴィシャムの部屋の時計や彼女の懐中時計と同じように、それも九時二十分前で止まっていた。

私たちは、開いていたその家のドアからなかに入り、一階裏手の天井の低い薄暗い部屋まで行った。そこにはすでに数人の人がいて、エステラは入るなり私に、「あそこに行って、呼ばれるまで立ってなさい、坊や」と言った。〝あそこ〟というのは窓辺だったので、私は部屋を横切ってそこに行き、ずいぶん居心地悪く感じながら、窓の外を眺めた。

外はみじめに荒れ果てた庭の一隅で、腐ったキャベツの茎が並び、ツゲの木が一本生えていた。その木はずっと昔にプディングのように丸く刈りこまれたものの、てっぺんからまた新しい枝葉が伸びて形が崩れ、色も変わって、まるでそこだけプディングが鍋《なべ》に焦《こ》げついたように見えた。それが木を見た私の素朴な感想だった。前夜は少し雪が降り、見たかぎりではどこにも積もっていなかったが、この庭の隅は日陰で寒く、雪があまり解けずに残っていた。小さなつむじ風がそれを巻き上げ、ここに来た私を責めるように、窓に叩《たた》きつけた。

私が入ってきたせいで会話が途切れたのだろう。すでにいた人たちに見られていると感じた。とはいえ、部屋のなかで見えるのは、窓ガラスに映る暖炉の火だけだったが、つぶさに観察されていると意識すると、体じゅうの関節が強張《こわば》った。

部屋には女三人と男ひとりがいた。窓辺に立って五分とたたないうちに、どことなく彼らはみなおべっか使いの食わせ者という感じがしたけれど、どの人も、ほかの三人がおべっか使いの食わせ者であることを知らないふりをしているようだった。知っていることを認めてしまうと、自分がおべっか使いの食わせ者であることがばれてしまうからだろう。

　みな誰かから声がかかるのを待ちかねているような、疲れてつまらなさそうな雰囲気だった。いちばん口数の多い女性でさえ、あくびをこらえるために堅苦しいしゃべり方をしていた。カミラというその女性は、私の姉によく似ていたが、こちらのほうが年上で、（その姿を見ると）のっぺりした顔立ちだった。実際、あとでわかったところでは、その顔はそそり立つ真っ平らな壁のようで、眼鼻がついていること自体が神の慈悲のように思えるほどだった。

「ほんとにかわいそうな人！」その女性は私の姉とよく似た唐突さで言った。「誰の敵でもなく、自分の敵なのよ！」

「他人の敵になるほうがよっぽどましだし、自然なんだがな」男性が言った。

「いとこのレイモンド」別の女性が言った。「汝《なんじ》の隣人を愛せ、よ」

「セイラ・ポケット」レイモンドが言い返した。「自分のいちばんの隣人は自分じゃないか？」

ミス・ポケットは笑い、カミラも（あくびを嚙《か》み殺しながら）笑って、「なんてこと！」と言った。だが、みないい考えだと思っているようでもあった。まだしゃべっていなかったもうひとりの女性が、重々しく、「まさにそのとおり！」と強調した。

「かわいそうにね！」カミラは続けた（話しているあいだ、彼らがそろって私を見ているのはわかった）。「とにかくあの人は変わり者なの！　トムの奥さんが亡《な》くなったとき、子供たちの喪服に黒いひだ飾りをつけることが大事だって、どれだけわたしが教えても納得しなかったんだから。信じられる？　『なあおい、カミラ、母親を亡くした気の毒な子たちが黒い服を着てりゃ、それで充分じゃないか』ですって。いかにもマシューらしいわ。なんてこと！」

「彼にもいいところはある。あるとも」といとこのレイモンドが言った。「それは認めざるをえない。だが、そもそも礼儀という考えがないし、この先もずっとないだろうね」

「だから断固たる態度をとるしかなかったの。私は、『それじゃだめ。家族の名誉にかかわる』とマシューに言った。黒いひだ飾りがなきゃ家族の名折れだと、朝から晩まで大声で言いつづけたの。おかげでお腹《なか》の調子が悪くなったわ。しまいにマシューは罵《ののし》って、『だったら好きにしろ』と吐き捨てるように言った。わたしは大雨のなか、すぐさま外出して飾りを買ってきたのよ。いまでもああしてよかったと心から思ってる」

「でも、彼がお金を払ったんでしょう？」エステラが尋ねた。

「誰が払ったとか、そういう問題じゃないのよ、あなた」カミラは言い返した。「わたしが買ったの。夜目が覚めたときなんか、よくあのことを思い出して心が安らぐの」

　遠くで呼び鈴が鳴ると同時に、私が歩いてきた廊下に叫び声か呼び声が響いて、会話が中断した。エステラが私に「さあ、坊や！」と言った。振り返ると、みなが最大限の軽蔑《けいべつ》をこめて私を見た。部屋から出るときには、セイラ・ポケットが、「ぜったいそう！　次は何かしらね！」と言うのが聞こえた。カミラが憤然と、「こんな気まぐれがこれまであった？　なんてこと！」とつけ加えた。

　蠟燭を頼りに暗い廊下を進んでいくと、エステラがふいに立ち止まり、くるりと振り向いて私のすぐそばまで顔を近づけ、例の馬鹿《ばか》にしたような調子で言った。

「それで？」

「それでって？」私は彼女のほうに倒れかかりそうになりながら、かろうじて止まって訊き返した。

「わたしはきれい？」

「はい。とてもきれいだと思います」

「わたしは偉そう？」

「このまえほどじゃありません」

「このまえほどじゃない？」

「ええ」

エステラは最後の質問をしながら怒りで顔を真っ赤にし、答えを聞くと私の横面《よこつら》を思いきり引っぱたいた。

「これでどう？」彼女は言った。「ちっちゃくて下品なお化け。いまはどう思う？」

「答えたくありません」

「代わりに二階で答えるから？　そういうこと？」

「いいえ」私は言った。「ちがいます」

「なんでまた泣かないの？　ちび助の人でなし」

「もうあなたには泣かされないと決めたからです」と言ったものの、これほどでたらめな宣言はなかった。心のなかではすでに泣いていたし、このあと彼女から与えられた苦痛も、いまはわかっている。

そんなやりとりののち私たちは二階へ上がったが、途中で階段を手探りでおりてくる紳士に出会った。

「これは誰だね？」彼は立ち止まり、私を見て訊いた。

「ただの子供です」エステラが言った。

その紳士は肌の色が濃く、がっしりした体つきで、非常に大きな頭と、それに見合った大きな手の持ち主だった。その大きな手で私の顎《あご》をつかみ、持ち上げて、蠟燭の光で顔を確かめた。歳《とし》のわりに頭のてっぺんは禿《は》げており、もじゃもじゃの黒い眉毛が逆立っていた。眼は落ちくぼみ、不快なほど眼光が鋭くて、疑り深そうだった。大きな時計の鎖を持っていて、本来顎ひげや頬ひげが生えるところには、黒い点々がくっきりと見えた。私とはなんのかかわりもない人で、その後かかわることになろうとは夢にも思わなかった。たまたまそのとき、しっかり観察しただけだ。

「近所の子供か、ん？」彼は言った。

「そうです」私は言った。

「なんの用があってここへ来た？」

「ミス・ハヴィシャムに呼ばれました」

「ほう！　行儀よくしろよ。子供とはこれまでいろいろつき合ってきたが、みな性質《たち》が悪い」太い人差し指の横を嚙みながら、私に顔をしかめた。「いいな！　行儀よくだぞ！」

　そう言ってようやく手を離し——石鹼《せっけん》の香料のにおいがきつかったから、離してくれて助かった——階段をおりていった。彼は医者だろうか。いや、ちがう。医者だったら、もっと穏やかに、わかりやすく話すはずだ。しかし、それについて考えている時間はなかった。すぐにミス・ハヴィシャムの部屋に入ったからだ。ミス・ハヴィシャムもほかの一切合財も、このまえとまったく変わっていなかった。エステラは私をドアのそばに残して去り、私はミス・ハヴィシャムが化粧台からこちらに眼を上げるまで突っ立っていた。

「そう」彼女は驚いた様子もなく言った。「日がたったのね？」

「はい、今日は——」

「いいの！　言わないで」と苛立《いらだ》たしげに指を振って、「知りたくないから。さあ、遊ぶ用意はできている？」

　私は困惑して、「たぶん、できていません」と答えるしかなかった。

「カード遊びもしないの？」彼女は探るような顔つきで訊《き》いた。

「お望みでしたら、少しはできます」

「あなたはこの家が古くて厳《いか》めしいと思っている」ミス・ハヴィシャムはせわしなく言った。「遊びたくもない。それなら、働くのはどう？」

その問いに答えるのは、それまでよりずっと気楽だった。私は喜んで働きますと言った。

「だったら向かいの部屋に行きなさい」ミス・ハヴィシャムはしなびた手で私のうしろのドアを指差した。「そこでわたしが行くまで待って」

私は階段のまえを通って、彼女が示した部屋に入った。その部屋にも陽の光はいっさい入らず、息が詰まりそうなにおいがこもっていた。湿った古風な暖炉に熾《おこ》されたばかりの火は、燃え上がるより消えてしまいたいようで、部屋にうっすらたまった煙は、沼地の霧と同様、澄んだ空気より冷たそうだった。高い位置にある炉棚に枝分かれした燭台《しょくだい》が置かれ、寒々しい蠟燭の光がうっすらと部屋を照らしていた――いやむしろ、かすかに闇《やみ》を揺らしていた。広い部屋だった。おそらく昔は立派だったのだろうが、いまは目につくものすべてが埃《ほこり》とカビに覆《おお》われ、ばらばらに崩れかかっている。なかでもいちばん目立つのは、テーブルクロスのかかった長い食卓で、家も時計もすべてが止まったときに饗宴《きょうえん》の準備をしていたかのようだった。テーブルの中央に銀の飾り台のようなものがあるが、蜘蛛《くも》の巣だらけで形がよくわからない。黄色く変色したテーブルクロスの先を見ると、生え出した黒いキノコのようなその飾り台に、斑《まだら》模様の脚と染《し》みだらけの胴体の蜘蛛が何匹も走りこんだり、走り出たりしていた――まるで蜘蛛社会に大事変が勃発《ぼっぱつ》したかのように。

同じ事変がこちらにも及ぶと言わんばかりに、壁板のうしろを走るネズミの音もした。一方、ゴキブリたちはこの騒ぎに見向きもせず、近視で耳が遠く互いに仲が悪い老人よろしく、のろのろと暖炉のまわりを這《は》いまわっていた。

こうした生き物にすっかり魅了され、遠目にじっと見ていると、ミス・ハヴィシャムが私の肩に手を置いた。もう片方の手で持ち手つきの杖《つえ》に寄りかかって立ち、この家に住む魔女のように見えた。

「わたしが死んだらここに横になるの」彼女は食卓を杖で指して言った。「みんなここへ来て、わたしを見る」

ミス・ハヴィシャムはいまここでテーブルにのって死んでしまうのではないか、となんとなく不安になった。市《いち》で見た怖《おそ》ろしい蝋人形の記憶もありありと甦って、私は肩に置かれた手の下で身を縮こまらせた。

「あれはなんだと思う？」ミス・ハヴィシャムはまた杖で指して尋ねた。「あの蜘蛛の巣に覆われた〝あれ〟」

「わかりません」

「大きなケーキよ。ウェディング・ケーキ。わたしの！」

睨《にら》みつけるように部屋のなかを見まわしたあと、ミス・ハヴィシャムはこちらにもたれかかり、その手で私の肩をぐいと引きながら言った。「さあほら！　わたしを歩かせて！　歩かせなさい！」

つまり〝仕事〟というのは、ミス・ハヴィシャムを連れて部屋のなかをぐるぐる歩きまわることだった。私はすぐに歩きだした。彼女を肩に寄りかからせ、（最初にこの屋敷に足を踏み入れたときの衝動にしたがって）パンブルチューク氏の二輪馬車にも似た速さで進んだ。

ミス・ハヴィシャムは体が弱いので、少し歩くと、「もっとゆっくり！」と言った。それでも私たちは、気ぜわしく速くなったり遅くなったりしながら歩いた。ミス・ハヴィシャムは歩きながら、私の肩に置いた手をぴくぴくさせたり、口を動かしたりしていた。頭のなかですばやく考えを巡らしているから、足のほうも速くなるのだろう。ややあって、彼女が「エステラを呼んで！」と言ったので、私は階段まで戻って、前回のように大声で呼んだ。蠟燭の光が見えると、ミス・ハヴィシャムのところに戻って、また部屋をぐるぐるまわりはじめた。

その様子をエステラだけが見物しにきても、私は充分うろたえただろう。ところが、エステラは階下にいた女性三人と男性ひとりまで連れてきて、私はどうしたらいいかわからなくなった。立ち止まるのが礼儀だったのだろうが、ミス・ハヴィシャムが肩を引くので、しかたなく早足で歩きつづけた。私がそうさせていると彼らに思われるのが恥ずかしかった。

「まあ、ミス・ハヴィシャム」ミス・セイラ・ポケットが言った。「なんてお元気そうな！」

「元気なもんですか」ミス・ハヴィシャムは言い返した。「肌は黄ばんで、骨だけになってしまった」

ミス・ポケットがすげなくあしらわれたので、カミラは顔を輝かせ、ミス・ハヴィシャムを悲しげに見やりながらつぶやいた。「お気の毒に！　元気に見えるはずがありませんわ、ほんとに。なんてこと！」

「あなたはどうなの？」ミス・ハヴィシャムがカミラに訊いた。ちょうどそのときカミラに近づいていたので、当然私は止まるつもりでいたが、ミス・ハヴィシャムがそうさせなかった。私たちは歩きつづけ、私はカミラにひどく失礼なことをした気になった。

「ありがとうございます、ミス・ハヴィシャム」とカミラは応じた。「こういう状況にしては元気です」

「あら、どうしたの？」ミス・ハヴィシャムは刺すような口調で訊いた。

「説明するほどのことではありません」カミラは答えた。「自分の感情をさらけ出したくはありませんが、夜になるといつも、この身がもたなくなるほどあなたのことを考えてしまうのです」

「なら考えるのをおやめ」ミス・ハヴィシャムは言い返した。

「口でおっしゃるのは簡単です！」カミラは泣くのを品よくこらえながら言ったが、上唇が震え、ついに涙がこぼれた。「レイモンドに訊けばわかりますが、寝るときには生姜《しょうが》入りの気つけ薬が欠かせませんの。脚もしょっちゅう痙攣《けいれん》します。レイモンドが証人です。でも、胸が苦しくなったり痙攣したりは、いまに始まったことじゃありません。愛する人たちのことを心配するとそうなるのです。これほど愛情深くて繊細でなければ、消化ももっとよくなるし、神経もやられないでしょう。そしたらどれほどいいことか。けれど、夜中にあなたのことを考えないなんてとても無理。なんてこと！」ここでわっと泣きだした。

　いまいる紳士はレイモンドというらしく、カミラの夫のようだった。その彼が助け船を出し、慰め称《たた》える口調で言った。「カミラ、家族のことを思うあまり、きみの体がだんだん弱って一方の脚が短くなってしまったことは、みんな知っているよ」

「知らなかったわ」私がまだ一度しか声を聞いたことがない厳めしい女性が言った。「誰かのことを思ったからといって、その人にたいそうな要求ができるなんて」

ミス・セイラ・ポケットは、よく見ると小柄で茶色く干からびた、しわだらけのお婆《ばぁ》さんだった。小さな顔はクルミの殻でできているような感じで、大きな口はひげのない猫の口に似ていた。彼女もすかさず「そうよねえ、まったく！」と咳払《せきばら》いして同意した。

「思うだけなら簡単ですよ」厳めしい女性は言った。

「それより簡単なことがある？」ミス・セイラ・ポケットも加勢した。

「ああ、でも本当なの！」カミラは叫んだ。発酵した感情が脚から胸にせり上がってきたようだった。「心の底からの気持ち！　愛情深いことが弱みになるのはわかっているけれど、どうしようもない。これがなければ、わたしがもっと健康なのはまちがいないわ。でも、変えられると言われても性格を変えようとは思いません。大きな苦しみのもとだとわかっていても、夜中に目覚めたとき、こんな性格であることが慰めになるの」そしてまた大泣きした。

ミス・ハヴィシャムと私は、この間一度も足を止めず、あるときには訪問者のスカートの裾《すそ》をかすめ、またあるときには陰気な部屋の反対の端から彼らを眺めつつ、ぐるぐると歩きつづけていた。

「それにマシュー！」カミラが言った。「親戚《しんせき》づき合いをいっさいしない。ここにミス・ハヴィシャムのお見舞いにきたことも一度もないんだから！　わたしなんか気を失ってソファに三時間寝てましたよ。コルセットの紐《ひも》を切ってもらって、頭はソファの端からはみ出るわ、髪の毛がだらりと垂れ下がるわ、足はいったいどこにあったのやら――」

（「頭よりずっと上にあったよ」とカミラの夫が言った。）

「そんな状態で何時間もいたんです。それもこれもわけのわからないマシューの奇行のせいなんだけど、誰もわたしに感謝すらしない」

「当たりまえでしょうが」厳めしい女性が口を挟んだ。

「あのね」ミス・セイラ・ポケット（物柔らかで悪意ある人物）がつけ加えた。「その胸に訊いてごらんなさいよ。いったい誰が感謝するの？」

「誰にも感謝も何もされず、そうやって寝てたんです、それはもう何時間も」カミラは続けた。「レイモンドに訊けばわかりますけど、息が詰まって、生姜なんかなんの役にも立たず、わたしの苦しむ声は通りの向かいのピアノ調律師の家まで聞こえて、そこの哀れな子供たちはどこかで鳩《はと》が鳴いていると思ったらしい。それなのに、いままたこんなことを言われて――」カミラは喉《のど》に手を当てた。そこで新たな発酵の化学反応が起きているようだった。

マシューの名前が出るとミス・ハヴィシャムは私を止め、自分も立ち止まって、話し手を見やった。これがカミラに大きな影響を及ぼし、化学反応はいきなり終わった。

「マシューは、わたしがあのテーブルに横たわったときにようやく会いにくるでしょう」ミス・ハヴィシャムは険しい声で言った。「あそこが彼の場所」と杖でテーブルを叩いて、「わたしの枕元《まくらもと》のあそこよ！　それから、あなたはそこ！　あなたの夫はそこ！　セイラ・ポケットはそこ！　ジョージアナはそこ！　さあ、これでみんな、わたしを食い物にしにきたときに坐《すわ》る席がわかったでしょう。もう帰りなさい！」

ミス・ハヴィシャムは一人ひとりの名前を口にしながらテーブルの別の場所を叩いたあと、「歩かせて！　歩かせて！」と言った。私たちはまた歩きはじめた。

「おっしゃるとおり、帰るしかなさそうですわね」カミラが大声で言った。「けれど、愛情こめてお世話すべきかたに、たとえ短い時間でもお目にかかれたのは、ありがたいことでした。夜中に目覚めたときに物憂《ものう》い満足感とともに思い出すでしょう。マシユーもそんな慰めが得られればいいのですが、はなからこっちを無視してますからね。わたしは感情をさらけ出すまいと決心していますが、大事な身内を巨神みたいに食い物にすると言われ〔訳注 ギリシャ神話のクロノスはわが子が生まれるたびに呑みこんだ〕、追い払われるのはあんまりです。本当に、なんてこと！」

カミラが苦しげに上下する胸に手をやると、夫が急いで支え、彼女は不自然なほど気丈にふるまって（見えないところに行ったら倒れて窒息するつもりなのだろう）、ミス・ハヴィシャムにキスを投げながら連れていかれた。セイラ・ポケットとジョージアナは、どちらが最後まで残るかで競い合ったが、セイラ・ポケットは出し抜かれるには頭がよすぎ、のらりくらりとジョージアナのまわりをうろついていたので、ジョージアナは先に出るしかなかった。セイラ・ポケットはそれをよいことに、「神様のご加護を、ミス・ハヴィシャム！」と念入りな別れの挨拶をし、クルミの殻のような顔に、ほかの者たちの至らぬ点を赦《ゆる》し憐《あわ》れむような笑みを浮かべた。

エステラが彼らに蠟燭の光を提供しながら階下におりていっても、ミス・ハヴィシャムは私の肩に手を置いて歩いていたが、それがだんだんゆっくりになり、ついに暖炉のまえで止まって、何事かつぶやきながらしばらく火を見つめたあとで言った。

「今日はわたしの誕生日なのよ、ピップ」

おめでとうございますと祝福しかけた私に、ミス・ハヴィシャムは杖を振り上げた。

「言ってはいけない。いまここにいた連中にも、ほかの誰にも、それは言わせない。彼らはいつもこの日に集まるけれど、あえて誕生日のことには触れないの」

もちろん私も、それ以上触れようとはしなかった。

「あなたが生まれるよりはるかまえのこの日、この滅びの山が運びこまれた」ミス・ハヴィシャムはテーブルの蜘蛛の巣のほうに杖の先を突き出したが、巣には触れなかった。「これとわたしはいっしょに衰えた。ネズミがこれをかじり、ネズミの歯より鋭いものがわたしをかじった」

ミス・ハヴィシャムは杖の持ち手を胸に当てて立ち、テーブルを見つめていた。かつては白かったがすっかり黄ばんで乾いたドレス姿の彼女も、かつては白かったがすっかり黄ばんで乾いたテーブルクロスも、まわりのものすべてが、そっと触るだけで崩れてしまいそうだった。

「滅びが完了するとき」ミス・ハヴィシャムは怖ろしい顔で言った。「わたしが死んで、花嫁衣装で花嫁のテーブルに横たえられるのが――かならずそうしてもらいます、あの男への呪《のろ》いの仕上げとして――一年のちょうどこの日だったらどんなにいいことか！」

ミス・ハヴィシャムは、立ったままテーブルを見つめつづけていた。そこに横たわった自分の姿を見ているかのように。私は黙っていた。エステラが戻ってきたが、彼女も口を開かなかった。そうして長い時間がたった気がした。部屋の重苦しい空気と、遠い隅に垂れこめた重苦しい闇のせいで、エステラも私もいまに朽ちはじめるのではないかと空想して、私はぞっとした。

　ようやくミス・ハヴィシャムは、心の乱れから徐々にではなく突然回復すると、「カードで遊んでおくれ。さあ、早く」と言った。そこで私たちは彼女の部屋に戻り、前回のように坐って、私はまた乞食《ベガー》にされた。これも前回と同じく、ミス・ハヴィシャムはずっと私たちを見ていて、エステラの美しさに私の注意をうながし、自分の宝石をエステラの胸や髪に飾っては私の気を惹《ひ》こうとした。

　エステラの私への接し方も前回と似たようなものだったが、今回は口すら利《き》かなかった。カードゲームを五、六回し終わると、次の訪問日が決められ、私はこのまえと同じく中庭に連れていかれて、犬のように食べ物を与えられた。そしてまたひとりで放っておかれたので、気ままにそのあたりを散策した。

　前回、向こう側をのぞくためによじ登った塀には、門がついていた。このまえそこが開いていたか、閉じていたかは関係ない。とにかく、そのときには門があることに気づかず、今回は気づいたのだ。門は開いており、エステラが訪問客を送り出したことはわかっていたので――手に鍵を持って戻ってきたからだ――私はその先の庭に出て、歩きまわった。けっこうな荒れ地で、メロンとキュウリの古い温床が残っていた。朽ちかけた温床には弱々しい茎が勝手に伸び、古い帽子やブーツのような実をつけている。つぶれた片手鍋のような貧弱な子孫の姿もところどころにあった。

その庭を歩き尽くし、倒れたブドウの木と空き壜《びん》数本しかない温室も見てしまうと、私は先ほど窓から眺めた暗い隅に立っていることに気づいた。家のなかは空っぽと信じきって別の窓からなかをのぞくと、ブロンドの髪でまぶたが赤く、顔色の悪い若い紳士とまっすぐ向かい合ったのでぎょっとした。

その紳士はさっと消えたかと思うと、ふたたび私の横に現れた。私と顔を見合わせたときには本を読んでいたが、いま見ると手にはインクの染みがついていた。

「やあ、きみ！」彼は言った。

〝やあ〟という万能の挨拶は、そのまま返事に使うのがいちばんいいので、私も「やあ！」と返したが、礼儀上〝きみ〟のほうは省いた。

「きみは誰に入れてもらった？」彼が言った。

「ミス・エステラに」

「ここをうろつく許可は誰にもらった？」

「ミス・エステラに」

「来いよ。ボクシングしよう」顔色の悪い若い紳士は言った。

したがうほかに何ができただろう。私はその後何度も自問したものだ。とにかく、ほかに何ができた？　相手はすっかりその気で、私は完全に不意をつかれ、魔法にかかったように彼についていった。

「ちょっと待て」彼は数歩も進まないうちに、くるりと振り返って言った。「殴り合う理由がないとな。ほら！」すぐにこちらの癪《しゃく》に障《さわ》るやり方で両手をぱちんと打ち合わせ、片脚を品よくうしろに蹴《け》り上げ、私の髪を引っ張り、また手を叩き、私の腹に思いきり頭突きした。

この雄牛のような突進は言うまでもなく無礼だが、パンと肉をたべたあとではとりわけ不愉快だった。そこで私は彼に殴りかかり、また殴ろうとしたが、そのとき彼が、「ほう！　来るか？」と言って、まえへうしろへダンスをしはじめた。私のかぎられた経験のなかでは見たことのない動きだった。

「これが試合のルールだ！」彼は言い、左足から右足に飛び跳ねた。「正規のルールだぞ！」今度は右足から左足に。「試合場に来て準備しろ！」身をかわすようにしてうしろへ、まえへ。そうしたあらゆる動きを私は呆気《あっけ》にとられて見ていた。

相手の敏捷《びんしょう》さが内心怖くはあったが、もとより彼のブロンドの頭は私のみぞおちとなんら関係ないのに、あんなに乱暴に出しゃばってくるのは赦せないと心でも体でも確信していたので、私は黙ってついていった。ふたつの塀がぶつかり、がらくたが目隠しになった庭の奥まで来ると、彼はこの試合場でいいかと尋ねた。いいと私が答えると、彼はちょっと失礼と言って、いなくなり、すぐに水の入った壜と酢に浸したスポンジを持って戻ってきた。そして、「これはいっしょに使う」と言って塀のまえに置き、上着だけでなくチョッキやシャツまで脱ぎはじめた。無頓着《むとんじゃく》で、事務的で、同時に殺気立った仕種《しぐさ》だった。

彼はあまり健康そうに見えなかったが——顔にはにきび、口元にも吹き出物があった——こうした準備に私は怖気《おぞけ》をふるった。歳は私と同じくらいだろうが、背はずっと高く、くるくるまわるさまがいかにも強そうだった。そのほかの点では、（闘いに備えて脱いでいないときには）灰色のスーツを着たふつうの若い紳士であり、体のなかではとくに肘《ひじ》、膝《ひざ》、手首、踵《かかと》が発達していた。

技術的に高度そうな身構えといい、どの骨を攻撃してやろうかと私の体をつぶさに観察する様子といい、私は向かってくる相手にとても勝てる気がしなかった。だから、彼が私の最初の一撃で仰向《あおむ》けにぶっ倒れ、鼻血を流して異様な角度でこちらを見上げたのは、わが人生最大の驚きだった。

しかし彼はすぐさま立ち上がり、スポンジで器用に体をふくと、また闘う構えを見せた。それがまたひっくり返り、青あざのできた眼でこちらを見上げたのは、わが人生で二番目に大きな驚きだった。

私は相手の闘志に敬意を抱いた。体力はなさそうだし、最後までこちらに強烈な一発を当てずに倒れるばかりだったが、そのたびにすばやく起き上がり、スポンジを使ったり、壜から水を飲んだり、型どおりに自分のセコンド役を務めることに充分満足しているようだった。そしてまた、今度こそはこちらが倒されると思うような意気込みと構えで立ち向かってくるのだ。申しわけないことに、こちらは殴るたびに力が入ったので、彼は傷だらけになった。それでもくり返し起き上がって闘い、とうとう激しく倒れた拍子に塀に後頭部をしたたかぶつけた。それほどの目に遭いながら、また立って、混乱した頭で私がどこにいるかわからず、ぐるぐるまわっていたが、ついに膝をついてスポンジまで這っていき、それを放り投げて、あえぎながら「きみの勝ちという意味だ」と言った。

その態度があまりに勇ましく潔《いさぎよ》かったので、私は挑まれた試合に勝ったにもかかわらず、暗い満足しか得られなかった。服を着ながら、いっそ自分を残忍な若い狼《おおかみ》や、その手の野獣と見なせればいいのにと思ったくらいだった。が、とにかく血のついた顔をときどき暗い気分でふきながら服を着、「手伝おうか」と申し出た。彼は「いや、いいよ」と答えた。私は「さよなら」と言い、彼は「同じく」と言った。

中庭に戻ると、エステラが鍵を持って待っていた。どこにいたのとか、どうしてこんなに待たせたのとは訊かなかった。うれしいことでもあったかのように顔に赤みが差していて、門にまっすぐ行く代わりに家の廊下まで引き返し、私を手招きした。

「こっちへ来て！　キスしていいわよ、したければ」

私は彼女が差し出した頬にキスをした。彼女の頬にキスできるなら、たいていのことには耐えられたと思うが、このときのキスは、がさつで卑しい少年に与えられた駄賃のようなもので、なんの価値もないように感じられた。

誕生日の来客はあったし、カード遊びやボクシングもあって、私の訪問はずいぶん長くなり、家に帰り着くころには、沼地の突端にある砂洲《さす》の灯火が暗い夜空を背景に明るく輝き、外の道にジョーの鍛冶場《かじば》の火影《ほかげ》が差していた。

12

私は顔色の悪い若い紳士のことを気に病んだ。ボクシングについて考え、だんだん腫《は》れ上がって赤黒くなる顔で何度もひっくり返ったあの姿を思い出すにつけ、罰が当たると確信した。あの顔色の悪い若い紳士が血を流したのは私の責任であり、法による復讐《ふくしゅう》が果たされるだろう。具体的にどんな罪科になるのかはわからないが、村の子供が地域をうろついて、身分の高い人の家を荒らし、勤勉なイギリスの若い紳士に襲いかかったら、厳しい刑罰を受けずにすむわけがない。私は何日か家にこもり、用事を言いつかったときにも、州監獄の役人に捕まらないように、台所の窓から最大限の注意を払って外を確かめ、おっかなびっくりで出かけた。顔色の悪い若い紳士の鼻血がズボンについていたので、真夜中に有罪の証拠を洗い落とそうとした。拳《こぶし》が彼の歯に当たって切り傷もできていたから、判事のまえに引っ立てられて呪わしい状況の説明を求められたときに、どんな途方もない方法で切り抜けようかと考えに考えて、すっかり頭が混乱してしまった。

暴力行為の現場に戻る日が来ると、私の恐怖は頂点に達した。ロンドンから特別に派遣された法執行官が門の向こうで待ち伏せしていないだろうか。ミス・ハヴィシャムが屋敷に対する不埒《ふらち》な行為に復讐したくなり、あの死に装束で立ち上がって銃を抜き、私を撃ち殺さないだろうか。買収された少年たち——傭兵《ようへい》の大群——が醸造所で襲いかかってきて、私を死ぬまで殴りつづけるのではないだろうか。こうした報復に彼が加わっているところを決して想像しなかったのは、顔色の悪い若い紳士の気質を信頼していた確たる証《あかし》である。報復としてつねに私の頭に浮かぶのは、若い紳士の不心得な親類たちが、彼の無残な顔と、一族共通の容貌《ようぼう》が傷つけられたことに憤慨し、同情して衝動的に始めるものだった。

とはいえ、ミス・ハヴィシャムの家には行かざるをえなかったので、行ったところ、驚いたことに、例の試合はまるでなかったかのようだった。いかなるかたちでも仄《ほの》めかされなかったし、敷地内に顔色の悪い若い紳士の姿もなかった。先日の門がまた開いていたので、私は庭を探索し、離れの家の窓をのぞいてもみたが、すべて日よけが閉まっていてなかは見えず、家は死んだように静かだった。殴り合ったあの庭の片隅にだけ、若い紳士が存在したことを示す証拠があった——血の跡があったのだ。私は土をかけてそれを隠し、人目につかないようにした。

二階のミス・ハヴィシャムの部屋と、長いテーブルが設《しつら》えられたもうひとつの部屋のあいだの広い廊下に、ガーデンチェアが置いてあった。車がついていて、うしろから押して進める軽い椅子《いす》で、このまえ私が訪ねてきたあとに出てきた。この日から、ミス・ハヴィシャムが私の肩にもたれて歩くのに疲れたときには、この椅子に乗せて押し、彼女の部屋をまわり、廊下を越えてもう一方の部屋をまわるのが、私の定期的な仕事になった。何度も何度もこれをくり返し、ときには三時間続けて歩くこともあった。いま思わず、数えきれないような大雑把な言い方をしたが、それはほどなく私が一日おきの正午に屋敷を訪ねてこの仕事をするようになったからであり、八カ月から十カ月にわたる出来事をいまからまとめて話そうと思っているからだ。

お互い慣れてくると、ミス・ハヴィシャムは多くのことを話すようになり、何を習ったかとか、大人になったら何になりたいかといった質問をしてきた。私は、ジョーの徒弟になると思うと答えた。まだ何も知らないし、あらゆることを知りたいと力説し、その望ましい目的のために彼女が支援してくれるのではないかと期待した。が、そんなことはなく、むしろミス・ハヴィシャムは、私が何も知らないほうがいいと思っているようだった。毎回の食事のほかには駄賃もくれず、私の仕事に報酬を支払うという取り決めすらなかった。

エステラはいつも近くにいて、私を屋敷に入れたり送り出したりしてくれるものの、二度とキスをしてもいいとは言わなかった。冷ややかに私の存在に耐えているときもあれば、見下すことも、とても親しげになることも、あなたが大嫌いと熱弁することもあった。ミス・ハヴィシャムはよく私にささやき声で、またはふたりきりのときに、「あの子はどんどんきれいになるでしょう、ピップ？」と訊いた。私が「はい」と答えると（実際にそうだったので）、それを貪《むさぼ》るように喜んでいた。私とエステラがカードで遊ぶときには、ずっと見ていて、そのときどきのエステラの気分を、ひとつ残らずちびちびと味わった。彼女の気分が変わりすぎて互いに矛盾し、私が混乱を来《きた》して、どんなことばや行為で応じるべきかわからなくなると、ミス・ハヴィシャムは愛情たっぷりにエステラを抱きしめ、耳元でこんなことをささやいていた。「男の心をずたずたにしておやり。あなたはわたしの誇り、希望の子。男の心をずたずたにするのよ、容赦なく！」

ジョーが鍛冶場でよく一部を口ずさむ歌があった。「オールド・クレム」という句がくり返し出てくる歌で、守護聖人を称える正式な儀式からはほど遠いが、「オールド・クレム」は鍛冶屋とそういう関係にあったはずである〔訳注　聖クレメントは最初期のローマ教皇で、鍛冶屋の守護聖人〕。鉄を打つリズムを模して歌われ、敬うべき「オールド・クレム」の名前は、歌詞の調子を整えるために出てくるだけだった。男たち、叩け——オールド・クレム！　ドスン、カチン——オールド・クレム！　打て、打て——オールド・クレム！　カチンと強く、オールド・クレム！　火を吹け、火を吹け、オールド・クレム！　熱く吠《ほ》え、高く燃えろ、オールド・クレム！　例の椅子が現れてからまもないある日、ミス・ハヴィシャムがふいにイライラと指を振って、「さあ、さあ、何か歌って！」と言った。私は椅子を押していたが、あわててこの歌を口ずさんだ。ミス・ハヴィシャムはたまたまそれが気に入り、低く暗い声で、眠りながら歌っているようだった。以後、私たちが動きまわるときには、それが習慣になった。よくエステラも加わったが、みな抑えた声で歌うので、三人合わせても陰気な古屋敷のなかではわずかなそよ風の音ほどにもならなかった。

　こうした環境で私はどうなったか？　私の性格がどうしてこの環境の影響を受けずにいられるだろう。霧がかかったような黄色い部屋から外の自然な光のなかに出たとき、眼がくらむのと同じように私の思考が鈍ったとして、なんの不思議があるだろう。

　あれほどとんでもない作り話をしたことを告白していなかったら、私はジョーに顔色の悪い若い紳士のことを話していたかもしれない。だが、あんなことがあったからには、ジョーはまずまちがいなく、いかにも黒いビロード張りの馬車に乗っていそうな客だと思うことだろう。だからジョーに若い紳士のことは何も話さなかった。それに、ミス・ハヴィシャムとエステラのことを話題にしたくないという気持ちは、当初からあったものの、時がたつにつれてますます強くなっていた。私が完全に信頼しているのはビディだけで、哀れなビディにはすべてを話した。どうしてそうすることが自然に思えたのか、なぜビディが私の話すことすべてに深い関心を寄せたのか、そのときにはわからなかったが、いまはわかる気がする。

一方、家の台所では会議が続き、すでに苛立っている私の精神をこれでもかと痛めつけた。あのろくでなしのパンブルチュークは夜、たびたび訪ねてきて、私の今後の見通しを姉と相談した。もし彼の馬車の車輪留めのピンをこの手で抜き取ることができたなら、そうしていたと思う（そして今日に至るまで後悔などしていないだろう）。あのみじめな男は無神経で頭が固く、私の将来を論じるときには、手術よろしく私を自分のまえに置かずにはいられなかった。部屋の隅の腰かけに静かに坐っている私を（たいてい襟首をつかんで）引っ張り上げ、料理してやると言わんばかりに暖炉のまえに立たせて、「さて、奥さん、この子についてだがね！　あなたが手で育てたこの子です。こら、坊主《ぼうず》、顔を上げろ。ここまで育ててくれた人たちへの感謝をゆめ忘れるなよ。さて、奥さん、この子に関してだが」と切り出す。そして私の髪を逆なでしてくしゃくしゃにし――すでに仄めかしたとおり、私は物心ついてから何人《なんぴと》にもそんなことをする権利を認めていなかったのだが――私の袖《そで》をつかんで自分のまえにじっとさせておく。これほどみっともない見世物はなかった（彼自身を除いて）。

　そのうえで、彼と私の姉はミス・ハヴィシャムについて、また彼女が私を今後どう扱い、私のために何をしてくれるかについて、あまりにも馬鹿げた推論をする。私は聞いているうちに、悔し涙とともにパンブルチュークに飛びかかり、体じゅう殴りつけてやりたいと痛烈に思ったものだ。対話の最中、姉は私の名を口にするたびに頭のなかで私の歯を引っこ抜いているように力をこめ、私の庇《ひ》護《ご》者《しゃ》を自認するパンブルチュークはこちらを見下すような眼で監視しながら坐っていた。あたかも私の富を築くという、まったく割に合わない仕事をまかされた設計者のように。

　こうした議論にジョーは加わらなかったが、何かと当てこすりを言われた。鍛冶場から私が引き抜かれることを快く思っていないはずだ、とジョー夫人が考えていたからだ。私はすでにジョーに弟子入りできる年齢になっていた。ジョーが火かき棒を膝に置いて坐り、考えごとをしながら炉《ろ》格子《ごうし》の下から灰をかき出したりすると、姉は他意のないその行為を反対表明と解釈し、ジョーに襲いかかって火かき棒をひったくり、彼を揺さぶってからそれを片づけた。議論はつねにどうしようもなく腹立たしい結末を迎えた。姉が、そんな気配すらなかったときに突然話をやめてあくびし、いま気づいたように私に眼を止めると、「ほら！　もうあんたはたくさん！　さっさと寝なさい。今夜はもうお釣りが来るほど迷惑かけたでしょうが！」と攻撃してくるのだ。まるで私のほうから死ぬまでいじめてくれと懇願したかのように。

　そんな日々が長いこと続いた。まだまだ続くのだろうと覚悟していたある日、ミス・ハヴィシャムが私と歩いているときに急に足を止め、こちらの肩に寄りかかって、少し不快そうに言った。

「背が伸びてるわよ、ピップ！」

　私は、ここは考えこんだ顔つきをして、いかんともしがたい状況でそうなることを示すのがいちばんだと思った。

　ミス・ハヴィシャムはそれ以上何も言わなかったが、やがてまた立ち止まり、私を見た。ややあって、また同じことをすると、そのあとは顔をしかめて不機嫌になった。次の訪問日に、ふたりでするいつもの運動が終わって、彼女を化粧台のまえに坐らせると、ミス・ハヴィシャムは苛立たしげに指を振って、私を止めた。

「あなたの鍛冶屋の名前をもう一度言ってごらん」

「ジョー・ガージェリーです」

「その人の徒弟になるということだね？」

「はい、ミス・ハヴィシャム」

「だったら、すぐなりなさい。ガージェリーが年季奉公の契約書を持って、あなたといっしょにここに来ることはできる？」

そのような要請があれば彼は光栄に思うでしょうと私は答えた。

「では、来させなさい」

「いつがよろしいですか、ミス・ハヴィシャム？」

「だから言ったでしょう、わたしには時間のことはわからない。早いうちがいいわ、ふたりだけで来なさい」

その夜家に帰って、ジョー宛《あて》のこのメッセージを伝えると、姉は過去のどんなときよりすさまじい剣幕で怒った。あたしはあんたたちが踏みつけるドアマットなの？　そうやってこき使うつもりなの？　ご親切にも、あたしはどういう人にお似合いだと思ってるわけ？――ジョーと私にそういう質問を怒濤《どとう》のように浴びせたあと、燭台をジョーに投げつけ、わっと大声で泣きだして、ちりとりを持ち出し――それはつねに悪い兆候だ――粗布のエプロンをつけて、ものすごい勢いで掃除を始めた。掃いたりはたいたりするだけでは満足せず、今度はバケツとたわしでごしごしやりはじめた。私たちは家から追い出され、裏庭に立って震えるはめになった。ようやく夜十時に意を決して、おそるおそるなかに戻ると、姉はジョーに、どうして最初から黒人の奴隷《どれい》と結婚しなかったのよと訊いた。ジョーは気の毒に何も答えなかったが、立ったまま頬ひげをなでながら私をしょんぼりと見つめた。ことによると、本当にそうすべきだったと思っていたのかもしれない。

13

二日後、私とミス・ハヴィシャムの屋敷を訪ねるためによそ行きの恰好《かっこう》をしたジョーを見るのはつらかった。しかし、この日にはいちばん上等の服を着なければならないと本人が考えている以上、仕事着のほうがはるかに似合うのにとは言い出せなかった。ジョーがこれほど堅苦しい服を着るのはすべて私を思ってのことであり、首のうしろでシャツの襟を高く立てすぎたせいで、頭頂の髪の毛が鳥の羽根の房のように逆立っているのも私のためだということがわかっていたからだ。

朝食時に姉は、町まで私たちについてくると言い張った。パンブルチュークおじの家で待っているから、「立派なご婦人たちとの仕事が終わったら」立ち寄るように、と。その段取りにジョーは最悪の予感を覚えたようだった。鍛冶場は終日休みで、ジョーはドアにチョークでひと言〝るす〟と書いて、出かける方向を示す矢印を添えた(ごくたまに仕事を休む機会にはそうする習慣だった)。

　私たちは町まで歩いた。先頭に立つ姉はビーバーの毛皮でできた特大の帽子をかぶり、藁《わら》の編み籠《かご》を大法官の国璽《こくじ》のように抱え、この日は晴れだったのに木靴と予備のショールと傘を持っていた。懺悔《ざんげ》のつもりで持っていたのか、ただ見せびらかしたかったのかはわからないが、おそらく持ち物を自慢したかったのだろうと思う——ちょうどクレオパトラや、すごい剣幕のほかの女王が野外劇や行進で自分の富をひけらかしたように。

　パンブルチューク家に着くと、姉は私たちを残して家のなかに飛びこんだ。正午近かったので、ジョーと私はまっすぐミス・ハヴィシャムの屋敷に向かった。いつものようにエステラが門を開けた。彼女が現れるなりジョーは帽子を脱いで、重さでも量るように両手でつばを持って立っていた。ほんの数グラムでもまちがえるとたいへんなことになると思っているかのように。

　エステラは私たちのどちらにも関心を示さなかったが、もはや私にはなじみの道を先に立って歩いた。私が続き、ジョーが殿《しんがり》だった。長い廊下でうしろを振り返ると、ジョーはまだ細心の注意を払って帽子の重さを量りながら、大股《おおまた》の爪先《つまさき》歩きでついてきていた。

エステラが、ふたりで入ってと言ったので、私はジョーの上着の袖を引いて、ミス・ハヴィシャムのまえに連れていった。化粧台について坐っていたミス・ハヴィシャムは、すぐに振り返って私たちを見た。

「ああ！」彼女はジョーに言った。「あなたがこの子のお姉さんの夫ね？」

愛《いと》しい友だちのジョーがこれほど本人らしくなく見えるのは初めてではないかと思った。何も言わずに立ち、頭の羽根を逆立て、口をぽかんと開けて、まるで餌《えさ》の虫が入ってくるのを待っている珍しい鳥のようだった。

「あなたがこの子のお姉さんの夫ね？」ミス・ハヴィシャムはくり返した。

ジョーはこの会見のあいだじゅう、ミス・ハヴィシャムではなく私に話しつづけ、私はどうにもじれったくて腹が立った。

「つまりだな、ピップ」ジョーは力強い論理と、この上ない親密さと、奥床しい礼儀がない交ぜになった口調で話しだした。「おれはおまえの姉さんとたまたま結婚したが、そのまえは、いわゆる（そう呼びたければだが）独身男だったよ」

「なるほど」ミス・ハヴィシャムは言った。「そして、あなたはこの子を育てた。いずれは徒弟にするつもりで、そういうことですか、ミスター・ガージェリー？」

「わかるな、ピップ」ジョーは答えた。「おれとおまえは友だちだ。おまえが徒弟になるのをふたりで心待ちにして、いっしょにとびきり愉《たの》しくやろうって話したよな。けど、ピップ、煤《すす》で真っ黒になるとか、そういうのでこの仕事が嫌になったら、そのときにはまた話し合うってことだった。そうだろ？」

「この子は嫌になったことがあるの？」ミス・ハヴィシャムは言った。「この仕事が好きなの？」

「よくわかってるだろ、ピップ」ジョーは、論理と親密さと礼儀の口調をさらに強めて言った。「それがおまえの心からの願望だってことは」（先を続けるまえに、ふいにジョーの頭に父親の墓碑銘の言いまわしを使おうという考えが湧《わ》いたのがわかった。）「おまえとして《オン・ユア・パート》嫌なところはないし、ピップ、おまえの心から《オヴ・ユア・ハート》の願望だ」

ミス・ハヴィシャムに直接話すのが分別ある態度だとジョーにわからせようとしても、無駄だった。私が顔つきや手ぶりでそのように仕向けようとすればするほど、ジョーは私に対していっそう論理的で、親密で、礼儀正しくなった。

「この子の年季奉公の契約書は持ってきましたか？」ミス・ハヴィシャムが訊いた。

「なあ、ピップ、憶《おぼ》えてるだろ」ジョーは少々納得がいかないというふうに答えた。

「おれが契約書を帽子のなかに入れるのをその眼で見たじゃないか。だから、ここにあるのを知ってるはずだ」そして契約書を取り出すと、ミス・ハヴィシャムではなく私に手渡した。残念ながら、私は愛しいお人好《ひとよ》しのジョーを恥ずかしく思った。とりわけ、ミス・ハヴィシャムの椅子のうしろに立っているエステラの眼が、小馬鹿《こばか》にしたように笑ったときには恥じ入った。私は契約書をジョーから受け取り、ミス・ハヴィシャムに渡した。

「ピップから謝礼金をもらうつもりはないのですね？」ミス・ハヴィシャムは書面にざっと目を通しながら言った。

「ジョー！」私はジョーが黙りこんでいるので責めた。「どうして返事しな――」

「ピップ」ジョーは傷ついたかのように私のことばをさえぎった。「おまえとおれのあいだじゃ、返事するまでもないことだろ。答えは言うまでもなく〝そのつもりはない〟だ。わかってるはずじゃないか、ピップ。どうして口に出さなきゃならない？」

ミス・ハヴィシャムはジョーをちらっと見て――ジョーがこんなふうなのに、私が想像していたよりずっと深く彼を理解しているかのようだ――横のテーブルから小さな袋を取り上げた。

「ピップはちゃんと謝礼金を稼ぎましたよ」彼女は言った。「これです。この袋に二十五ギニー〔訳注　一ギニーは一ポンド一シリングに相当する金貨〕。さあ、親方に渡しなさい、ピップ」

ジョーは、ミス・ハヴィシャムの異様な姿と異様な部屋に度肝を抜かれて、気がふれたかのように、ここに至ってもまだ私に話しかけた。

「こりゃまたずいぶん気前がいいな、ピップ」ジョーは言った。「ありがたくいただこう。ほんと、こんなことがあるとは夢にも思わなかったけども。そしたら、おまえ《オールド・チャップ》」私はこれを聞いて、まずカッと体が熱くなり、次にぞっと背筋に寒気が走った。ジョーがその親しみの表現をミス・ハヴィシャムに使ったと思ったからだ。「そしたら、おまえ。きちんとわれわれが仕事を終えられますように！　おまえとおれが、お互いしっかり義務を果たせますように！　それと、この気前のいい贈り物が――運んで――心の満足――われわれ――かつてなく――」ことばに窮して先を続けられなくなったようだったが、「おれとしちゃ、とんでもないことで」という台詞《せりふ》を思いついて危機を脱し、胸を張った。この台詞は本人としても響きがよく、説得力もあったらしく、彼はもう一度くり返した。

「さようなら、ピップ！」ミス・ハヴィシャムが言った。「彼らを送ってあげて、エステラ」

「ぼくはまたここへ来たほうがいいでしょうか、ミス・ハヴィシャム？」私は訊《き》いた。

「いいえ、今日からあなたの主人はガージェリーです。ガージェリー！　あとひと言！」

ジョーが呼び戻され、私は部屋から出がけに、ミス・ハヴィシャムがジョーに大きな声ではっきりと伝えるのを聞いた。「あの子はここでよく働いてくれました。あれはその褒美《ほうび》です。もちろん、あなたは正直なかただから、これ以上のものを期待しないでしょうね」

ジョーがどうやって部屋から出てきたのかはわからないが、出てくると、階下《した》におりる代わりにずんずん階上《うえ》に上がろうとして、私が追いかけて捕まえるまでどんなに注意しても聞く耳を持たなかった。次の瞬間には、私たちは門の外にいて、その門には鍵《かぎ》がかかり、エステラはいなくなっていた。

陽の光のなかでまたふたりきりになると、ジョーはうしろの塀にもたれ、「驚いた！」と言った。そのまま長いこと動かず、間を置いてあまりに何度も「驚いた！」とくり返すので、もう正気に戻らないのではないかと思った。ようやくジョーはその台詞を引き延ばして、「ピップ、いやほんと、こりゃおったまげた！」と言い、徐々に会話も始まって、帰途につくことができた。

どうやらジョーの知性はこの会見のせいで活発に働きだし、パンブルチューク家に向かう道すがら、綿密で奥の深い計画を練り上げたようだった。パンブルチューク氏の居間で起きたことから、それがわかった。私たちが部屋に入ると、姉があのいけ好かない種苗商《しゅびょうしょう》と相談していた。

「それで？」姉は大声で私たちふたりに同時に問いかけた。「あんたたち、いったいどうしたの？　こんな貧相な人間のところにはもうお戻りにならないかと思ってたんだけどね、まったく！」

「ミス・ハヴィシャムから念を押されたよ」ジョーは思い出そうと努力しているかのように私を見つめて言った。「ミセス・ガージェリーに、敬意をもって——いや、誠意をもってだったか、ピップ？」

「敬意だよ」私は言った。

「だろうと思った」ジョーは同意した。「敬意をもって、よろしく伝えてほしいと」

「そりゃたいそうなこった！」姉は皮肉を言ったが、喜んでいるのもわかった。

「それから」ジョーはまた別のことを思い出そうとしているように私を見つめて、「ご婦人がたにも会いたいのは——なんだっけ、ピップ？」

「山々だけれど」

「健康状態がすぐれないので、そうもいかない、と」ジョーはそう言って、長々と息を吸った。

「へえ！」姉は表情を和らげ、パンブルチューク氏をちらっと見て言った。「だったら最初からそう知らせるのが礼儀だろうにね。ないよりはましだけど。で、彼女はこの不良小僧に何をくれたの？」

「何もくれなかった」ジョーは言った。

ジョー夫人は爆発しそうになったが、ジョーは続けた。

「ピップじゃなくて、ピップの友だちにくれたんだ。つまり、彼のお姉さんのミセス・Ｊ・ガージェリーに。それがあの人のことばだった――〝ミセス・Ｊ・ガージェリー〟」そこで考えこんだふりをして、つけ加えた。「Ｊがジョーか、ジョージかは知らなかったかもしれないが」

姉はパンブルチューク氏を見た。彼は木製の肘かけ椅子の肘かけをなでながら、そんなことは最初からわかっていたというふうに、彼女と暖炉の火にうなずいた。

「それで、いくらもらったの？」姉が笑いながら尋ねた。本当に笑いながら！

「十ポンドだと言ったらどうする？」ジョーは訊いた。

「まあ、いいほうね」姉は素っ気なく答えた。「多いわけじゃないけど、まあ悪くない」

「じつはそれより多いんだ」ジョーは言った。

怖《おそ》るべきペテン師パンブルチュークはすかさずうなずいて、肘かけをなでながら言った。「それより多いのだよ、奥さん」

「だったら、まさか――」姉が言いかけた。

「そうなのだ、奥さん」とパンブルチューク氏。「だが、ちょっと待ちなさい。さあ、続けて、ジョゼフ。その調子だ。先を続けて！」

「二十ポンドだと言ったら？」ジョーは続けた。

「気前がいいと言うべきでしょうね」姉は答えた。

「いやじつは」とジョー。「それより多いんだ」

卑劣な偽善者パンブルチュークがまたうなずき、恩着せがましく笑った。「それより多いのだよ、奥さん。いいぞ！　さあ、教えてあげなさい、ジョゼフ！」

「じゃあ、言ってしまうと」ジョーはうれしそうに例の袋を姉に渡しながら、「二十五ポンドだ」

「二十五ポンドだ、奥さん」最低の詐欺師《さぎし》パンブルチュークは、ジョーのことばをくり返しながら立ち上がり、姉と握手した。「あなたの人徳から考えれば当然ですな（私の意見を訊かれたときに、そう言いましたぞ）。喜んで受け取るといい！」

　この悪人がここで話を終えたとしても充分罪深かったが、彼は恩人の権利として私を引きずりこみ、それまでの悪行をはるかに凌《しの》ぐ真っ黒な罪を塗り重ねた。

「よろしいか、ジョゼフと奥さん」パンブルチュークは私の二の腕をつかんで言った。「私は、始めたことはつねに最後までやり通す主義でしてな。この子はいますぐ弟子入りさせないと。それが私の流儀だ。いますぐ契約なさい」

「ああもう、どうお礼を言えばいいやら、パンブルチュークおじさま」姉は（しっかり金をつかんで）言った。「このご恩は一生忘れません」

「気になさるな、奥さん」悪魔のような穀物商は応じた。「喜ばしいことは、どこの世界でも喜ばしいものだ。だが、わかるね、この坊主とすぐに契約するように。私が最後まで面倒を見ると言ったのだから、じつのところ」

　町役場で治安判事が裁判を開いていたので、私を判事のまえで正式にジョーの徒弟にするために、みなでただちにそこへ行った。〝行く〟といっても、私はすりを働いたか干し草に火をつけた犯人さながら、パンブルチュークに小突かれて歩かされたのだ。法廷ではみなが私を現行犯で逮捕されたと思ったらしく、パンブルチュークにうしろから押されて人混みのなかを進んでいくと、「あの子は何をしたの？」とか、「まだ若いのに。でも、いかにも悪人面《づら》じゃないか？」といった声が聞こえた。ある穏やかで親切そうな男の人は、連なるソーセージのような鎖に縛られた人相の悪い若者の木版画が添えられた、〝監獄で読まれたし〟という表題の小冊子をくれた。

法廷は奇妙な場所に思えた。座席は教会の会衆席より高く、人々がそこから身を乗り出して見物している。堂々たる判事たち（ひとりは頭に髪粉を振っている）が椅子の背にもたれて腕を組み、嗅《か》ぎ煙草《たばこ》を吸い、居眠りし、何かを書き留め、新聞を読んでいる。壁にかかった黒光りする肖像画は、芸術を解さない私の眼には、焦《こ》げ茶色のアーモンド入りの菓子と黒い絆創膏《ばんそうこう》でできているように見えた。そんな部屋の隅で、年季奉公契約書が正式に署名、認証され、私は晴れてジョーに弟子入りした。その間、パンブルチューク氏はずっと私を捕まえていた。あたかも私たちが絞首台《こうしゅだい》に向かう途中で、これはそのために処理すべき些《さ》細《さい》な事務作業であるかのように。

　私たちはまた外に出、集まっていた子供たちを追い払うと、パンブルチューク家へ向かった。子供たちは私の公開拷問《ごうもん》に期待して意気盛んだったが、私を囲む友人たちがただの味方だとわかると、ひどくがっかりしていた。パンブルチューク家では、姉が思いがけない二十五ギニーの収入に興奮するあまり、〈青猪《あおいのしし》〉亭で食事をせずにはいられないと言い張り、パンブルチュークに、どうか馬車を出してハッブル夫妻とウォプスル氏もお呼びしてと依頼した。

姉の提案が認められ、私はじつに憂鬱《ゆううつ》な一日をすごした。不可解なことに、彼らの意識のなかで私は興醒《きょうざ》めな邪魔者ということになっていたからだ。そのくせときどき――つまり、ほかにやることがないときに――私になぜもっと愉しまないのかと訊いてくるから始末に負えない。私としては、愉しんでいますと答えるほかに何ができただろう。実際には、愉しいわけがなかった。

　だが、彼らは大人だから要領を心得ていて、めいっぱい愉しんだ。いかさま師パンブルチュークは、今般のことを取りしきった恩人として褒めそやされ、食卓でいちばんの上座について、私の年季奉公契約のことを得意げに説明した。もし私がカードに興じたり、強い酒を飲んだり、夜更《よふ》かしや、悪人とのつき合いや、その他契約書に避けがたい事態として記載されているらしい奇行に及べば、監獄に送られることになった、と一同に悪魔のような祝辞を述べたときには、こいつのことですと言わんばかりに、私を隣の椅子の上に立たせた。

　この大祝宴については、あといくつか憶えていることがある。彼らは私を寝かさず、うとうとしだすたびに起こして、愉しめよと言った。そしてかなり夜も更けたころ、ウォプスル氏がコリンズの頌歌《しょうか》を朗唱し、またしても血まみれの雷剣を振りおろしたものだから、店の給仕が、「階下にいる旅商人のお客さんがたが、ここは〈大道芸〉

亭じゃないぞと文句を言ってます」と伝えにきた。家への帰り道では、みなすこぶる上機嫌で、トマス・ムーア作詞の『ああ、麗《うるわ》しき女《ひと》』を合唱した。ウォプスル氏がバスを担当し、怖ろしいほど力強い声で（あらゆる他人のプライバシーに首を突っこむあの詮索《せんさく》好きの退屈男が、さも偉そうに主旋律を歌うのに応《こた》えて）、彼こそが白髪をたなびかせた男であり、見渡すかぎりもっとも弱い巡礼であると歌った。

　ようやく自分の小さな寝室に入ると、私はとことん不幸な気持ちになり、ジョーの仕事は決して好きになれないだろうと強く確信したことを憶えている。昔は好きだったが、もはやちがった。

14

わが家を恥ずかしく思うことほど、みじめなことはない。そんな途方もない恩知らずには、因果応報の罰が下されてもしかたがないのだろう。しかし、とにかくみじめなものであることは、私みずから証言できる。

　癇癪《かんしゃく》持ちの姉のせいで、そもそもわが家はあまり居心地がよくなかったが、ジョーが家を神聖視していたので、私もそのまま信じていた。家でいちばんの客間はすばらしくエレガントな集いの場だし、玄関のドアは大神殿につながる神秘の門で、そこが厳《おごそ》かに開くときには生贄《いけにえ》の鶏《とり》の丸焼きが捧《ささ》げられる。台所も壮麗とはいかないまでも清らかな場所で、鍛冶場は一人前の独立した男への輝かしい道だ、と。けれども、それがほんの一年ですべて変わってしまった。どこもかしこも粗末で卑《いや》しく、ミス・ハヴィシャムやエステラにはとうてい見せられなかった。

この恩知らずな考えのどこまでが私の責任で、どこまでがミス・ハヴィシャムや姉の責任だったのかは、私自身にとっても、ほかの誰にとってももはや重要なことではない。私のなかで変化が起き、そうなってしまったということだ。良かれ悪《あ》しかれ、やむをえなかったかどうかは別として、そうなった。

昔は、腕まくりをして鍛冶場に入り、ジョーの徒弟になったら、自分も貫禄《かんろく》が出て幸せになれると思っていた。現実がわかったいまは、ただ石炭の埃《ほこり》にまみれ、毎日の記憶が重苦しく、それに比べれば鉄床《かなとこ》も羽毛のごとく軽く思えた。眼のまえに厚いカーテンがおりてきて、あらゆる興味や夢物語が隠され、当面退屈に耐えるしかなくなった時期は、その後の人生でも何度かあった（たいていの人生がそうだろう）が、ジョーの徒弟になって生涯進むべき道がまっすぐまえに伸びていたそのときほど、カーテンが重く垂れて何もかも見えなくなったことはなかった。

年季奉公の後半〔訳注　年季奉公は通常、十四歳から二十一歳の七年間〕で、日曜の夕方によく教会の墓地にたたずんだことを憶えている。宵闇が迫るころ、自分の将来を風吹きすさぶ沼地の景色と比較して、どこまでも平坦《へいたん》で低いところが似ていると思ったものだ。見知らぬ道があり、濃い霧がかかっていて、海につながるところも。私はそのころと同じように、徒弟になった初日にも意気消沈していたが、契約が続くあいだはジョーにそのことを決してもらさなかった。それが年季奉公中の自分に関してほぼ唯一《ゆいいつ》、うれしく思えることである。

　というのも、うれしく思ったなかで、これから言い足すことはすべて、ジョーのおかげだったのだ。私が鍛冶場から逃げ出して軍人や船員にならなかったのは、私自身が誠実だったからではなく、ジョーが誠実だったからだ。私が嫌々ながらそれなりの熱心さで働いたのも、私自身に勤勉の美徳がしっかり備わっていたからではなく、ジョーにそれがあったから。己の義務をきちんと果たす親切で正直なひとりの男が、世の中にどのくらいの影響を及ぼせるのかはわからない。しかし、そのそばに近づいた自分がどのくらい感化されたかを知ることは可能だ。私の年季奉公に美点があったとすれば、それは素朴な満足を知っているジョーがいればこそであり、落ち着きがなく野心的でいつも不満を抱いていた自分に由来するものではないことは、よくわかっている。

　そのころ私が何を望んでいたか、誰にわかるだろう。自分でもわからなかったことを、どう説明できるというのだ。私が怖れていたのは、運悪くいちばん汚れた卑しい恰好をしているときに眼を上げると、鍛冶場の木の窓のひとつからエステラがなかをのぞいていることだった。遅かれ早かれ、黒い顔と手できわめて粗野な仕事をしているところをエステラに見られ、勝ち誇った眼で蔑《さげす》まれるのではないか。その恐怖が頭から離れなかった。暗くなってからジョーのためにふいごで風を送り、いっしょに「オールド・クレム」を歌っていると、ミス・ハヴィシャムの家でよくそれを歌ったことが思い出され、火のなかにエステラの顔が浮かんだ。きれいな髪は風になびき、眼は私をあざ笑っている。そんなとき私はよく、壁に暗い夜の板をはめたように見える鍛冶場の木の窓を見やり、エステラがちょうど顔を引っこめたような気がして、ついに現れたかと観念したものだ。

　そのあと夕食をとりに家に入ると、部屋も食事もそれまでになく粗末に見えて、私は恩知らずな心のなかでわが家をことのほか恥ずかしく思った。

15

私はウォプスル氏の大おばの部屋で学ぶには大きくなりすぎたので、この常識はずれの女性のもとでの教育は終わった。だがそれまでに、ビディは、小さな帳面の価格表から昔半ペニーで買った滑稽《こっけい》な歌まで、知っていることをすべて教えてくれた。この歌については、次の出だしのところだけしか理解できなかった。

ロンドン・タウンに行ったらば、
トゥーラル・ルーラル
トゥーラル・ルーラル
すっかりだまされ馬鹿にされ、
トゥーラル・ルーラル
トゥーラル・ルーラル

とはいえ、私は利口になりたい一心でこれを大まじめに憶えこみ、以来その効用に疑問を持った記憶はない。ただ、詩にしては「トゥーラル」が少々多すぎるとは思ったが（いまも思っている）。知識への渇望《かつぼう》から、私はウォプスル氏に知恵の断片をいくらか授けてほしいと願い出、ウォプスル氏は快く応じた。ところがいざ習ってみると、彼はただ演技の相手役が欲しかっただけで、私を論破し、抱きしめ、泣いて困らせ、いじめ、刺し、ありとあらゆる方法で手荒に扱うだけだったので、ほどなく私は授業を断ることにした。といっても、彼の詩的憤怒《ふんぬ》をさんざんぶつけられたあとのことだったが。

習ったことはすべてジョーにも伝えようとした。そう言うといかにも聞こえがいいので、多少説明しなければ気が咎《とが》める。私はジョーを無知で品のない状態から引き上げ、私の仲間として価値ある人間にし、エステラの非難を浴びないようにしたかったのだ。

沼地の古い砲台が私たちの学習場所、割れた石板と短い粘板岩の筆が私たちの学習道具だった。そこにジョーはいつもパイプ煙草を加えた。ジョーが日曜に習った何かを次の日曜まで憶えていることはなかったし、私の指導のもとで彼が得た情報など結局ひとつもなかったが、砲台でパイプをくゆらす彼は、ほかのどこにいるときよりずっと賢そうに見え、教養すら感じさせた。本人としてはめざましい進歩をとげていると思っていたかのように。なんと愛しい人物だろう。彼が本当にそう思っていたことを願う。

そこは気持ちのいい静かな場所だった。土塁の向こうの川を帆船が往《い》き来《き》し、潮が引いているときには、沈んだ船がまだ川底を進んでいるようにも見えた。私は白い帆を広げた船が海に出ていくのを見ると、なぜかかならずミス・ハヴィシャムとエステラのことを思い出した。はるか遠くの雲、帆、緑の丘の中腹、水平線に、陽の光が斜めに射《さ》したときも同じだった。絵のように美しいすべての光景と、奇妙な家で奇妙な生活を送るミス・ハヴィシャムとエステラが、何かしらかかわっているように思えたのだ。

ある日曜、ジョーが満足げにパイプをやりながら、「とんでもなく頭が悪い」ことをしきりに自慢するので、私はその日の授業をあきらめ、しばらく土塁に寝そべっていた。頬杖《ほおづえ》をつき、空や海の風景のいたるところにミス・ハヴィシャムとエステラの面影を見《み》出《いだ》していたが、ついにそのふたりについてずっと頭に引っかかっていた考えを話してしまおうと決意した。

「ジョー、ぼくはミス・ハヴィシャムの家を一度訪ねるべきだと思わない？」

「ほう、ピップ」ジョーはゆっくりと考えながら答えた。「なんのために？」

「なんのためか？　人の家を訪ねるときにいつも理由が必要なの？」

「そんなふうに問われる訪問だってあるだろうよ」とジョー。「けどな、ピップ、ミス・ハヴィシャムのところに行ったら、あの人はおまえが何かを求めてる——彼女から何か得るのを期待してる——と思うかもしれんぞ」

「そんなことは考えてませんと言ったら、ジョー？」

「言ってもかまわんよ。ミス・ハヴィシャムは信じるかもしれん。だが同様に、信じないかもしれん」

　的確な指摘だと思ったのだろう（私も思った）、ジョーは同じことばをしつこくくり返して効果を薄めてはいけないと、代わりにパイプをすぱすぱやった。

　そしてその危険が去ったと見るや、すぐに続けた。「いいか、ピップ。ミス・ハヴィシャムはおまえにとても親切にしてくれたが、あのとき、おれは呼び戻されて、これで終わりだと言われたんだ」

「うん、ジョー。ぼくも聞いた」

「終わりだってな」ジョーは力強くくり返した。

「うん、ジョー。いま言ったけど、ぼくも聞いた」

「つまりだ、ピップ。あの人が言いたかったのは、これで終わりにしなさい——もとどおりになる――わたしは北へ、あなたたちは南へ――別々の道を行くってことだ」

私もそれは考えていて、ジョーも同じ考えだったことに焦《あせ》りを覚えた。それだけ正しい可能性が高まるからだ。

「でもね、ジョー」

「なんだ、ピップ」

「いまぼくは年季奉公の一年目で、契約を結んでから一度もミス・ハヴィシャムにお礼を言ってないでしょう。元気かどうか尋ねてもいないし、あの人を忘れていないことも示してない」

「それはそうだな、ピップ。おまえが作った蹄鉄《ていてつ》を四つ差し上げてもいいが――いや、そもそも馬がいないんだから、贈り物に蹄鉄というのはおかしいか――」

「忘れていないことを示すって、そういう意味じゃないんだよ。贈り物ってことじゃなくて」

しかし、一度贈り物ということを思いついたジョーは、つらつら考えずにはいられなかった。「それか、おれが手伝って玄関ドアの新しい鎖を作るとか、なんにでも使える丸頭のネジを一グロス〔訳注 十二ダース〕か二グロスとか、マフィンを焼くときのフォークみたいなしゃれた小道具とか、いやいっそニシンなんかを焼く金網でも――」

「だから贈り物じゃないってば、ジョー」私は途中で割りこんだ。

「ふむ」ジョーは私が熱心に頼んだかのように考えつづけた。「もしおれがおまえだったら、ピップ、やめとくな。ああ、だめだ。もうドアの鎖はあるのに新しいのをあげてなんになる？　丸頭のネジも気持ちが伝わらんかもしれん。マフィンのフォークは真鍮《しんちゅう》製だから、おまえにはできっこない。でもって、並はずれた職人も金網じゃ並はずれた腕は見せられん。しょせん金網は金網だからな」ジョーは、まちがった思いこみから私を目覚めさせようとしているかのように、あくまでこだわりつづけた。「おまえの好きなものを作っていいが、それが金網じゃな。おまえがいいと言おうが言うまいが、どうやったって――」

「ねえ、ジョー」私はじれったさのあまり、ジョーの上着をつかんで大声で言った。「そっちの方向に進まないで。ミス・ハヴィシャムに贈り物をするつもりなんてないんだから」

「そうだとも、ピップ」ジョーは、ずっとその方向で議論してきたかのように同意した。「おれに言えるのは、おまえは正しいってことだ、ピップ」

「うん、ジョー。でも言いたかったのはね、いま仕事はそんなに忙しくないから、明日半日休みがもらえるなら、町に出て訪ねてみようと思うんだ、ミス・エステ――ハヴィシャムを」

「あの人の名前は」ジョーは真顔で言った。「エステハヴィシャムじゃないぞ、ピップ。改名したなら別だが」

「わかってるよ、ジョー。まちがえただけ。で、どう思う？」

ジョーの答えは、要するに私がいいと思っているのなら、自分もいいと思うということだった。ただし、こんな条件をつけた。もし心から歓迎されなかったり、今度の訪問が、受けた恩に対する他意のないお礼の挨拶《あいさつ》だということが理解されず、この先も来てほしいと言われなかったりした場合には、だめだったとあきらめて二度と訪ねない。私はそれにしたがうと約束した。

　さて、ジョーはオーリックという年季明けの職人を週給で雇っていた。洗礼名はドルジだと本人は言っていたが、そんな名前はありえない。ひどく意固地な男だったから、この点について妄想を抱いていたわけではなく、わざと変な名前を村人に押しつけて、どうせわかるものかと馬鹿にしていたのだと思う。肩幅が広く、手足が柔軟で、力があり、肌は浅黒かった。何事にもあわてず、つねに猫背だった。鍛冶場《かじば》に来るときにも、働きに入ってくるというより、猫背で歩いていたらたまたまたどり着いたという感じだ。食事をしに〈陽気な艀《はしけ》乗り〉亭に行くときであれ、夜になって家に帰るときであれ、まるでカイン〔訳注　創世記第四章第十二節で、弟アベルを殺して放浪者となる〕か、さまよえるユダヤ人〔訳注　刑場へ引かれるキリストを嘲笑した罪で、最後の審判の日まで放浪しつづけるとされた伝説上の人物〕のように、どこへ行くのかもわからず、帰ってくるつもりもないといったふうに猫背で歩いていく。沼地の水門番の家に下宿していて、平日にはその隠れ家から、両手をポケットに突っこみ、首のまわりにゆるく結んだ弁当包みを背中に垂らして、猫背で出てくる。日曜はたいてい一日じゅう、水門の上に寝転がるか、干し草の山か納屋《なや》にもたれて立っていた。いつも猫背で眼を地面に向けたまま機関車のように進み、呼びかけられたり、顔を上げることを求められたりすると、なかば立腹し、なかば困惑したようにまえを向いた。まるで生まれてからずっと、奇妙でろくでもないことだが自分はものを考えない、ということしか考えていないかのように。

この気むずかしい職人は、私を嫌っていた。私がまだ幼くて臆病《おくびょう》だったときには、鍛冶場の暗い隅には悪魔が住んでいると私に教えこみ、その悪魔のことはよく知っていると言った。七年に一度、生贄の少年を火あぶりにしなければならないから、そのときにはおまえをくべてやるか、とも。私がジョーの徒弟になると、オーリックはいずれ取って代わられると確信したのだろう、まえにも増して私を嫌うようになった。もっとも、ことばや態度で敵意をむき出しにするわけではない。鉄を叩《たた》くときにかならずこちらに火花を飛ばしたり、私が「オールド・クレム」を歌うとわざとタイミングをずらして歌ったりするだけだった。

　翌日、私がジョーに半休の確認をとったときに、ドルジ・オーリックは鍛冶場で働いていた。ジョーとふたりで熱い鉄を打ちはじめたばかりだったから（私はふいごで風を送っていた）、そのときには何も言わなかったが、やがてハンマーにもたれかかって言った。

「ねえ、親方、ふたりいる弟子のひとりだけえこひいきしませんよね。ピップの小僧が半休をとるんなら、大先輩のオーリックも休みがもらいたいな」彼は二十五歳ぐらいだったと思うが、いつも年配者気取りだった。

「ほう、半休をもらったら何をするつもりだ？」ジョーは言った。

「おれが何をするか？　こいつは何するんです？　おれだってこいつと同じくらいやることはあるよ」

「ピップは町に行くんだ」

「あっそう。だったら、大先輩のオーリックも町に行く」立派な御仁は言い返した。

「ふたりで行ったっていいでしょ。ひとりでなきゃってことはない」

「そう怒らなくたっていいだろう」ジョーは言った。

「怒るのはこっちの勝手さ」オーリックはだみ声で言った。「町に行けるやつと行けないやつがいるなんて！　なあ親方！　頼みますよ。この店でえこひいきはなしだ。大人でしょうが！」

おまえが落ち着くまで話はしないと親方が言うと、オーリックは炉に飛んでいって、真っ赤に熱された鉄の棒を引き出し、私の胴体に突き刺すような勢いで突進してきて、私の頭の上でそれを振りまわし、鉄床に置いて叩きはじめた——その鉄の棒は私、飛び散る火花は私の血のように思えた。そしてオーリックは、自分が熱くなり、鉄が冷めてしまうまで叩きに叩くと、ようやくまたハンマーにもたれて言った。

「ねえ、親方！」

「落ち着いたか？」ジョーは訊いた。

「ええ、落ち着きました」乱暴な大先輩オーリックは言った。

「そしたら、おまえもいつもは人並みに働いてるわけだから、今日はみんなで半休にしよう」

姉が庭に出て、私たちの話が聞こえるところにひそかに立っていた。この上なく恥知らずなスパイで、盗み聞きはお手のものなのだ。さっそく窓から鍛冶場をのぞきこんだ。

「ほんとに馬鹿なんだから！」彼女はジョーに言った。「こんなぐうたらの怠け者どもに、いとも簡単に休みをやるなんて。そうやって賃金をどぶに捨てるなんて、あんた大金持ちなんだね、まちがいなく。あたしが親方だったらよかった」

「あんたはその気になりゃ、みんなの親方になっちまうよな」オーリックは醜いにやにや笑いを浮かべて盾突いた。

（「うちのかみさんにかまうな」ジョーは言った。）

「あたしはどんなあほうにも、ごろつきにも負けませんからね」姉は特大級の癇癪を爆発させそうになりながら言い返した。「そのへんのあほうに負けるくらいじゃ、あんたの親方という馬鹿あほうの大王には勝てないから。それに、そんじょそこらのごろつきに負けるくらいじゃ、あんたというイギリスとフランスを合わせたなかでも最凶の面相で最悪のごろつきには勝てない。でしょ！」

「小汚いガミガミ女だな、マザー・ガージェリー」職人はうなり声で言った。「ガミガミでごろつきの判定ができるなら、あんたは達人だ」

（「かみさんにかまうなと言っただろ」とジョー。）

「なんですって？」姉はついに叫びはじめた。「なんと言った？　このオーリックのやつがいま、あたしになんて言った、ピップ？　夫がいるまえで、あたしをどう呼んだ？　ああ！　ああ！　ああ！」最後の叫びは毎度金切り声だった。これは私が見てきた気性の激しい女性全員に当てはまることだが、姉の場合、激情は言いわけにならない。彼女は激情に流されてしまうのではなく、意識的に、たいへんな努力をして激情をかき立て、きちんと手順を踏んで癇癪を爆発させるからだ。「あたしを守ると誓ったこのさもしい夫のまえで、こいつがあたしをどう呼んだ？　ああ！　あたしを支えて！　ああ！」

「あーうー！」オーリックは歯のあいだからうなった。「おれのかみさんだったら支えてやるよ。支えたままポンプの下まで引きずってって水責めにしてやらあ」

（「だから、かみさんにかまうなと言ってるだろ」とジョー。）

「おお！　いまの聞いた？」姉は手を叩くと同時に叫んだ——これが次の手順だ。「あたしがこいつにどう呼ばれたか！　こんなオーリックごときに！　自分の家で！　結婚してるこのあたしが！　夫の眼のまえで！　おお！　おお！」姉はひとしきり手を叩き、叫んだあと、両手で胸や膝《ひざ》を打ち、帽子を脱ぎ飛ばし、髪をおろした——これが狂乱に向かう最終段階だ。完全に激怒して復讐の女神《フリアエ》と化し、ドアに突進したが、幸い私はそこに鍵をかけていた。

ちょこちょこと割りこんでは無視されていた哀れなジョーに何ができただろう。オーリックに向かって、自分とかみさんのことに口を出すとは何事だ、男ならかかってこいと言うしかなかった。オーリックも、こうなったら闘うしかないと覚悟したのだろう、ただちに防御の体勢に入って、彼らは焼け焦げたエプロンをはずすが早いか、二体の巨人のように取っ組み合った。しかし、この界隈《かいわい》でジョーを相手に長いこと闘える人間は見たことがなかった。オーリックは、例の顔色の悪い若い紳士もかくやというほど、すぐに倒されて石炭の埃にまみれ、立ち上がれなくなった。ジョーはドアの鍵を開け、窓辺で気を失っていた姉（とはいえ、闘いを見終わってからだと思うが）を抱え上げて家に運び入れ、横たえた。姉はそこで回復を待てと言われたのに、暴れてジョーの髪をつかむだけだった。その後、あらゆる大騒ぎのあとにかならず訪れる不思議な静寂があり、私はこういう凪《なぎ》のときにいつも感じる、この日が日曜で、誰かが死んだのだという漠然とした思いを胸に二階へ上がり、着替えた。

　また階下におりてみると、ジョーとオーリックが、騒ぎなど何もなかったかのように掃除をしていた。ただ、オーリックの鼻の片側に切り傷ができていて、それは表情を豊かにもしないし、見映えもよくなかった。〈陽気な艀乗り〉亭からビールが届き、ふたりは和やかにそれを分け合っていた。この凪はジョーに落ち着きと哲学的な影響を与えた。ジョーは私のあとから外の道まで出てくると、はなむけのことばか何かのように、「ピップ、ものすごい剣幕を出したり引っこめたり——それが人生だ！」と言った。

ミス・ハヴィシャムの家へまた向かう途中、私がどんなに馬鹿げた感情を抱いていたかということは（大人にとって深刻な感情も、子供にとっては滑稽だから）重要ではない。呼び鈴を鳴らす決心がつかずに何度も門のまえを往き来したことも、いっそ呼び鈴を鳴らさずに去るべきではないかと思ったことも、もし時間をやりくりできていつでも戻ってこられるなら、本当に去っていたにちがいないことも、重要ではない。

ミス・セイラ・ポケットが門を開けにきた。エステラではなかった。

「あら、また来たのね」ミス・ポケットは言った。「なんの用？」

ミス・ハヴィシャムのご機嫌をうかがいにきただけですと答えると、セイラは私を追い返したものかどうか考えているようだった。しかし、判断の責任をとりたくもなかったので、私をなかに入れ、やがて「上がりなさい」という素っ気ない伝言をたずさえて戻ってきた。

家のなかは何も変わっておらず、ミス・ハヴィシャムはひとりだった。「どうしたの？」彼女は私を見すえて言った。「何か欲しいわけじゃないだろうね？　何もあげるものはないよ」

「わかっています、ミス・ハヴィシャム。年季奉公できちんと働いていて、あなたにいつも感謝していることをお伝えしたかっただけです」

「そういうこと！」とまた苛立《いらだ》ったように指を動かして、「だったら、ときどきおいでなさい。あなたの誕生日にでも——ああ！」今度はいきなり叫んで、椅子《いす》ごと私のほうを向いた。「エステラを探してるんだね、え？」

たしかに私はきょろきょろしていた——エステラを探して。彼女も元気だといいんですけど、と口ごもりながら言った。

「外国にいるの」ミス・ハヴィシャムは言った。「淑女になるための教育で、ずっと遠いところにね。昔よりもっときれいになって、会う人みんなに称《たた》えられる。あの子を失った気がする？」

最後のことばには底意地の悪い喜びが感じられ、おまけに不愉快な笑いまで加わったので、私はどう答えればいいかわからなかったが、もう帰りなさいと言われたので、考える手間は省けた。クルミの殻のような顔のセイラに送り出されて、門が閉まると、私はそれまで以上に自分の家や、仕事や、ほかのあらゆることに不満を覚えた。屋敷を訪ねようという思いつきから得たものは、結局それだけだった。

本通りをあてどなく歩き、店のウィンドウをやるせない気分で眺め、自分がひとかどの人物だったら何を買うだろうなどと考えていると、本屋から出てきたのは誰あろう、ウォプスル氏だった。六ペンスを払って買ったばかりのジョージ・バーンウェルの心揺さぶる悲劇〔訳注　ジョージ・リロ作の『ロンドンの商人』。徒弟のバーンウェルが娼婦《しょうふ》に誘惑されて親方の金を盗み、おじを殺して、最後はその娼婦とともに絞首刑になる〕を手にしていた。これからいっしょにお茶をするパンブルチューク氏の頭上に、台詞を一語ももらさず降り積もらせる肚《はら》だったのだ。ウォプスル氏は私を見るなり、特別な天の配剤で眼のまえにこの劇を読み聞かせる徒弟が現れたと思ったようだった。いきなり私を捕まえ、パンブルチューク家の居間に連れていくと言って聞かなかった。家に帰ってもみじめな気持ちになることはわかっていたし、日も暮れて道は寂しく、どんな連れでもいないよりはましに思えたので、私はあまり抵抗せず、通りや店に灯がともるころに、パンブルチューク家に足を踏み入れた。

ほかの機会にジョージ・バーンウェルの上演に接したことがないので、通常どのくらい時間がかかるのかはわからない。ただ、その夜は九時半までかかり、役になりきったウォプスル氏がニューゲイト監獄に入ったあとは、それまでの不名誉な人生のどの時期より話がゆっくり進んだので、これは絞首台にまでたどり着かないのではないかと覚悟した。それに、人生の華の時期に命を絶たれる、と不満を言うのもどうかと思った。もとより彼は、人生が始まったときから葉も一枚ずつ枯れ、衰えるばかりだったのだから。しかしこれは、たんに長さと退屈の問題だ。私がつらかったのは、劇中の事件全体が無害な私と直接結びついたことだった。バーンウェルが道を踏みはずしはじめると、私は謝らなければならないと感じた。パンブルチュークの怒りの視線が私を厳しく非難し、ウォプスルも私を最悪の人間として描くことに力を注いだ。獰《どう》猛《もう》であると同時に感傷的な私は、情状酌量の余地なくおじを殺害し、ことあるごとに娼婦のミルウッドに丸めこまれ、親方の娘に好かれたのも彼女の頭が完全におかしいからだった。運命の朝、私はあえぎながらぐずぐずと処刑を遅らせようとするが、それは生来の性格の弱さに似つかわしい態度だった。めでたく私が処刑され、ウォプスルが本を閉じたあとでさえ、パンブルチュークは坐《すわ》ったまま私を睨《にら》みつけ、首を振りながら言った。「この戒めを忘れるなよ、坊主《ぼうず》、忘れんことだ！」まるで、恩人になってくれる心の弱い近親者が見つかりさえすれば、私がその人をだまして奪えるだけ奪ったあげく殺そうとしていることは、世の人すべてが知る事実だと言わんばかりに。

　すべてが終わってウォプスル氏と帰途につくころには、あたりは真っ暗だった。町を出ると、じっとりした濃く重い霧が立ちこめていた。有料道路の明かりはぼやけて、いつもとちがう場所に見え、その光はあたかも霧にくっついた固いもののようだった。そうしたことに私たちが気づき、沼地のほうからの風の変化でいかに霧が発生するかという話をしていると、道路の料金所の陰で猫背になっている人がいた。

「おーい！」私たちは立ち止まって呼ばわった。「そこにいるのはオーリックか？」

「ああ！」彼は答えて、猫背で出てきた。「人が来ないかと思って、ちょっと待ってた」

「帰りが遅いね」私は言った。

　オーリックは、「そうか？　おまえこそ遅いじゃないか」と答えた。言われてみればそうだ。

「ミスター・オーリック」ウォプスル氏は先ほどの朗読の興奮が冷めやらない様子で言った。「われわれは知的な夕べの喜びに浸っていたのだ」

　オーリックは知ったことかと言いたげにうなり、いっしょに歩きだした。ややあって私は彼に、半日の休みは町をあちこち歩いていたのかと尋ねた。

「ああ」オーリックは言った。「町じゅう歩いたよ。おまえについてった。おまえの姿は見えなくても、すぐうしろにいたぞ。ところで、また大砲が鳴ってるな」

「監獄船で？」私は言った。

「そうさ。また籠《かご》から何羽か鳥が逃げた。暗くなってからずっと鳴ってる。すぐにまた聞こえるだろう」

実際、さほど進まないうちに、忘れもしないあの音が轟《とどろ》いた。霧のなかでくぐもって伝わり、まるで逃亡犯を追い、脅しているかのように、川沿いの低地を重い響きで遠ざかっていった。

「脱走にはうってつけの夜だな」オーリックは言った。「こんな夜に飛び立った監獄鳥を撃ち落とすのはむずかしいぞ」

これはいろいろなことを考えさせる話題だったので、私は黙って思案した。ウォプスル氏は、恩を仇《あだ》で返された今宵《こよい》の悲劇のおじになり、キャンバーウェルの自宅の庭でぶつぶつと瞑想《めいそう》していた。オーリックは両手をポケットに突っこみ、私の横を猫背で重々しく歩いていた。非常に暗く、じめじめしてぬかるんだ道だったので、私たちは水をはね散らして進んだ。そのあともときどき合図の大砲が轟き、その音はまた川沿いに不機嫌に走っていった。私は黙って考えに耽《ふけ》っていた。ウォプスル氏はキャンバーウェルで愛想よく死に、ボズワースの戦場では勇敢に戦い〔訳注　シェイクスピア『リチャード三世』第五幕第三場から五場〕、グラストンベリーでは人生最大の苦悩を味わった〔訳注　シェイクスピア『ジョン王』最終幕の〝スウィンステッド・アビー〟の勘ちがいと言われる〕。オーリックは思い出したように、だみ声で「打て、打て――オールド・クレム！　カチンと強く、オールド・クレム！」と歌った。おそらく酒を飲んでいたが、酔っ払ってはいなかった。

こうして私たちは村に戻った。途中で〈三人の陽気な艀乗り〉亭のまえを通ると、夜の十一時なのにドアが広く開いて、なかがざわついているので驚いた。見慣れないランプの光があわてて持ち上げられ、おろされて、そこらじゅうを動きまわっていた。ウォプスル氏が事情を聞こうとなかに入った（囚人が捕まったと思ったのだ）が、大急ぎで飛び出してきた。

「おかしなことが起きている」彼は立ち止まらずに言った。「おまえの家で、ピップ。急げ、みんな！」

「どうしたんですか？」私は彼を追いながら訊《き》いた。オーリックも横を走っていた。

「それがよくわからんのだ。ジョー・ガージェリーが留守のあいだに、何者かが押し入ったらしい。囚人かもしれん。誰かが襲われて怪我《けが》をしたようだ」

みな全速力で走っていたので、それ以上は話せなかった。そのまま駆けつづけて、わが家の台所に飛びこむと、人があふれていた。村じゅうの人が台所と庭に集まり、台所のまんなかには医者とジョーと女性の集団がいた。野次馬たちが私に気づいて道をあけたので、姉の姿が見えた——気を失って床に倒れ、ぴくりともしない。暖炉の火のほうを向いていたときに、見知らぬ人間の手で後頭部をしたたか殴られていた。この運命により、ジョー夫人がものすごい剣幕を見せることは二度となかった。

16

ジョージ・バーンウェルのことで頭がいっぱいだったので、私は最初、姉に対する攻撃に自分がかかわっていると信じこんだ。いずれにせよ、彼女に恩があるとあまねく知られた近親者として、もっとも怪しい容疑者になる、と。しかし翌朝、明るい光のもとでは考えも変わり、まわりで人々が話し合うのを聞くうちに、この事件についてもっと合理的な別の意見を持つに至った。

ジョーは八時十五分から九時四十五分まで、〈三人の陽気な艀乗り〉亭でパイプを吸っていた。その間に姉は台所の勝手口に立って、帰宅途中の農夫に夜の挨拶をするところを目撃された。目撃者の男は、それが九時前だったというところまでしか特定できなかった（それ以上絞りこもうとすると、完全に頭が混乱した）。ジョーは九時五十五分に帰宅し、床に殴り倒された姉を見つけると、すぐに助けを呼んだ。その時点で暖炉の火は燃えきっていなかったし、蠟燭《ろうそく》の芯《しん》もさほど長くはなかった。ただ、蠟燭は吹き消されていたが。

家のどこからも、何も盗まれていなかった。吹き消された蠟燭——勝手口と姉のあいだのテーブルに置かれ、姉が暖炉のほうを向いて殴られたときには彼女のうしろにあった——と、姉が倒れて出血したこと以外に、台所に乱れはなかった。とはいえ、現場には驚くべき証拠がひとつ残っていた。姉は頭と背骨を重い鈍器で殴られたのだが、その攻撃のあとうつ伏せに倒れたところへ、何か重いものがかなり乱暴に投げつけられていた。ジョーが彼女を抱え上げると、すぐそばの床にヤスリで切り離された囚人の足枷《あしかせ》があった。

　鍛冶屋の眼でその足枷を検分したジョーは、だいぶまえに断ち切られていると断定した。騒ぎは監獄船にも伝わり、足枷を確認しに人が送られてきたが、彼らもジョーと同じ意見だった。監獄船のものにちがいない足枷がいつ船からなくなったのかについては明言を避けたものの、その足枷は前夜逃げたふたりの囚人がつけていたのではないと主張した。ふたりのうちひとりは捕まったが、足枷はついたままだった、とも。

　私はほかの人が知らないことを知っていたので、独自に推理した。この足枷はわが囚人がはめていたものにちがいない——私が沼地で見て、ヤスリで切る音を聞いたあの足枷だ。しかし私の心は、彼が今回それを使ったとは思っていなかった。ふたりの人物のうちのひとりが手に入れて、この残忍な目的のために用いたと信じていたのだ

――つまり、オーリックか、私にヤスリを見せたあの見知らぬ男が。

オーリックについては、有料道路で私たちと会ったときに本人が言ったとおり、町に行って、ひと晩じゅうあちこちで目撃されていた。パブをはしごしていろいろな人と飲み、私とウォプスル氏に合流して帰ってきたのだ。オーリックに不利な状況は、例の姉との喧嘩《けんか》だけだったが、姉は彼だけでなくまわりの全員と一万回は喧嘩していた。一方、見知らぬ男については、もしあの二枚の紙幣を取り戻しにきたのだとすれば、口論になるはずはなかった。姉はいつでも返す気でいたからだ。実際に、口論はなかった。襲撃者はふいにこっそり入ってきて、姉が振り返るまえに殴ったのだ。

計画ずくではなかったにしろ、私が凶器を提供したと考えるとぞっとしたが、そうとしか考えられなかった。子供のころからの呪縛《じゅばく》を脱して、ついにジョーにすべてを打ち明けたものかどうか、私は悩みに悩んだ。その後何カ月ものあいだ、毎日、やはり言うまいと決意しては、翌朝になると、また蒸し返して考えはじめた。つまるところ、あの秘密は古なじみで、私のなかに入りこみ、私の一部になっているから、いまさら引きはがすことはできない。それに、もし話してジョーが信じたら、これほどの災難が起きている以上、彼の心が私から離れてしまう可能性はいっそう高いし、話したところでこのまえの犬や仔牛《こうし》のカツレツの法螺話《ほらばなし》と同じように、はなから信じてもらえない恐怖もあった。こうして進退窮《きわ》まったものの、私はもちろん結論を先延ばしにし——なぜなら、ことあるごとに私は善悪のあいだを揺れ動いていたではないか——犯人の発見に役立つ機会など、新たな状況が生まれたら、そのときこそすべてを話そうと決意した。

地元の巡査や、ボウ・ストリート巡察隊《ランナーズ》〔訳注　ロンドン警視庁の前身〕の警官たち——赤いチョッキの巡察隊がまだ存在した時代だった——は一、二週間、家のまわりにいて、こういう場合に彼らがすると私が聞いたり読んだりしていたようなことをした。つまり、どう考えても見当ちがいの人々を捕まえ、まちがった考えに固執し、状況から推理する代わりに、自分たちの推理に状況を当てはめようと腐心したのだ。〈陽気な艀乗り〉亭のまえで張りこみもおこない、その秘密めかした、いわくありげな顔つきに村じゅうの人が感心した。酒の飲み方も謎《なぞ》めいていて、容疑者を捕まえそうな素振りだったが、実際に捕まえることはなかった。

こうした官憲のお歴々が引きあげてからも、姉は長いこと重態でベッドから出られなかった。視力が乱れて、ものが二重三重に見え、ティーカップやワイングラスを取ろうとして、あらぬところをつかんだりしていた。耳もほとんど聞こえなくなり、記憶にも障害が出て、発することばも不明瞭《ふめいりょう》になった。ようやく介助つきで階段はおりられるようになったが、口で伝えられないことを書いて伝えられるように、私の石板をつねにそばに用意しておかなければならなかった。姉の綴《つづ》りは無頓着《むとんじゃく》どころかでたらめで（おまけに字がひどく下手）、ジョーの読み方も負けず劣らずでたらめだったので、ふたりの意思疎通《そつう》は大混乱し、いつも私が呼ばれて解決した。薬《メディスン》の代わりに羊肉《マトン》を服用させたり、ジョーをティーと取りちがえたり、ベーコンではなくパン屋《ベイカー》だと思いこんだりしたが、そんなのはまだかわいいほうだ。

一方で、姉は大いに性格が改善し、辛抱強くなった。ふだんから手足が震えて思いどおりに動かなくなると、二、三カ月に一度、両手で頭を抱え、一週間ほど暗い気分から抜け出せないことが増えた。適当な付き添いが見つからず、途方に暮れていたところ、うまい具合に救いの手が差し伸べられた。ウォプスル氏の大おばが、生き長らえるという悪習をついに克服したことにより、ビディが私たちの家族に加わったのだ。

姉がまた台所に立つようになって一カ月ほどたったころ、ビディが身のまわりの一切合財を詰めた斑点《はんてん》模様の小さなトランクを持って、神の祝福よろしくわが家へやってきた。ことのほかジョーにとっては祝福だった。心やさしいジョーは気の毒に、変わり果てた妻のことを日暮らし思い悩み、悲しんでいたからだ。夕方、彼女の世話をしながらときどき私のほうを向いて、青い眼を潤《うる》ませ、「昔はきれいな女性だったんだぞ、ピップ！」と言うのが常だった。そこでビディが、幼いころから姉を研究してきたかのように、あっと言う間にそつなく面倒を見るようになったので、ジョーは以前よりはるかに静かになった生活をいくらかは愉《たの》しみ、〈陽気な艀乗り〉亭に息抜きに出かけるようにもなった。それはジョーにとっていいことだった。警官たちはみな典型的な思考法で、哀れなジョーを多かれ少なかれ容疑者と見なし（そのことを本人は知らなかったが）、これほどの極悪人は見たことがないという意見で一致していたからだ。

新しい仕事についたビディの最初の勝利は、私の手に負えない難題を解決したことだった。それについて私はひたむきに努力していたものの、なんの成果もあげていなかったのだ。事の次第はこうである——

姉は嫌になるくらい何度も石板にＴの字のような不思議な文字を書き、どうしてもこれが欲しいというふうに精いっぱい私たちの注意を惹《ひ》いた。私はタールからトーストや桶《タブ》に至るまで、Ｔで始まるものを思いつくかぎり持ち出したが、無駄だった。やがてこの形はハンマーに似ているという考えが頭に浮かび、姉の耳に大声で〝ハンマー〟と告げると、姉はいいところまで来たと言いたかったのか、テーブルをハンマーで打つ仕《し》種《ぐさ》をしはじめた。そこで私は家じゅうにあるハンマーを次から次へと出してみせたが、やはり用をなさない。よくよく考えた末、形がハンマーに似ている松葉杖ではないかと思いつき、村から借りてきて、今度こそという意気込みで姉に見せた。ところが、姉は見たとたんに首をぶんぶん振って否定した。傷つき弱った体でそんなに激しく振ったら、首がはずれてしまうのではないかと怖くなったほどだった。

　ビディが自分の気持ちをすぐに察してくれるのがわかると、姉はまた石板にその謎めいた形を書いた。ビディはしばらくそれを見つめて考え、私の説明を聞いて、思案しながら姉を見、ジョーを見ると（ジョーは石板ではつねに〝J〟で表された）、鍛冶場に走っていった。ジョーと私もあとに続いた。

「ほら、決まってるじゃない！」ビディは大喜びで叫んだ。「わからない？　彼よ！」

　オーリックだ。まちがいない！　姉は彼の名前が思い出せず、ハンマーで表すしかなかったのだ。私たちはオーリックに台所に来てもらいたい理由を説明した。彼はゆっくりとハンマーを置き、腕で額の汗をぬぐったあと、エプロンでもう一度ふき、いつもの彼らしく浮浪者のようにゆるく膝を曲げて、猫背で鍛冶場を出た。

　ここで告白すると、私は姉がオーリックを激しく非難すると思っていたので、そうならなくてがっかりした。姉はオーリックと仲直りしたいことを身ぶり手ぶりで精いっぱい伝え、ようやく彼が現れたことを大いに喜び、何か飲み物をあげてと合図した。

そしてこの接待が気に入られていることを確認したくてたまらないように、オーリックの顔をまじまじと見つめ、ひたすら仲よくしたがった。姉のあらゆる所作には、厳しい先生のまえで子供がへりくだって赦《ゆる》しを乞《こ》うような雰囲気が感じられた。その日以来、姉は毎日のように石板にハンマーを描いた。オーリックは猫背で部屋に入ってきて、私と同じくらい途方に暮れながらも、根気強く彼女のまえに立っていた。

17

私はまたありふれた年季奉公の生活を送っていた。村と沼地の外へ出て多少目先が変わったのは、誕生日が来てミス・ハヴィシャムの家を訪ねたときだけだった。門を開けてくれたのは相変わらずミス・セイラ・ポケットで、ミス・ハヴィシャムも前回とまったく変わらず、エステラについて、そっくり同じことばではないにせよ、よく似たことを語った。面会はほんの数分で終わった。ミス・ハヴィシャムは、去ろうとする私に一ギニーをくれ、また次の誕生日においでなさいと言った。これが毎年の慣例になったことをここで言い添えておく。私は最初、ギニー硬貨を受け取るまいとしたが、「それはもっと欲しいという意味なの？」とミス・ハヴィシャムが怒るだけなので、以後はもらっておくことにした。

退屈な古い屋敷も、暗い部屋の黄色い明かりも、化粧台の鏡のまえの椅子に坐る色褪《あ》せた幽霊もまったく変わらないせいで、時計が止まったことによってあの奇妙な場所の時そのものが止まったように思われた。私も含めて外界のすべてが歳《とし》をとっていくのに、あそこだけは同じ状態で静止しているように。記憶のなかでも、現実の世界でも、あの家に陽の光は一度も入ったことがなかった。そのことに私は困惑し、影響されながら、心の底で鍛冶屋の仕事を嫌い、わが家を恥じつづけた。

けれども、いつからかビディが変わったことには気づいた。靴の踵《かかと》は高くなり、髪は明るくきれいにまとまり、手も汚れなくなった。美人ではない——ごくふつうの器量で、エステラのようにはなれない——が、快活で健康的だし、気立てもやさしかった。わが家に来て一年もたたないある夜（たしか喪が明けたばかりのころ）、私は彼女の眼が不思議に思慮深くひたむきなことに気づき、とてもきれいで善良な眼だと心ひそかに思った。

それは、集中していた課題から私自身の眼を上げたときだった。私は読み書き能力をいっぺんに向上させることをもくろんで、本から文章を抜き書きしていた。ふとビディを見ると、私の手元をじっと観察している。私はペンを置き、ビディも針仕事の手を止めたが、縫い物は下に置かなかった。

「ビディ」私は言った。「どうしてビディはそんなにうまくやれるの？　ぼくがよっぽど馬鹿《ばか》か、ビディが賢すぎるか、どっちかだね」

「わたしが何をうまくやってるの？　わからないけど」ビディは微笑《ほほえ》んで答えた。

彼女は家事全般を見事にこなしていたが、私が言いたかったのはそのことではなかった。もっとも、それを考えるとさらに驚嘆しなければならないのだが。

「どうやって、ぼくが学ぶことを全部学んで、いつも追いついてるの？」私は自分の知識にうぬぼれはじめていた。誕生日にもらうギニー硬貨はそのために使っているし、小遣いの大半も勉強用にとってあったからだ。いま振り返ると、たいした知識でもないのにひどく高くついたものである。

「わたしこそ訊きたいわ」ビディは言った。「あなたはどうやってるの？」

「ぼくはできてない。だって夜、ぼくが鍛冶場から戻って勉強を始めるのは、誰が見てもわかる。でもビディは何も始めないよね」

「きっと知識も移るのよ、咳《せき》みたいに」ビディは静かに言って、針仕事に戻った。

ビディが首をちょっと傾《かし》げてせっせと縫い物をするのを、木の椅子の背にもたれて考えながら見ていると、ますます彼女は並はずれた人という気がしてきた。思えば、鍛冶屋の専門用語から、さまざまな作業の呼び名、多種多様な道具まですべてにくわしくて、要するに、私が知っていることはみな知っているのだ。理論に関しては、ビディは私と同じくらいか、私以上に立派な鍛冶屋だった。

「チャンスをひとつも逃さずに、めいっぱい活《い》かす人がいるけど、ビディはそういう人だね」私は言った。「うちに来るまではチャンスがなかった。でも、そこからどれだけ進歩したか！」

　ビディはちらっと私を見て、また針仕事を続けた。「わたし、あなたの最初の先生だったわよね」と縫いながら言った。

「ビディ！」私は驚いて叫んだ。「どうしたの？　泣いてる！」

「泣いてないわよ」彼女は眼を上げて笑った。「なぜそう思った？」

　なぜって、縫い物の上に涙が落ちて光ったからだ。ウォプスル氏の大おばが生き長らえるという悪習を見事克服するまで（ほかにもこの悪習をぜひ捨ててほしい人が何人かいるが）、ビディがどれほどの重労働を強いられていたか、私は無言で思い出していた。みじめな小さい店と、騒々しくてみじめな小さい夜学校で、あの何もできないみじめな老婆《ろうば》を四六時中引っ張ったり背負ったりしなければならなかった絶望的な状況を。そういう困難な時期にさえ、ビディにはいま育っているものがひそんでいたにちがいない。それが証拠に、初めて不安と不満を覚えた私は、当然のごとく彼女に助けを求めたではないか。ビディはもう涙も流さず、静かに縫い物を続けていた、彼女を見つつ、そんなあれこれを考えているうちに、ふとビディに対する感謝の気持ちが足りなかったのではないかという気がした。よそよそしい態度をとりすぎていたかもしれない。もっと信頼して、彼女を〝引き立てて〟やるべきだった（そのときこのことばが頭に浮かんでいたわけではないが）。

「そう、ビディはぼくの最初の先生だった」私はひととおり考えたあとで言った。

「あのころは、いまこうして台所にいっしょにいるなんて想像できなかったよね」

「ああ、おかわいそうに！」ビディはいかにも無私無欲の彼女らしく、私のことばを姉に結びつけて立ち上がり、姉が少しでも心地よくなれるように、かいがいしく世話をした。「悲しいことだけど、本当ね」

「ねえ、昔みたいに、もっと話をしようよ」私は言った。「ぼくは昔みたいに、もう少しビディに相談しないとだめだ。今度の日曜に、静かな沼地を散歩してゆっくり話さない？」

姉はひとりにしておけなかったが、その日曜はジョーが喜んで世話を引き受けてくれたので、ビディと私はいっしょに出かけた。すばらしい夏の日だった。村をすぎ、教会と墓地を越え、沼地に入って、進む船の帆が見えてくると、私はいつものようにその景色からミス・ハヴィシャムとエステラを連想した。私たちは川辺にたどり着き、土手に腰をおろした。足元に水がひたひたと打ち寄せ、その音のせいで、何もないときよりかえって静寂が感じられた。私はいまここでビディに胸のうちを打ち明けようと決意した。

「ビディ」私は、内緒にすると彼女に約束させてから切り出した。「ぼくは紳士になりたいんだ」

「あら、わたしならそんなことは考えないけど」ビディは応じた。「うまくいかないんじゃないかしら」

「ビディ」私は少し厳しい口調で言った。「ぼくには紳士になりたい特別な理由があるんだ」

「あなたのことは、あなたがいちばんよくわかってるわ、ピップ。でもいまのほうが幸せだと思わない？」

「ビディ」私は苛立って大声になった。「いまはちっとも幸せじゃない。いまの仕事も、生活も大嫌いだ。徒弟の契約を結んでから、どちらも好きだったことは一度もないよ。馬鹿なこと言わないで」

「馬鹿なこと言った？」ビディは静かに眉《まゆ》を上げた。「だったらごめんなさい。そんなつもりはなかったの。わたしはただ、あなたが成功して気持ちよく暮らせることを望んでる」

「うん、それならビディ、お願いだからわかってほしい。ぼくはいまとはまったくちがう暮らしができないかぎり、気持ちいいどころか、みじめな生活しか送らないし、送れないんだよ」

「なんて悲しい！」ビディは痛ましそうに首を振った。

　私も幾度となく悲しんでいた。自分自身と奇妙な口論をしているときに、ビディにこちらの気持ちまで言い当てられて、やるせなさとつらさで涙が出そうになった。私はビディに、そのとおりだよと答えた。とても残念なのはわかっているけれど、どうしようもない、と。

「もしいまの暮らしに落ち着けるなら」私はまわりの短い草をねじり取りながら言った。かつて髪の毛から自分の感情をねじり取って醸造所の壁に蹴《け》りこんだように。「もしいまの暮らしに落ち着いて、幼いころの半分でも鍛冶屋が好きになれるなら、そのほうがずっといいのはわかってる。そしたらビディも、ぼくも、ジョーも満足して、年季が明けたら、きっとジョーはぼくを共同経営者にしてくれるし、もしかするとぼくは大きくなってビディとつき合うかもしれない。そして天気のいい日曜に、いまとはかなりちがう人間になったふたりが、同じこの土手に坐るかもしれない。どう、ぼくはビディの相手になれるでしょう？」

　ビディは川を行く帆船を見ながらため息をつき、答えた。「ええ、わたしの好みはうるさくないから」とても褒めことばには思えなかったが、親切心で言ってくれているのはわかった。

「だけど、いまのぼくを見てよ」私はまた草を抜き、一、二本嚙《か》んで言った。「不満だらけで不愉快で、なんの取り柄もない。誰も口に出さないけど、がさつで卑《いや》しいんだ！」

　ビディははっとこちらを向き、船を見ていたときよりずっと真剣な眼つきで私を見た。

「それは事実じゃないし、礼儀正しくもないわ」視線をまた船に戻して言った。「誰がそんなことを？」

　私はあわてた。どこへ向かうのかもわからないまま、話がそれていたからだ。しかし、ここでごまかすわけにもいかないので、答えた。「ミス・ハヴィシャムの家にいた、きれいな若い人だよ。いままでに見た誰よりもきれいで、ぼくはものすごく憧《あこが》れてる。彼女のために紳士になりたいんだ」正気の沙汰《さた》ではないこの告白のあと、私は抜いた草を川に投げ入れはじめた。あとについて流れていきたいような気持ちで。

「紳士になりたいのは、彼女を見返してやりたいから？　それとも射止めたいから？」ややあって、ビディが穏やかに訊いた。

「わからない」私は不機嫌に答えた。

「だって、見返してやりたいのなら、あなたがいちばんよくわかってると思うけど、その人のことばを完全に無視するほうが、自由にできて簡単でしょう。射止めたいのなら、これもあなたがいちばんよくわかってると思うけど、その人に射止める価値はないと思う」

　それはまさに私が何度も考えていたことだった。そのときも、はっきりわかっていた。だが、すばらしく善良で聡明《そうめい》な大人すら毎日迷いこむあの驚くべき矛盾に、眼のくらんだ哀れな田舎の子が陥らないわけがあろうか。

「本当にそのとおりかもしれない」私はビディに言った。「でも、ぼくは彼女にものすごく憧れてるんだ」

　手短に記すと、私はそう言いながらうつ伏せになり、頭の両側の髪をつかんで、ひねり上げた。そうしながらずっと、これほど見当ちがいのろくでもない考えを抱くのだから、愚か者であることの罰として、つかんだ髪で自分の顔を持ち上げ、石だらけの地面にぶつけてやるのがふさわしいと思いつめていた。

ビディはとりわけ賢かったから、それ以上私を説得しようとしなかった。左右の手をそれぞれ私の手にのせ——仕事で荒れていたが、心地よい手だった——そっと髪から引き離して、なだめるようにやさしく私の肩を叩いた。私は醸造所の庭で泣いたときのように、袖《そで》に顔を埋めて少し泣き、漠然とではあるが、自分は誰かに、あるいはみんなに——どちらかはわからなかった——不当に扱われていると確信した。

「ひとつうれしいことがあるの」ビディは言った。「あなたがわたしに心のなかを打ち明けられると感じてくれたことよ、ピップ。それからもうひとつ。わたしが当然秘密を守ることを、あなたがつねに信じてくれていること。もし最初の先生がいまもあなたの先生だとしたら（それにしても情けない先生だったわね！　彼女自身が教えてもらわなきゃならないことがたくさんあったのに）、教えてあげるべきことはたぶんわかってる。でも、あなたが学ぶのはむずかしいでしょうね。それに、あなたはもう先生を追い越してしまったから、先生は役立たずよ」そう言って、ビディは私のために静かにため息をつき、土手から立ち上がると、気分一新というふうに快活な声に変わった。「さて、もう少し歩く？　それとも家に帰る？」

「ビディ」私は叫んで立ち上がり、彼女の首を抱き寄せてキスをした。「ビディにはいつでも、なんでも話すよ」

「あなたが紳士になるまでね」ビディは言った。

「ならないのはわかってるだろう。だから、ずっとだ。ただ、ビディに何かを話す機会はないと思うけど。このまえうちで言ったように、ぼくが知ってることはなんでも知ってるから」

「ああ！」ビディはまた遠くの船を見ながら、ささやきに近い声で言った。そしてまた先ほどの快活な声に戻って、くり返した。「もう少し歩く？　それとも家に帰る？」

　私はもう少し歩こうと答え、そうした。夏の昼下がりが夏の夕暮れに変わり、とても美しかった。つまるところ、時計が止まった部屋で蠟燭の光に照らされてカード遊びをし、エステラに見下されているよりも、こういう暮らしのほうが自然で健全なのではないだろうか。頭のなかからほかの記憶や空想もろともエステラを締め出して、眼のまえの仕事を愉しみ、それに集中して力を尽くすことができたら、どれほど自分のためになることか。もしいまビディの代わりにエステラが隣にいたら、みじめな思いをさせられることがわかっていないのか、と自問した。もちろんわかっているし認めざるをえず、私は「ピップ、おまえはなんて馬鹿なんだ！」と胸につぶやいた。

私たちは歩きながら大いに話した。ビディの言うことはすべて正しいように思えた。ビディは人を侮辱しない。気まぐれでもないし、今日のビディと明日のビディが別人だったりもしない。私に苦痛を与えれば自分も苦しみ、喜びなど感じないだろう。私の心を傷つけるくらいなら、進んで自分の心を傷つけるだろう。だったらなぜ私は、ふたりのうちでビディをはるかに愛していないのか。

「ビディ」私は家に帰る途中で言った。「ぼくを正気に戻してほしい」

「それができたらね！」ビディは言った。

「ビディに恋することができさえすれば――昔なじみだから、こんなにあけすけに言っても気にしないよね？」

「ええ、気にしないわ。どうぞ言って」

「それができさえすれば、ぼくにとっていちばんいいんだけど」

「でも、そうはならない」ビディは言った。

数時間前なら別だが、このときには、ならないと決まったわけでもない気がしたので、私は、それはわからないよと答えた。しかしビディは、わたしにはわかると有無を言わさぬ調子だった。私も心のなかで彼女が正しいのはわかっていても、そこまで断定されると多少傷ついた。

　墓地に近づくと、堤防を横切って水門のそばの踏み段を越えなければならなかった。その水門からか、イグサの藪《やぶ》のなかからか、それとも川底の泥のなかからか（彼のどんよりした雰囲気にはぴったりだが）、おなじみのオーリックが現れた。

「おーい！」彼はだみ声で言った。「ふたりでどこへ行く？」

「どこって、家以外にどこがあるの？」

「そんなら家まで送っていかなきゃ〝ひでえ仕打ち〟だな」

　これはオーリックがしょっちゅう使う表現で、私が知るかぎりとくに意味はないのだが、勝手につけた洗礼名と同じく、世の人々を蔑《さげす》み、何か残酷な損害を与えようという心構えを示すために使っていた。私が幼かったころには、オーリックが私にひでえ仕打ちをするとしたら、鋭く曲がった鉤《かぎ》を使うのだろうとなんとなく思っていた。

　ビディはオーリックについてこられるのが嫌で、私に「来させないで。嫌いなの」とささやいた。私も彼が嫌いだったので、申し出はありがたいが送ってもらう必要はない、と大胆にも断った。オーリックはそれを聞いて大声で笑い、引き下がったが、結局少し離れて猫背であとからついてきた。

　ビディは、私の姉がいまも説明できないあのむごたらしい攻撃にオーリックがかかわったと疑っているのだろうか。私はそれが知りたくて、なぜ彼が嫌いなのかビディに尋ねた。

「ああ、それはね」彼女は、猫背でついてくるオーリックを肩越しにちらっと見て、答えた。「あの人、わたしのことが好きな気がするから」

「ビディにそんなことを言ったの？」私はカッとなって訊いた。

「いいえ」ビディはまたうしろを見ながら言った。「言ったわけじゃないけど、わたしと眼が合うと、かならず踊ってみせるのよ」

この愛着心の証《あかし》がどれほど斬新《ざんしん》で珍奇であろうと、ビディの解釈が正しいことは疑いようもなかった。私はビディを慕うオーリックの厚かましさに、体が火照《ほて》るほど腹が立った――まるで私自身が攻撃されたかのように。

「でも、あなたには関係ないことだから」ビディは静かに言った。

「そう、関係ない、ビディ。でも嫌だ。そんなことは認めない」

「わたしも認めない」ビディは言った。「けど、それもあなたには関係ないことよ」

「そうだね。でも、これだけは言っておく。もしあいつがビディの同意のもとで踊ってるんだったら、ぼくはビディをあまりよく思わないな」

その夜以来、私はオーリックに眼を光らせ、彼がビディに踊りそうな状況になるたびに、ふたりのあいだに割りこんで阻止した。にわかに姉に好かれたことで、オーリックはジョーの家にすっかり根づいていた。でなければ、私は彼を馘《くび》にしてもらうよう働きかけたことだろう。オーリックは私のその善意を察して、同じ気持ちを抱いていた。そのことはあとでわかる。

私の心はまだ混乱が足りなかったようだ。ビディのほうがエステラより計り知れないほどいい人であり、私が生まれついた素朴で正直な仕事のある生活は、恥ずべきものなどではなく、充分な自尊心と幸せを得る手段だと折に触れて痛感したせいで、混乱は五万倍にもなった。そういうときには、愛《いと》しいジョーと鍛冶場《かじば》への不満も消え、自分はジョーの共同経営者になるべく順調に育ち、ビディといっしょになるのだと断固決意した——と思いきや、いきなりハヴィシャム時代の忌《い》まわしい記憶が砲弾さながら私の頭の上に落ちてきて、また分別をばらばらに吹き飛ばすのだった。吹き飛ばされた分別はもとに戻るのに時間がかかる。しかも、もう一度ひとつにまとまるまえに、年季明けにはミス・ハヴィシャムが私を大金持ちにしてくれるのではないかなどという余計な考えが湧《わ》いて、頭のなかはまたばらばらになってしまった。

かりに年季が明けたとしても、私はまだ混乱のきわみにあったはずだ。しかし、明けることはなかった。これから述べるとおり、私の奉公は中途でふいに終わったのだ。

18

ジョーの徒弟になって四年目のある土曜の夜、〈三人の陽気な艀《はしけ》乗り〉亭の暖炉のまわりに人々が集い、ウォプスル氏が読み上げる新聞記事に耳をそばだてていた。私もそのなかのひとりだった。

殺人事件が起きて大評判になり、ウォプスル氏は眉毛まで血に染まっていた。おどろおどろしい形容詞をひとつ残らずうれしそうに味わい、検死審問のすべての証人を演じきった。犠牲者として「もうだめだ」と消え入るような声で言い、殺人者として「復讐《ふくしゅう》してやる」と野蛮に吠《ほ》えたてた。地元の医者を大げさにまねて医学的な証言をし、凶行を聞きつけた料金所の老番人になると悲鳴をあげて震えだし、麻痺《まひ》するさまが堂に入りすぎて、みながこの証人の精神能力を疑うほどだった。検死医も、ウォプスル氏の手にかかるとアテネのタイモン〔訳注　シェイクスピアの戯曲より。人間不信の貴族〕になり、教区吏はコリオレイナス〔訳注　シェイクスピアの戯曲より。古代ローマの傲慢な英雄〕になった。ウォプスル氏は完全に満足し、私たちもみな愉しんで、明るい気分になった。一同はそんなくつろいだ心持ちで犯人に

〝故殺〟の評決を下した。

　そのとき初めて私は、仲間ではない紳士が正面の長椅子の背もたれに寄りかかってこちらを見ているのに気づいた。軽蔑《けいべつ》を面《おもて》に現し、太い人差し指の横を嚙みながら、全員の顔を眺めている。ウォプスル氏が朗読を終えると、その男は「ほう！」と言った。「これでめでたく事件解決というわけか？」

　みなぎょっとして、彼が殺人者であるかのように眼を上げた。男はからかうような顔つきで冷たく一同を見まわした。

「もちろん有罪か？」彼は言った。「さあ、はっきり言いなさい！」

「失礼ながら」ウォプスル氏が応じた。「どこのどなたか知らないが、私は有罪だと思いますよ」これにみな意を強くして、いっせいに同意のつぶやきをもらした。

「でしょうな」謎の男は言った。「だろうと思った。そう言ったでしょう。だが、ひとつ質問がある。イギリスの法律では、疑わしきは罰せずということになっているのだが、それはご存じかな？　あるいは知らない？　つまり、有罪であることがきちんと立証されるまで、誰しも無罪なのだが？」

「それはまあ」ウォプスル氏は反論しはじめた。「私もひとりのイギリス人として――」

「こら！」謎の人はウォプスル氏に向かって人差し指を噛みながら言った。「質問をはぐらかしちゃいかん。答えは、知っているか、知らないかだ。さあ、どっちだね？」

男は体ごと首を一方に傾けて立っていた。偉ぶった尋問のような態度で、ウォプスル氏に狙《ねら》いをつけたように指差し、またその指を噛んだ。

「さあ！　知っているのか、知らないのか？」

「もちろん知ってますよ」ウォプスル氏は答えた。

「もちろん知っている。ならどうして最初からそう言わなかった？　では、もうひとつ質問だ」あたかもウォプスル氏を所有していて、その所有権を行使しているかのように、「どの証人もまだ反対尋問されていないのだが、あなたはそのことを知っているのか？」

ウォプスル氏が「私として言えるのは、たんに――」と言いかけたのを、その謎の男は制した。

「何？　またイエスかノーの質問に答えないつもりかね？　もう一度訊こう」とウォプスル氏をまた指差して、「よく聞きなさい。どの証人もまだ反対尋問されていないことを知っているのか、知らないのか。さあ、答えはひと言だけでいい、イエスかノーか」

ウォプスル氏はためらった。私たちはみな、彼を頼りない人だと思いはじめた。

「ほら！」謎の男は言った。「助けようか？　助けるにも値しないが、そうしてやろう。手に持っているその新聞を見たまえ。それは何かな？」

「何か？」ウォプスル氏は困りきって、手元を見ながらくり返した。

「それはあなたがいま読んでいた新聞じゃないかな？」謎の男は皮肉たっぷりに、疑り深い口調で続けた。

「まちがいなく」

「まちがいなく。ではその新聞を開いて答えてもらおうか。被告は弁護団から黙秘を指示されたと言った、とはっきり書かれているかどうか」

「いま読んだばかりですが」ウォプスル氏は訴えた。

「それはどうでもよろしい。いま何を読んだかを訊いているのではない。なんなら主の祈りをうしろから読んだってかまわん——ことによると、これまでそうしたことがあるのかもしれんがな。とにかく新聞を開くのだ。いやいや、そこじゃない。欄の上ではなく、わかるだろう、下だ」（私たちはみな、ウォプスル氏がごまかしだらけだと思いはじめた。）「どうだね？　見つかったか？」

「ええ、ここに」ウォプスル氏は言った。

「さて、そこの文章をじっくり読んで、被告は弁護団から完全な黙秘を指示されたと言った、とはっきり書かれているかどうか教えてくれ。さあ、どうだね？」

ウォプスル氏は答えた。「そのとおりのことばではありませんが」

「そのとおりのことばではありませんが」謎の紳士は苦々しげにくり返した。「そのとおりの内容だったのだね？」

「ええ」とウォプスル氏。

「ええ」男はくり返して、右手を証人、すなわちウォプスル氏のほうに伸ばし、残りの面々を見まわした。「では、今度はあなたがたに訊こう。いまの文章を眼のまえにして、抗弁もしていない同胞を有罪と決めつけ、枕《まくら》を高くして寝られるこの人物の良心をどう思われますか？」

私たちはみな、ウォプスル氏はこれまで考えていたような人物ではなく、いまその本性があらわになってきたと思いはじめた。

「同じこの人物が――よろしいか」紳士は厳粛な面持ちでウォプスル氏に指を突きつけた。「同じこの人物が、まさにこの裁判に陪審員として呼ばれるかもしれない。そして、これほど凝り固まった考えを抱きながら、われらが国王陛下と被告のあいだの争点について公明正大に判断し、確たる証拠にもとづいて正しい評決をおこないますとあえて宣誓し、家族のもとに戻って枕を高くして寝るかもしれない。考えるだに怖《おそ》ろしい！」

私たちはみな、ウォプスル氏は不幸にも出すぎたことをした、まだ時間があるうちに無謀な人生行路を中断したほうがいい、とすっかり説得された。

謎の紳士はまごうかたなき権威者の雰囲気を漂わせ、私たち一人ひとりの秘密を知っていて、自分が暴露する気になったらそいつは破滅だと言わんばかりの態度で、長《なが》椅《い》子《す》の背もたれから離れ、暖炉のまえのふたつの長椅子のあいだに立った。そのまま坐《すわ》らず、左手をポケットに入れ、右手の人差し指を噛んでいた。

「私が得た情報からすると」彼はそろって怖《お》じ気《け》づいた私たちを見渡して言った。「このなかに鍛冶屋がいるはずだ。名前はジョゼフ――またはジョー――ガージェリー。どこにいる？」

「ここに」ジョーが言った。

謎の紳士はジョーを手招きし、ジョーは近づいた。

「あんたのところに徒弟がいるだろう」謎の男は続けた。「ピップという名前で通っている。ここにいるかな？」

「ぼくです！」私は大声で答えた。

男は私を憶《おぼ》えていないようだったが、私にはわかった。二度目のハヴィシャム邸訪問時に階段ですれちがった紳士であることは、長椅子のうしろにいるのを見た瞬間に思い出していた。いま眼のまえで私の肩に手を置いて立っている彼について、私はもう一度細かく総ざらいした――大きな頭、濃い肌の色、落ちくぼんだ眼、もじゃもじゃの黒い眉毛、大きな時計の鎖、顎《あご》ひげや頬ひげを剃《そ》ったあとの黒い点々、そして大きな手の香水石鹼《せっけん》のにおいまで。

「あんたたちふたりと内々の話がしたい」彼は私をゆっくり眺めて言った。「少し時間がかかるから、家で話したほうがよかろう。ここではあまり伝えたくない。仲間にはあとでじっくり説明するなり、黙っておくなり、好きにしなさい。私の関与するところではないから」

一同が何事かと沈黙するなか、私たち三人は〈陽気な艀乗り〉亭をあとにして、何事かと沈黙したまま家に向かった。歩きながら、謎の紳士はときどき私を見て、指の横を嚙んでいた。家に近づくと、ジョーはこれをどことなく立派で格式張った機会と考えたらしく、先に進んで玄関のドアを開けた。私たちの話し合いは、いちばん上等の客間でおこなわれた。明かりは弱々しい蠟燭一本だった。

謎の紳士がテーブルについて坐り、その蠟燭を自分のほうに引き寄せて、手帳に書いてあることをいくつか確認した。そして手帳をしまい、蠟燭を脇《わき》によけると、まわりの闇《やみ》を通してジョーと私を見、どちらが誰であるかを確かめたあとで言った。

「私はジャガーズという者だ。ロンドンの弁護士で、広く名を知られている。今日はあんたがたに少々変わった用事があって来た。まず言っておくと、これは私の判断で始めたことではない。私の意見を求められたら、訪問はしなかった。しかし、求められなかったので、ここにいる。ある人に信任された代理人として働いていて、それ以上でもそれ以下でもない」

　坐っている場所から私たちがよく見えないことに気づいて、彼は立ち上がり、片足を椅子の背の向こうからまえに出してもたれかかった。つまり、その足は椅子の座にのせ、もう一方の足は床についていた。

「さて、ジョーゼフ・ガージェリー、私はこの若い子をあんたの徒弟からはずす提案を持ってきた。この子が要望し、この子のためになるのであれば、年季奉公を解除することに異存はないだろうね？　そのために何かを要求したりしないだろう？」

「ピップの将来のためになることに、おれが何かを要求するなんてことは、神に誓ってありません」ジョーは相手を見つめて言った。

「神に誓うのは敬虔《けいけん》でよろしいが、的はずれだ」ジャガーズ氏は返した。「私の質問は、あんたが何かを望むかどうかだ。どうなんだ、望むのか？」

「望まんよ」ジョーはきっぱり答えた。

これほど私欲がないとは馬鹿なのかと訝《いぶか》る眼つきで、ジャガーズ氏がジョーを見たような気がしたが、私自身、好奇心と驚きで息もできないほどだったので、確かなことは言えない。

「けっこう」ジャガーズ氏は言った。「いま了承したことを憶えておいて、そこから離れないでほしい」

「誰が離れるんです？」ジョーは言い返した。

「とくに誰だとは言ってない。犬は飼っとるかね？」

「ええ、飼ってます」

「なら忘れないことだ。自慢犬《ブラグ》もいいが、だんまり犬《ホールドファスト》のほうがもっといい〔訳注　〝沈黙は金、雄弁は銀〟を表す諺〕。これを忘れぬように」ジャガーズ氏はくり返して、眼をつぶり、何かについてジョーを赦すというふうにうなずいてみせた。「さて、この若い子に戻ろう。ここで伝えなければならないのは、彼には大いなる遺産が転がりこむということだ」

ジョーと私は息を呑《の》み、互いに見つめ合った。

「こう伝えるよう言われておる」ジャガーズ氏は斜めから私に指を突きつけて言った。
「この子にはかなりの財産が入る予定だ。さらに、その財産の現在の持ち主のたっての希望は、この子がただちにいまの生活と職場から離れ、紳士として、つまり大いなる遺産を受け取る若者として育てられることなのだ」

私の夢が実現した。冷静な現実が、途方もない空想を上まわることになった。ミス・ハヴィシャムが莫大《ばくだい》な財産を譲ってくれるのだ。

「さて、ミスター・ピップ」弁護士は続けた。「残りの部分はきみに申し伝える。まず、これは私に指示を与えた人物からの要請なのだが、きみはつねにピップと名乗らなければならない。こんなたやすい条件で大きな遺産が手に入るのだから、異論はないだろう。だが、万一異論があるなら、いま言っておきたまえ」

私の心臓は早鐘を打ち、耳にもさえずりが聞こえていたので、つかえながら、異論はありませんと答えるのが精いっぱいだった。

「だろうとも！　次に、ミスター・ピップ、このまことに気前のよい後援者の名前は、本人が明かす気になるまで厳重な秘密扱いとなる。その人物自身が、いずれ直接きみに名乗るつもりだ。きみにはそう伝えていいと言われた。いつどこで明かす気になるかは、私にはわからんし、誰にもわからん。何年も先になるかもしれない。また、ここはしっかり理解してほしいのだが、今後の私とのやりとりで、この件に関してはいかなる質問もしてはならないし、後援者は誰それではないかと、どれほど遠まわしであれ言及したり、仄《ほの》めかしたりすることは厳に禁じられている。かりにきみの胸に疑いが生じたとしても、胸の内にしまっておくことだ。なぜ禁じられているのかは、問うても無意味だ。きわめて重大な理由があるのかもしれないし、ほんの気まぐれでそうなったのかもしれない。とにかく、きみが詮索《せんさく》すべきことではない。すでに決まっているのだから。それを受け入れ、義務として守ることが、残るただひとつの条件となる。これが託された伝言だ。私は依頼人からの指示でこうしているが、ほかの責任はなんら負っていない。依頼人はきみに財産を与える人物であり、誰かということは当人と私だけしか知らない。得られる富の大きさを考えれば、これもさほどむずかしい条件ではなかろう。だが、もし異論があるなら、言うときはいまだ。どうだね？」

　またしても私は、異論はありませんとつかえながら言うのが精いっぱいだった。

「だろうとも！　さあ、ミスター・ピップ、提案はここまでだ」私のことを〝ミスター・ピップ〟と呼び、歩み寄る素振りは見せたものの、相変わらず偉ぶって疑り深い雰囲気は消えなかった。いまも話しながら、口に出す気になりさえすれば、おまえを貶《おとし》めるあらゆることを知っているのだぞと言わんばかりに、ときどき眼を閉じ、私に指を突きつけていた。「ここからはたんに手配の細かい話になる。私は一度ならず〝遺産〟ということばを使ったが、きみが与えられるのはその遺産だけではない。適切な教育と生活に充分まわせるだけの資金を、すでに私が預かっている。私をきみの後見人と考えてくれたまえ。ああ！」これは私が感謝のことばを述べようとしたからだが、「言っておくが、私のほうもこの仕事に報酬をもらっておる。でなければ、引き受けるものか。きみはこの新たな地位にもとづいて、よりよい教育を受けなければならないし、ただちにその恩恵を受けることが重要かつ必要と考えられる」

私は、ずっとそうしたいと思っていましたと答えた。

「きみがずっとどう思おうが、知ったことではない、ミスター・ピップ」彼はぴしりと言った。「議題からそれないように。いまそうしたければ充分だ。ただちに適切な教師について学ぶ用意がある、という答えを聞いたと考えてよろしいか？」

私はつかえながら、はい、そうです、と答えた。

「けっこう。さて、ここできみの意向を聞いておかなければならない。賢明な判断だとは思わないが、そういう指示なので。きみには、ぜひ教わりたいという教師がいるかね？」

教師と言われても、ビディとウォプスル氏の大おばしか知らなかったので、私は、いませんと答えた。

「私のちょっとした知り合いで、この目的にふさわしいのではないかという教師がひとりいる」ジャガーズ氏は言った。「ただ、推薦するわけではない。私は誰も推薦しない。その人物はミスター・マシュー・ポケットというのだが」

ああ！　すぐに思い出した。ミス・ハヴィシャムの親戚《しんせき》だ。カミラ夫妻の話題になっていたマシュー。ミス・ハヴィシャムが亡《な》くなって、花嫁衣装で花嫁のテーブルに横たわるときには、頭の位置に坐ることになっているマシューだ。

「名前を聞いたことがあるとか？」ジャガーズ氏は目ざとく私の表情をとらえて言い、答えを待つあいだ、眼を閉じていた。

私の答えは、聞いたことがあります、だった。

「ほう！　聞いたことがある。だが問題は、それについてきみがどう思うかだな」

私は、推薦していただいてとてもありがたいです、と言った——あるいは、言おうとした。

「いやいや、わが若き友人！」ジャガーズ氏が大きな頭をごくゆっくりと振りながらさえぎった。「思い出したまえ！」

思い出すべきことがわからず、私はまた、推薦していただいてとてもありがたいです、と言いかけた。

「いやいや、わが若き友人！」ジャガーズ氏はまた首を振り、顔をしかめるのと微笑むのを同時にやりながら割りこんだ。「だめだめ。じつに巧みだが、その手には乗らんぞ。私を嵌《は》めるにはきみは若すぎる。〝推薦〟ということばじゃないだろう、ミスター・ピップ。別の言い方をしなさい」

私は言い方を改めた。ミスター・マシュー・ポケットの名前を出していただいてとてもありがたく――

「それでよろしい！」ジャガーズ氏が叫んだ。

――ぜひその紳士のお世話になってみたい（とつけ加えた）。

「けっこう。彼の家で一度教えてもらうといいだろう。手配はこちらでする。まずロンドンにいる彼の息子に会いなさい。いつロンドンに来られる？」

私は（身じろぎもせず立っているジョーを見やり）、すぐにでも行けますと答えた。

「まず」ジャガーズ氏は言った。「都に出るまえに新しい服を買わないとな。仕事着ではいけない。ちょうど一週間後でどうだ。いくらか金が必要だろう。二十ギニーでいいかな？」

彼はなんでもないことのように長い財布を取り出し、テーブルの上で二十ギニーを数えると、私のほうに押し出した。椅子から足をおろしたのは、このときが初めてだった。金を押しやったあと、椅子にまたがるように坐り、財布を振りながらジョーを見た。

「どうした、ジョゼフ・ガージェリー。びっくりたまげたかね？」

「そりゃもう！」ジョーは思いきり肯定した。

「あんたは何も要求しないと言った。憶えているかね？」

「憶えてます。それはいまも変わらんし、これからもずっとそうです」

「だがもし」ジャガーズ氏は財布を振りながら言った。「もし私があんたに贈り物をしろと指示されていたとしたら、どうだね？　補償金として」

「なんの補償金です？」ジョーは訊《き》いた。

「この子が年季奉公から抜けることに対してだ」

　ジョーは女性のように軽く私の肩に手を置いた。以来私はジョーのことを、蒸気ハンマーのように大の男を叩《たた》きつぶすこともできれば、卵の殻をなでることもできる、強さとやさしさを兼ね備えた人と考えるようになる。「ピップが奉公をやめて、立派な金持ちになるのは大歓迎です。ことばにできないほどうれしい。けど、この鍛冶場に来てからずっと親友だったこの子がいなくなるのを、何かで補償できるなんて考えてるなら――」

ああ、愛しい善人のジョー。私はろくに彼に感謝もせず、彼から離れたくてたまらなかったというのに。いまもあなたの姿が見える――たくましい鍛冶屋の腕を眼に当てて、広い胸を波打たせながら、消えゆく声でそう言った姿が。善良で、信義に篤《あつ》くて、やさしいジョー。私の腕に当てたあなたの手が愛情で震えていたのを、いまも感じる。天使の翼のかすかな動きのように、それを厳粛な気持ちで思い出す。

けれども私はあのとき、ジョーを焚《た》きつけたのだった。未来の財産という迷路に入りこみ、ふたりで歩いてきた田舎道を思い出せなくなっていた。私たちは（彼が言ったように）ずっと親友だったし、これからもそうなのだから（と私は言った）、補償金をもらってと頼んだのだ。ジョーは私の腕から離した手で眼をこすった。自分の眼をえぐり出さんばかりの力のこめようだったが、何も言わなかった。

ジャガーズ氏は、ジョーが村の痴《し》れ者《もの》で、私がお守役であるかのように、この様子を見ていた。一段落すると、振るのをやめていた財布の重さを手で量りながら言った。

「さあ、ジョゼフ・ガージェリー、これが最後のチャンスだ。私に中途半端《はんぱ》はない。あんたに渡せと指示されている贈り物を受け取る気があるのなら、いまそう言えば渡そう。逆に――」ここでジョーがいきなりボクシングのポーズをとり、殴りつける気満々で彼のまわりを動きはじめたものだから、ジャガーズ氏は肝をつぶして話を中断した。

「いいか」ジョーは叫んだ。「こういうことだ。おれの家に来て牛いじめみたいにしつこく嫌がらせをするんなら、かかってこい！　男ならかかってこいよ！　勝負をつけてやる！」

　私がジョーを引き離すと、ジョーはすぐに矛を収めた。ただ私をじっと見つめ、静かな調子で、たまたまこれにかかわった者みなへの丁寧な忠告として、おれのこの家で牛いじめみたいにしつこく嫌がらせをさせるわけにはいかんだろうと言った。ジャガーズ氏はジョーがボクシングのまねをしたときから立ち上がって、戸口のそばまで後退していた。そのままなかに戻ってこようとはせず、こんなふうに別れの挨拶《あいさつ》を述べた。

「それでは、ミスター・ピップ、紳士になるのだから、ここを出るのは早ければ早いほどいいだろう。ちょうど一週間後としよう。それまでに私の住所を印刷したものを届ける。ロンドンまで駅馬車で出たら、駅から辻《つじ》馬車でまっすぐ来なさい。私は委託されたこの仕事について、なんら自分の意見は述べない。そこは理解しておくように。報酬を得てこの仕事をしているだけだ。よろしいな。それをくれぐれも忘れないこと！」

　言いながら、また指を私たちふたりに突きつけていた。ジョーのことをいまにも爆発しそうな危険人物と思ったようだが、それがなければ、いつまでも突きつけていたことだろう。

　私はふと思いついたことがあって、ジャガーズ氏のあとを追いかけた。彼は雇った馬車を待たせてある〈陽気な艀乗り〉亭へと歩いていた。

「すみません、ミスター・ジャガーズ」

「おっと」彼は振り向いて言った。「なんだね？」

「まちがったことをしたくないんです、ミスター・ジャガーズ。あなたの指示にちゃんとしたがいたいので、うかがったほうがいいと思いました。村を出るまえに、知り合いにお別れの挨拶をしてもかまいませんか？」

「かまわんよ」彼は私の質問の意味がわからないという顔で言った。

「村の人だけじゃなくて、町の人にも？」

「かまわん。問題ない」

　私は礼を述べ、家に駆け戻った。ジョーはすでに玄関のドアに鍵《かぎ》をかけ、特別な客間を空けて、台所の暖炉のそばに坐り、両膝《りょうひざ》に手をのせて、燃える石炭をじっと見つめていた。私も暖炉のまえに坐り、石炭をじっと見つめた。ふたりとも長いこと黙っていた。

姉はいつもの隅でクッションつきの椅子に坐り、ビディは火のまえで縫い物をしていた。その隣にジョーがいて、ジョーの隣にいる私は姉の反対側の隅だった。石炭の火を見つめれば見つめるほど、ジョーの顔を見られなくなった。沈黙が長引けば長引くほど、しゃべれなくなる気がした。

ようやく私は口を開いた。「ジョー、ビディに話した？」

「いや、ピップ」ジョーは火を見つめたまま答えた。膝がどこかへ逃げ出してしまうという秘密の情報でも聞きつけたのか、両膝をしっかりと抱えていた。「自分で言ったほうがいいだろう、ピップ」

「ジョーから言ってもらいたかった」

「そうか、だったら言おう、ピップは大金持ちの紳士になるんだ。神様の祝福がありますように！」

ビディは針を持った手をおろして私を見た。ジョーは膝を抱えて私を見た。私もふたりを見た。ややあって、ふたりは心から私を祝福してくれたが、そのことばにはどことなく悲しみが感じられて、少し腹立たしかった。

彼らには、私に財産を譲ってくれる人物について知っても話してもいけないという重大な義務が課せられると思っていたので、私はそのことをビディに（そして、ビディをつうじてジョーに）きちんと納得させようと努力した。然《しか》るべきときが来たら、その人物のことは残らず明らかになるが、それまでは、私が謎《なぞ》の後援者から莫大な遺産を受け取ることになったということ以外、何も言ってはならないのだ。ビディは火を見ながら思慮深くうなずき、また縫い物を始めて、しっかり注意すると言った。ジョーも相変わらず両膝を拘束しながら、「ああ、そうだな、おれも同じように注意するよ、ピップ」と言った。ふたりはまた祝ってくれたが、ピップが紳士になるなんて本当に驚きだとしきりに感心するので、私はどうも気に入らなかった。

そのあと、ビディが苦労に苦労を重ねてこの出来事を私の姉に伝えようとした。私が知るかぎり、それは完全な失敗に終わった。姉は笑い、何度もくり返しうなずき、ビディのあとに続いて何度も「ピップ」、「財産」ということばを発したが、選挙演説ほどにも意味があったかどうか。姉の精神状態をここまで暗く感じさせるひと幕はないと思う。

実際にそうなるまでとても信じられなかったが、ジョーとビディがまた陽気にくつろぎはじめると、私はますます気鬱《きうつ》になった。当然ながら、己の幸運に不満があったわけではない。はっきりと意識はしていないにせよ、自分自身に満足していなかった可能性はある。

ともかく私は片肘《かたひじ》を膝につき、その手に顎をのせて暖炉の火に見入っていた。ジョーとビディは、私がいなくなることや、私抜きでどうやって暮らしていくかといったことを話していた。ふたりのどちらかがこちらを見たときに眼が合うと（とくにビディはよく見ていた）、かつてなく喜んでくれているのに、私は何か疑惑を向けられたかのようにむしゃくしゃした。ふたりはことばでも仕種《しぐさ》でも不信感などいっさい示していなかったのだが。

そんなときには、私は立ち上がって台所の勝手口から外を見た。夏になると外気を入れるためにドアを開け放つので、夜空が広がっている。悲しいことに、見上げた星々でさえ、それまで生きてきた田舎の風物の上で輝いているのがなんとも貧相で、みじめに思われた。

「土曜の夜だね」私はパンとチーズ、ビールの夕食の席で言った。「あと五日で、その日のまえの日。すぐだよね」

「ああ、ピップ」ジョーの声が、ビールのジョッキのなかでうつろに響いた。「すぐだな」

「ほんと、すぐよね」ビディが言った。

「考えてたんだ、ジョー。月曜に町で新しい服を注文するとき、ぼくが取りにいってその場で着て帰るって仕立屋に言ったほうがいいかな。それとも、ミスター・パンブルチュークのところに送ってもらう？　村じゅうの人にじろじろ見られるのは嫌なんだ」

「ハッブル夫妻はおまえの晴れ姿を見たいんじゃないかな、ピップ」ジョーはチーズをのせたパンを左の掌《てのひら》に置いてせっせと切りながら、私が手をつけていない夕食を一《いち》瞥《べつ》した。まるでパンの食べ比べをしていた昔を思い出しているかのように。「ウォプスルもだ。〈陽気な艀乗り〉亭のやつらも喜ぶぞ」

「それが嫌なんだ、ジョー。みんな派手に騒ぎたてるでしょう。がさつで、卑《いや》しくて、我慢できない」

「ああ、そういうことか、ピップ！　我慢できないんなら――」

そこで姉の皿を持って坐っていたビディが私に訊いた。「ミスター・ガージェリーと、あなたのお姉さんと、わたしに、いつ晴れ姿を見せてくれるか考えた？　きっと見せてくれるんでしょう？」

「ビディ」私は恨みがましく言った。「ビディはぼくの先まわりばかりして、とても追いつけないよ」

（「ビディは頭の回転が速いからな」ジョーが言った。）

「もうちょっと待ってくれたら、夜、新しい服をまとめて持ってくると言うつもりだったのに。いちばんいいのは、出発するまえの晩かな」

ビディは何も言わなかった。私は寛大に彼女を赦《ゆる》し、ほどなくふたりに愛情をこめて就寝の挨拶をしてから寝室に上がった。部屋に入ると、坐って長々と室内を眺めた。ここで育ってきたが、高い身分になってもうすぐ永遠に別れると思うと、卑しくてつまらない場所だった。一方で、幼いころの生き生きとした思い出もあり、これから行く立派な部屋とのあいだで私の心は引き裂かれて混乱した。鍛冶場とミス・ハヴィシャムの屋敷、ビディとエステラのあいだでいつもそうなっていたように。

その日は一日じゅう太陽が出ていたので、屋根裏の私の部屋は暖かかった。窓を開け、外をのぞくと、ジョーが下の暗いドアからゆっくりと出てきて、外を一、二回、往《い》ったり来たりした。ビディも出てきて、ジョーにパイプを渡し、火をつけた。こんなに夜遅くにジョーが煙草《たばこ》を吸ったことは一度もなかったので、何かの理由で慰めが必要だったのだろうと思った。

ジョーは私の真下の戸口のまえに立ち、パイプを吹かした。ビディも隣に立って、静かに話しかけていた。私が話題になっていた。どちらも親しみをこめて私の名前を何度か口にしているのが聞こえた。もっと聞いていられたとしても、聞く気にならなかったので、私は窓辺から離れ、ベッド脇にひとつだけある椅子に腰をおろした。明るい未来の最初の夜が、それまででいちばん寂しい夜になったことがとても悲しくて、不思議な気持ちだった。

開いた窓のほうを見ると、ジョーのパイプから出た煙の輪がふわふわと漂っていて、彼からの祝福のように思えた――押しつけられたり、見せつけられたりせず、ともにいる空気に行き渡る祝福に。私は部屋の明かりを消し、ベッドにもぐりこんだ。いまや寝心地が悪く、昔のようにぐっすり眠れることは二度となかった。

19

朝になると、人生の前途はまったくちがっていて、とても同じものとは思えないくらい輝いていた。心の最大の重荷は、出発の日までに六日あることだった。その間にロンドンで何かが起きて、私が着いたときにはすっかり荒廃していたり、ことによると完全に消えていたりするのではないかという不安が頭からどうしても離れなかった。

　もうすぐ別れることについて話すと、ジョーとビディはとてもやさしく、愛想よく答えるが、私から話題にしたときにしかそのことには触れなかった。朝食のあと、ジョーはいちばん立派な客間の簞笥《たんす》から年季奉公の契約書を取ってきて、火にくべた。私は自由になった気がした。すっかり解放された心持ちでジョーと教会に行き、牧師が事情をすべて知っていたら、おそらく富める者と神の国のところは読み上げなかっただろうと思った〔訳注　マタイ伝福音書第十九章第二十四節の「富める者の神の国に入るよりは、駱駝の針の孔を通るかたかえって易し」より〕。

　早めの夕食が終わると、私はこれを最後に沼地に別れを告げようと、ひとりで散歩に出た。教会のまえをすぎたときには、生涯、日曜が来るたびにここにかよい、しまいにひっそりと低い緑の盛り土の下に横たわる運命の哀れな人々に気高い同情を覚えた（朝の礼拝中にも感じたことだった）。近いうちに彼らのために何かしようと心に決め、ローストビーフとプラム・プディング、一パイント〔訳注　約〇・五リットル〕のビール、一ガロン〔訳注　約四リットル〕の思いやりを村の一人ひとりにふるまう大まかな計画を練った。

　足を引きずって墓石のあいだを歩いていた逃亡者との交流を、それまで恥に近い気持ちでたびたび振り返っていたとしても、この日曜に同じ場所を訪ねて、重罪犯の足《あし》枷《かせ》と名札をつけて震えていたあのみすぼらしい悪漢を思い出したときの私の気持ちは、どうだったろう！　ずいぶん昔の出来事で、彼がまちがいなく遠いところに追放されているのは慰めだった。私にとって彼は死んだようなもので、それどころか本当に死んでいるかもしれなかった。

この低湿地にも、堤防や水門、草を食《は》む牛たちのところにも二度と戻ってくることはない。ただ、牛たちはいくらか敬意をこめてこちらを向き、大いなる遺産の継承者をできるだけ長く見ていたいようだった。子供時代の退屈な知人たちよ、さようなら。これからぼくはロンドンに行き、立派な人になる。鍛冶屋の仕事とも、あなたたちともお別れだ！　私は意気揚々と古い砲台へ向かった。そこに寝転んで、ミス・ハヴィシャムは私をエステラと結婚させるつもりだろうかと考えているうちに眠りに落ちた。目覚めると、ジョーが横に坐ってパイプを吸っていたので、びっくりした。眼を開けた私にジョーはにっこりと微笑《ほほえ》んで挨拶した。

「最後だからな、ピップ、いっしょに行こうと思ったんだ」

「ジョー、来てくれてうれしいよ」

「ありがとな、ピップ」

握手をしたあと、私は続けた。「安心して、大好きなジョー。ぼくは、ぜったいジョーのこと忘れないから」

「だろうとも、ピップ！」ジョーは明るい口調で言った。「安心してるさ。ああ、もちろん！　あのな、ピップ、今度のことを納得するには心んなかでいろいろ考えなきゃならなかった。考えるのには時間がかかったよ。なんせ、たまげるほど急な知らせだったから。だろう？」

　正直なところ、ジョーがこれほど安心しているのはなんだか興醒《きょうざ》めだった。私としては、ジョーが感激するとか、「さすがはピップ」と言ってくれるとか、その手のことを期待していたのだ。そこで、ジョーが言った最初の部分には触れず、急な知らせだったという部分について、自分はずっとまえから紳士になりたかったし、なったら何をしようかとしょっちゅう考えていた、と答えた。

「そうなのか？」ジョーは言った。「驚いたな！」

「心残りなのは、ジョー、家で授業をしたときに、ジョーの勉強がもう少し進むとよかったね」

「どうかな。おれは頭がえらく悪いから。鍛冶屋のことしかわからんよ。こんなに頭が悪いのは本当に残念だけど、そこはいまも一年前も同《おんな》じだから、余計に残念ってことでもない。わかるか？」

　私が言いたかったのは、財産が手に入ってジョーのために何かしてあげられるようになったときに、彼が高い地位にふさわしくなっていれば、はるかに好ましいということだった。しかし、本人はまったく理解していないようなので、私はビディに伝えておこうと思った。

　そんなわけで、家に帰ってお茶がすむと、私はビディを小径《こみち》の脇の小さな庭に連れ出し、ぜったい忘れないよと、さり気なく彼女の気持ちを引きたてておいてから、ひとつお願いがあると切り出した。

「それはね、ビディ、機会があるたびにジョーを少し助けてほしいんだ」

「助けるって、どうやって？」ビディは私をじっと見て言った。

「ジョーはとてもいい人でしょう。この世でいちばん愛すべき人じゃないかと思う。けど、いくつかのことでは遅れてる。たとえば、勉強とか、作法とか」

私は話しながらビディを見ていた。ビディも話を聞きながら眼を大きく見開いていたが、私のほうは見なかった。

「あら、作法？　つまりジョーの作法はだめってこと？」ビディは黒スグリの葉を一枚摘んで、訊いた。

「いや、ビディ、もちろん、ここではだいじょうぶだけど――」

「まあ！　ここではだいじょうぶなの？」ビディは手に取った葉を仔細《しさい》に眺めながら

割りこんだ。

「終わりまで聞いて。もしぼくがジョーを高い身分に移すなら――財産が完全に手に入ったらそうしたいと思ってるんだけど――いまの作法じゃ本人のためにならないよね」

「ジョーがそのことをわかってないと思ってるの？」

　腹立たしい質問だったので（そんなことは考えてもみなかったからだが）、私は機嫌を損ねて、「ビディ、どういう意味？」と言った。

　ビディは葉っぱを両手ですりつぶしてから――このとき以来、私は黒スグリの茂みのにおいを嗅《か》ぐと、あの夜の小径の脇の小さな庭を思い出す――言った。「ジョーが誇らしく思ってるって考えたことはない？」

「誇らしく？」私は軽蔑もあらわに強調してくり返した。

「誇りにもいろいろ種類があるのよ」ビディは私をまっすぐ見て、首を振った。「一種類だけじゃなくて――」

「だから？　その先は？」

「一種類だけじゃないの」ビディはくり返した。「ジョーはいまいる場所でとても腕がいいし、尊敬もされている。そのことが誇らしいから、別のところに移されたいとは思わないかもしれない。正直なところ、そうだと思う。わたしなんかが言うのは厚かましいかもしれないけれど。だって、あなたのほうがずっと彼を知ってるはずだから」

「ビディ」私は言った。「ビディにこんなところがあるなんて本当にがっかりだよ。思ってもみなかった。うらやましいんでしょ、ビディ、妬《ねた》んでるんだ。ぼくがお金持ちになるのが不満で、その気持ちを外に出さずにはいられないんだ」

「そんなことを思う心があるのなら、そう言えばいい。何度でも、好きなだけ。そんなことを思う心があるのなら」

「ビディこそ、そんなことを思う心があるのなら」私は尊大なひとりよがりの口調で言った。「ぼくに押しつけないでよ。本当に残念だ。これは——人間性の悪い面だね。ぼくがいなくなったあと、ちょっとした機会に愛《いと》しいジョーを向上させてって頼むつもりだったけど、もういい。ビディには何も頼まない。ビディにこんなところがあるなんて、心の底から残念だ」私はくり返した。「これは——これは人間性の悪い面だ」

「あなたに叱《しか》られようが、褒められようが」哀れなビディは答えた。「わたしはいつも、できるだけのことはするつもりよ。そこは信用してもらっていい。あなたがわたしにどんな意見を持とうと、あなたに関するわたしの思い出はぜんぜん変わらない。

でも、紳士が不公平ではいけないわ」そう言って顔を背けた。
私は熱くなって、これは人間性の悪い面だとくり返し（その考えについては正しかったと、あとで思うことがあった——誰に適用するかということを別にすれば）、ビディから離れて小径を進んだ。ビディは家に戻った。私は庭の木戸をくぐり、意気消沈して夕食時まで歩きまわった。明るい運が開けた第二夜が、またしても寂しく不満足な夜になったのが切なくて、なんとも不思議だった。

とはいえ、翌朝になるとまた気分は晴れ、私はビディにも寛大な気持ちで接し、お互い前日の話題は打ち切ることにした。私は手持ちのいちばん上等の服を着て、店が開くと思われる早い時刻に町に入り、仕立屋のトラブ氏を訪ねた。トラブ氏は店の奥の応接間で朝食をとっていて、わざわざ出てくるまでもないと思ったのだろう、私を部屋に呼び入れた。

「やあ！」彼は打ち解けた口調で言った。「ごきげんよう。今日はなんの用だね？」

トラブ氏は熱いロールパンを三枚の羽毛布団《ぶとん》のように切り、あいだにバターを挟みこんでいるところだった。金まわりのいい独身老人で、部屋の開いた窓からは金まわりのいい小さな庭と果樹園が見え、暖炉の横の壁には金まわりのいい鉄の金庫が作りつけてある。金庫のなかに繁栄の証《あかし》となる袋が大量に収まっているのはまちがいなかった。

「ミスター・トラブ」私は言った。「自慢になってしまうので申し上げにくいのですが、大きな財産を得ることになったのです」

トラブ氏はとたんに別人になった。布団のバターのことはすっかり忘れ、放り出して立ち上がると、テーブルクロスで指をふき、「それはそれは！」と叫んだ。

「ロンドンの後見人に会いにいきますので」私は何気なくポケットからギニア硬貨を数枚取り出して、眺めながら言った。「しゃれたスーツを新調したくて。お金はちゃんと払います」とつけ加えた。さもないと、仕立てるふりしかしないのではないかと思ったからだ。「現金で」

「親愛なるお客様」トラブ氏は恭《うやうや》しくお辞儀をして両手を広げ、勝手に私の両肘に触れて言った。「こちらも傷つきますので、どうぞそういうことはおっしゃらず。おめでとうございますと申し上げてもよろしいでしょうか。店のほうへ案内させていただきます」

トラブ氏の店員は、その界隈《かいわい》でもっとも厚かましい小僧だった。私が店に来たときには掃除をしていて、これで仕事が愉《たの》しくなるとばかりに私をゴミ扱いした。いままたトラブ氏と店に入ると、まだ掃除をしていて、どの鍛冶屋《かじや》にも、生き死にに関係なく引けを取らないことを示すために（だろうと思うが）、箒《ほうき》をそこらじゅうの隅や品物にぶつけた。
「うるさい、やめろ！」トラブ氏が厳しく叱りつけた。「やめないと、その頭をぶん殴るぞ！　どうぞお坐りください。さて、こちらは――」と巻いてある布地をひとつ取り出し、カウンターにさっと広げ、手をその下に入れて布のつやを見せた。「たいへん上等な品でございます。この上なくすばらしい生地ですので、お客様の目的にぴったりかと存じます。ですが、ほかのものもご覧に入れましょう。おい、おまえ、四番を持ってこい！」（と、これはものすごく険しい眼つきで店員に言った――悪たれが布で私をはたくとか、その手の親しみに満ちた行為をしかねないと思ったかのように。）

店員が四番をカウンターに置き、安全な距離に引き下がるまで、トラブ氏は厳しい視線を送りつづけた。そしてまた五番と八番を持ってくるよう命じた。「つまらんいたずらはするなよ。したら一生後悔するぞ、この出来損ないの悪党めが」

トラブ氏は四番の布の上に身を屈《かが》め、ぜひ夏用の薄物にと、慇懃《いんぎん》ながら自信たっぷりに薦めた。高貴な身分のかたがたに流行している生地なので、同郷の名士（もしあなたさまを同郷人に含めても差し支えなければ）に着てもらえれば、のちのちまで振り返られる栄誉になるだろうということだった。そのあとトラブ氏は店員に、「五番と八番を持ってくる気があるのか、この根なし草が！」と言った。「それともおまえを店から蹴《け》り出して、私が自分で持ってこようか？」

私はトラブ氏の助言を得ながらスーツの生地を選び、採寸してもらうために応接間に戻った。トラブ氏はすでに私の寸法を知っていたのだが、申しわけなさそうに、「こういう状況になったからには、あれではいけません。まったくお話になりません」と言い、あたかも私が広い領地で、彼が業界最高の測量士であるかのように、あらゆるところを測り、計算した。どれほど立派なスーツを作っても、これほどの苦労には見合わないだろうと思われるほどの採寸がついに終わると、トラブ氏は、できた服は木曜の夜にパンブルチューク氏の家に届けると約束したあと、応接間の錠に手をかけて言った。「ロンドンの紳士が地元の店を贔屓《ひいき》にする慣例がないのは承知しておりますが、同郷のよしみでときおり当方もご利用いただけましたら、まことに光栄に存じます。では、ごきげんよう。ありがとうございます――おい、ドア！」

最後のことばは店員に投げつけられたのだが、本人はまったく意味を解さず、主人が両手で私の背中をさすりながら店から送り出すのを見て、驚きのあまりひっくり返った。私が初めて途方もない金の力を実感したのは、トラブ氏の店員をこのように仰《あお》向《む》けに寝転がしたことだった。

印象に残るこの出来事のあと、私は帽子屋、靴屋、下着屋をまわり、身なりのためにこれだけ多くの店の世話になるとは、まるでハバードおばさんの犬だ〔訳注　童話で、ハバードおばさんが犬のためにいろいろな買い物をする〕と思った。馬車の事務所にも行って、土曜の朝七時の席を予約した。どこかに行くたびに、多額の財産を譲られることになったと説明する必要はなかったが、そのことを伝えるとかならず、対応中の店員は窓の外の本通りを眺めるのをやめて、ひたすら私の世話を焼いた。入り用なものをすべて注文し終え、私はパンブルチューク氏の家に向かった。彼の店に近づくと、本人が入口に立っているのが見えた。

パンブルチューク氏は私の到着を待ちかねていた。早朝から馬車を出して鍛冶場を訪ね、情報を仕入れていたのだ。私のために〈バーンウェルの間〉に軽食を用意してくれ、店員には、神聖なるお客様のために「通り道を空けろ」と命じた。

「わが親愛なる友人」パンブルチューク氏は、軽食の部屋で私とふたりきりになると、私の両手を取って言った。「あなたの幸運にお喜びを申し上げます。こうなって当然でしたな。当然の報酬です」

本題に入るにあたって、良識のある挨拶だと思った。

「ここに至るまでに」鼻息も荒くひとしきり私を褒めたたえてから、パンブルチューク氏は言った。「私としても微力ながらお役に立てたと思うと、それだけでも誇らしい気持ちになりますぞ」

私はパンブルチューク氏に、その点について何か言ったり仄めかしたりするのは遠慮していただきたいと頼んだ。

「わが親愛なる友人」パンブルチューク氏は言った。「もしそう呼ぶことを許していただけるのなら――」

私が小声で「もちろんです」と答えると、パンブルチューク氏はまた私の両手を取り、チョッキに押し当てた。そこは感情に打ち震えていたが、胸よりだいぶ下のほうだった。「わが親愛なる友人、どうか安心してもらいたい。ご不在のあいだ、ジョゼフがこのことを忘れないように、私もささやかながら力を尽くしますので――ジョゼフ！――ジョゼフ！」パンブルチューク氏は同情を寄せ、哀願する調子で言った。「ジョゼフ！　ジョゼフ！」そして頭を振ったあと、ぽんと叩き、ジョゼフはここが足りないということを表した。

「ですが、わが親愛なる友人、空腹でいらっしゃるでしょう。たいそう疲れてもおられるはずだ。どうぞこの椅子《いす》へ。これは〈青猪《あおいのしし》〉亭から取り寄せたチキンです。この牛タンも〈青猪〉亭、こうした小皿も〈青猪〉亭からです。お口に合うといいのですが。それにしても――」パンブルチューク氏は坐《すわ》ったと見る間にまた立ち上がって、「わが眼のまえにおられるのは、あの幸せな幼年時代、私と愉しく戯《たわむ》れたあのかたでしょうか。よろしければ――よろしければ――」

　この〝よろしければ〟というのは、手を握ってもよろしいですかという意味だった。私が了承すると、彼は熱烈に握手して、また坐った。

「ワインです」パンブルチューク氏は言った。「飲みましょう。幸運の女神に感謝して。これからも女神が同じくらい正しい判断で、恩寵《おんちょう》の受け手を選ばれますように。それにしても――」また立って、「眼のまえにおられるこのかた――乾杯を捧《ささ》げるこのかたを拝見していると、どうしても――よろしいですか――よろしいですか――」

　私はよろしいと答え、彼はまた握手して、グラスを空け、逆さにした。私も同じことをした。飲むまえに体を逆さにしていたとしても、これほど早く頭に酒がまわることはなかっただろう。

　パンブルチューク氏は鶏《とり》のレバーにのせた右側の手羽肉〔訳注　鶏のいちばん美味しい部分とされた〕と、タンの最高のひと切れを取ってくれ（もはや豚のどこかもわからない端っこではなかった）、それにひきかえ自分のことはまったくかまっていなかった。「ああ！　鶏よ、鶏よ！　おまえは考えもしなかっただろう」と皿のチキンに呼びかけた。「羽毛も生えそろわぬ幼いころ、自分の将来に何が待ち受けているか。この慎《つつ》ましい屋根の下、このおかたの口に運ばれようとは思いもしなかっただろう。気弱な意見と言わば言え」パンブルチューク氏はまた立って言った。「だが、よろしいですか――よろしいです、か――」

　私がよろしいと答える必要もなくなったらしく、彼は言うなり握手した。あれほど握手して、どうして私のナイフで怪我《けが》をしなかったのかわからないほどだった。

「そしてあなたの姉上！」パンブルチューク氏はしばらく食べることに専念したあと、話を再開した。「名誉なことに、あなたを手で育てたあの姉上！　考えてみれば、彼女がもうその名誉を充分理解できないのは、なんとも悲しい話だが。よろしい――」

　またしても握手してくるのがわかったので、私は止めた。

「姉のために乾杯しましょう」

「ああ！」パンブルチューク氏は叫び、賛嘆のあまり体に力が入らなくなったようで、だらりと椅子の背にもたれかかった。「わかっていらっしゃる、サー！」（〝サー〟というのが誰のことかわからなかったが、私ではなかったはずだ。とはいえ、部屋にはほかに誰もいなかった。）「高貴なかたは、さすがわかっておられる、サー！　つねに心が広く、親しみやすいのだ」卑屈なパンブルチュークは、口をつけていないグラスをあわててテーブルに戻し、また立ち上がった。「心貧しい人間には少々くどく見えるかもしれませんが、よろしいですか――」

握手がすむと腰をおろし、姉のために乾杯した。「癇癪《かんしゃく》持ちというあの人の欠点は忘れてはいけません。が、本人はよかれと思ってしたことでしょうな」

そろそろ彼の顔は赤くなってきていた。私について言えば、全身が顔になったかのごとく、ワイン浸りでずきずきしていた。

新調した服をここに送らせてもらいたいとパンブルチューク氏に言うと、彼は、そこまで目をかけていただいてと狂喜した。村でじろじろ見られたくない理由を説明すると、私を天まで褒めあげた。心中を打ち明けるに値する相手は自分しかいないと断言し――つまり、よろしいですか――小さいころに足し算で遊んだことや、いっしょに年季奉公の契約を結びにいったこと、要するに、彼がずっと私の大好きな憧《あこが》れの人であり親友だったことを憶《おぼ》えているかと猫なで声で尋ねた。私としては、パンブルチューク氏との関係がそんなものではなかったことは、十倍の量のワインを飲んでいたとしてもわかったし、心の底から彼の考えを否定していた。にもかかわらず、この人をずいぶん誤解していたと確信したのを憶えている。じつは分別があって、実際的で、根はやさしいいい人なのだ、と。

パンブルチューク氏はだんだん私を信頼し、自分の商売について私の意見を求めるまでになった。曰《いわ》く、この店を大きくすれば、穀物と種苗《しゅびょう》に関して近隣で過去に例を見ない大規模独占事業ができる可能性がある。莫大《ばくだい》な富の実現のために欠けているのは、追加の資金のみと考えている。追加の資金――この一句に尽きる。そこで私（パンブルチューク）が思うに、共同経営者をつうじて資金が投入されれば、サー――共同経営者といっても事業を経営するわけではなく、気が向いたときにご自身か代理人がここへ来て帳簿を見てもらえばよろしいわけですが――たとえば、年に二回来て、利益のなんと五十パーセントを持ち帰る――それは進取の気性と財産をあわせ持つ若き紳士にいかにも似つかわしい、注目に値する門出ではありませんか。どう思われますか？　あなたのご意見を心から信頼しておりますが、どうです？　私は「ちょっと待って！」と意見を述べた。この深遠で明確な見解にパンブルチューク氏はいたく感じ入り、もはや握手してよろしいですかどころではなく、握手しなければなりませんと言って、実際にそうした。

　私たちはワインを飲みきった。パンブルチューク氏は何度も何度も、ジョゼフにはちゃんとやらせる（何をやらせるのか、私にはわからなかった）、あなたにも日夜滞りなく仕える（これも何をするのかわからなかった）と誓った。また、かねがね私について、「あの子は並はずれている。そのうち並はずれた幸運が訪れるのはまちがいない」と話していたそうなのだが、私は生まれて一度もそんなことばを聞いたことがなかった。じつに固く秘密を守ったものだ。いま思えば、そんな予感がしたのは不思議です、と彼は涙ぐみ、微笑みながら言った。私は、本当ですねと応じた。ようやく外に出ると、太陽の光が何やらいつもとちがうように感じられた。うとうとしながら、どこの道を歩いたかもわからずに、気づくと有料道路の入口まで来ていた。

　そこでパンブルチューク氏に大声で呼び止められて、はっと目が覚めた。彼は陽当たりのいい道のずっと向こうで、私に止まれと手を振っていた。止まって待っていると、息せき切って追いついた。

「いけません、わが親愛なる友人」話ができるまで呼吸が整うと、「せっかくこうしてお目にかかれたのだから。あなたのほうから親愛の情を示していただかずに終わらせるわけにはいきません。よろしいですか、あなたの幸せを望む旧友として、よろしいいですか?」

　私たちは少なくとも百回目の握手をした。パンブルチューク氏は若い荷馬車屋を怒鳴りつけて私の通り道からどかし、祝福のことばを述べると、私が通りを曲がって見えなくなるまで手を振っていた。それから私は野原に入り、生け垣の下で長々と昼寝をしたあと、また家へと歩きだした。

ロンドンに持っていく荷物はほとんどなかった。なけなしの所持品で新しい身分にふさわしいものなどないも同然だったからだ。それでも、その日の午後に荷造りを始めた。一瞬も無駄にできないと勝手に空想して、翌朝必要とわかっているものさえ無我夢中で詰めこんだ。

そうして火曜、水曜、木曜がすぎた。金曜の朝、私は新しい服を着てミス・ハヴィシャムを訪ねるために、パンブルチューク家に行った。パンブルチューク氏は私の着替えのために自室を明け渡し、わざわざなかを清潔なタオルで飾りたてていた。服はもちろん残念な出来だった。この世に衣類というものが現れてこのかた、大いに期待した新調の服は期待はずれに終わると相場が決まっている。とはいえ、新しいスーツを着て、半時間ほどパンブルチューク氏のひどく小さい姿見のまえでありとあらゆるポーズをとり、なんとか両脚を映そうとむなしく努力しているうちに、少し似合ってきた気がした。十五キロほど離れた隣の町で市が立つ朝だったので、パンブルチューク氏は留守だった。いつ家を出るか彼には知らせていないから、出発前にまた握手を強いられる気遣いはない。当然それでけっこう。私は晴れ着で外に出たが、店員のまえを通るときにはひたすら恥ずかしかった。どう見ても、日曜に一張羅を着たジョーのようにぶざまなのではないかという気がしたのだ。
もっぱら裏道を通って遠まわりしながらハヴィシャム邸まで行き、固くて長い手袋の指で苦労して呼び鈴を鳴らした。セイラ・ポケットが門に出てきて、すっかり変わった私の姿を見てのけぞるほど驚き、彼女のクルミの殻の顔も茶色から緑や黄色に変わった。

「あなた？　あなたなのね、驚いた！　今日はなんの用？」

「ロンドンに行くんです、ミス・ポケット」私は言った。「だから、ミス・ハヴィシャムにお別れの挨拶がしたいと思いまして」

　思いがけない来訪だったようだ。ミス・ポケットは私をひとり中庭に残し、家に入れたものかどうかミス・ハヴィシャムに訊きにいったが、すぐに戻ってきて、私を招き入れ、その間ずっとこちらをじろじろと眺めていた。

　ミス・ハヴィシャムは、長いテーブルのある部屋で持ち手つきの杖《つえ》に寄りかかりながら運動していた。部屋はまえと同じように蠟燭《ろうそく》で照らされ、私たちが入る音を聞いた彼女は立ち止まって振り返った。ちょうど、腐ったウェディング・ケーキの横だった。

「行かないで、セイラ」ミス・ハヴィシャムは言った。「どうしたの、ピップ？」

「明日、ロンドンに発《た》つのです、ミス・ハヴィシャム」私は慎重にことばを選んだ。

「暇乞《いとまご》いにうかがっても差し支えなかろうと思いまして」

「晴れやかな恰好《かっこう》だね、ピップ」ミス・ハヴィシャムは、私を変身させた妖精《ようせい》のおばさんが最後の仕上げをするように、杖であちこち私の体に触れながら言った。

「最後にお目にかかったあと、ここまですばらしい幸運に恵まれました、ミス・ハヴィシャム」私はつぶやいた。「本当にありがとうございます、ミス・ハヴィシャム！」

「はいはい！」ミス・ハヴィシャムは、まごつきながらうらやんでいるセイラを見やり、うれしそうに言った。「ミスター・ジャガーズに会ったとき、わたしもそのことは聞きましたよ、ピップ。そう、明日発つの？」

「はい、ミス・ハヴィシャム」

「お金持ちの養子になったのね？」

「はい、ミス・ハヴィシャム」

「その人の名前はわからない？」

「わかりません、ミス・ハヴィシャム」

「ミスター・ジャガーズが後見人？」

「はい、ミス・ハヴィシャム」

彼女はこのやりとりを満足げに味わい、セイラ・ポケットの嫉妬《しっと》と困惑を心から愉しんでいた。「さあ！」と続けて、「前途洋々というわけね。いい子でいなさい、その幸運にふさわしく。ミスター・ジャガーズの指示にしたがって」ミス・ハヴィシャムは私を見、セイラを見た。セイラの表情は、用心深いミス・ハヴィシャムの顔から残酷な笑みを引き出した。「さようなら、ピップ！　これからもずっと、ピップという名でいるのですよ」

「はい、ミス・ハヴィシャム」

「さようなら、ピップ！」

ミス・ハヴィシャムが手を差し伸べ、私は片膝をついてその手にキスをした。どのように別れを告げるか考えていたわけではないが、ふとそうするのが自然に思えたのだ。ミス・ハヴィシャムは、例の奇妙な眼に勝ち誇った表情を浮かべてセイラ・ポケットを見た。こうして私は、薄暗い明かりの部屋のまんなかで杖に両手を添え、腐って蜘蛛《くも》の巣に覆《おお》われたウェディング・ケーキの横に立っている妖精のおばさんと別れた。

セイラ・ポケットが先に立って階段をおりた。あたかも私が幽霊で、いなくなるまでしっかり見届けなければならないというふうに。私の外見がいつまでも信じられず、当惑しきっていた。「さようなら、ミス・ポケット」と挨拶しても、ただ見つめるだけで、話しかけられたことがわかるほど平静を取り戻していなかった。私は屋敷から大急ぎでパンブルチューク家に戻り、新しい服を脱いで束にまとめ、古い服を着て家に戻った。正直なところ、手荷物が増えてもこちらのほうがずっと歩きやすかった。

ゆっくり流れるはずだった六日間がまたたく間にすぎ、私が正視できるよりしっかりと〝明日〟が私を見すえていた。六晩が五晩、四、三、二晩と減るにつれ、ジョーとビディといっしょにいることがありがたく思えてきた。最後の夜、私は彼らを喜ばせるために新しい服に着替え、就寝時までその晴れ着でいた。このときのために温かい夕食が用意され、祝いに欠かせないローストチキンが食卓を飾って、最後にはフリップ〔訳注　ビールやスピリッツに卵や香料を加えた温かい飲み物〕も出た。しかし、みな打ち沈み、元気なふりこそすれ、意気はさっぱり上がらなかった。

私は朝五時に手提げトランクひとつを持って村を発つことになっていた。ジョーには、ひとりで歩いていきたいと言ってあった。理由は、申しわけないことに――切実に申しわけない――ジョーといっしょに馬車の乗り場まで行ったら、ちがいが目立ってしかたがないだろうと考えたからだった。そのことにうしろめたい点はないと納得したつもりだったが、最後の夜に自分の小さな部屋に上がったときには、やはりいけないと思わずにはいられず、すぐさま階下におりてジョーに明日はいっしょに来てと頼みたい衝動に駆られた。が、頼まなかった。

途切れがちな眠りのなかで、私はひと晩じゅう馬車の夢を見た。夢のなかではかならずロンドンではない場所に向かっていて、しかも引いているのは犬や猫、豚、人間で、馬にならなかった。旅の失敗は、夜が明けそめて鳥が歌いだすまで続いた。私はベッドから出て服の一部を身につけ、最後に外の景色を見ようと窓辺に坐ったが、見ているうちにまた眠りに落ちた。

ビディがすごく早起きをして朝食を作ってくれていた。窓辺で寝入って一時間もたたないうちに、私は台所の煙のにおいで目覚め、もう午後になってしまったにちがいないと震え上がったが、そのあと長いこと、ティーカップのカタカタいう音が聞こえて、すっかり準備ができてからも、階下におりていく決心がつかなかった。小さなトランクの鍵を開け、ストラップをはずし、また鍵をかけ、ストラップを留めることをくり返して、結局、遅れるわよとビディに声をかけられるまで部屋に残っていた。

朝食はあわただしく、味もわからなかった。私は食卓から立ち上がり、「さあ！もう行かなきゃ」といま気づいたかのように歯切れよく言った。いつもの椅子に坐って笑い、うなずき、体を震わせている姉にキスをし、ビディにもキスをし、ジョーの首に抱きついたあと、手提げトランクを取って外に出た。すぐにうしろが騒々しくなったので振り返ると、ジョーが幸運を祈って古い靴を投げてくれるところだった。ビディもう一方の靴を投げた。私は立ち止まり、帽子を振った。愛しいジョーはたくましい右腕を頭上高く振り、かすれた声で「がんばれよー！」と叫んだ。ビディは顔にエプロンを当てていた。それが彼らの見納めだった。

私は思ったより別れるのは楽だったと考えながら、早足で歩いた。大通りじゅうの人が見守るなかで馬車のうしろから古い靴を投げられたら、いたたまれなかった。口笛を吹き、なんでもなかったように歩きつづけた。しかし村はのんびりとして静かで、私に世の中を見せようとするかのように、薄霧が厳《おごそ》かに晴れていくところだった。彼方《かなた》のあまりにも広大で未知の世界にひきかえ、自分はあまりにも無知で幼い――そう思ったとたんに嗚咽《おえつ》がこみ上げ、涙があふれた。村はずれの道しるべが立っているところだった。私は道しるべに手をのせて言った。「さようなら、ああ、愛しい、愛しい友だち！」

涙を恥じる必要がないことは天もご存じだ。涙は視界を閉ざすほど土埃《つちぼこり》の立つ大地に降り注ぐ雨であり、人の頑《かたく》なな心を包みこむ。泣いたあと、私はよりよい人間になった――深く悲しみ、恩知らずな自分を反省し、やさしくなった。もっとまえに泣いていたら、ジョーといっしょに来ていたにちがいない。

その涙や、さらに静かに歩くあいだにまた流れた涙に圧倒されて、馬車で町から出たときには心が痛んだ。次の馬の交替のときに馬車からおりて家まで歩いて帰り、もうひと晩すごしたうえで、もっときちんと別れの挨拶《あいさつ》をしようかとも考えた。馬が替わったが、私はまだ心を決められず、次の交替で馬車をおりてもまだ引き返せるとみずからを慰めた。そうして思案しているうちに、道をこちらに歩いてくる人がジョーそっくりに見えて、心臓がどきんと跳ね上がった——ジョーがここにいるはずがないのに！

また馬が替わり、さらに替わった。もう引き返すには遅すぎたし、遠すぎたので、私は進みつづけた。霧は厳かに晴れ上がって、私のまえには世界が広がっていた。

（ピップの大いなる遺産の第一幕終了）

20

町から都までの旅は五時間ほどだった。私の乗った四頭立ての駅馬車が、ロンドンはチープサイドのウッド・ストリートにある〈交叉鍵《クロス・キーズ》〉亭に到着したのは、正午すぎだった。ごった返す人々や馬車が、そこからあちこちに散らばっていく。

当時のイギリス人は自国のあり方や所有物を世界最高と信じ、それを疑うのは反逆行為と見なしていた。でなければ、私はロンドンの無限の広がりに気圧《けお》されながらも、この街は思っていたより醜くゆがみ、狭くて汚いのではないかという疑念をかすかに抱いたかもしれない。

ジャガーズ氏はきちんと住所を知らせてくれていた。名刺にはリトル・ブリテンとあり、その下に〝スミスフィールドのはずれで馬車事務所の近く〟と書いてあった。

それでも、折りたたみ式のうるさい梯子《はしご》段《だん》で私を辻《つじ》馬車に閉じこめた御者は、歳《とし》の数ほどあろうかというほどケープがついて脂《あぶら》じみた外套《がいとう》を着こみ、私を八十キロ先に運びそうな雰囲気だった。彼が御者台に上がるのにはたいへんな時間がかかった。そこには雨や雪の染《し》みがつき、虫食いでぼろぼろになった薄緑色の飾り布がかかっていた。馬車の装備はすばらしく、外側には宝冠が六つ、うしろには使用人が何人つかまるのかと思うくらいたくさんの把手《とって》がつき、その下には、使用人ではない人が誘惑に駆られて取りつくのを防ぐ馬鍬《まぐわ》のような突起もあった。

　馬車のなかは藁《わら》敷きの畜舎のようだけれど古着屋にも似ているとか、どうして馬の飼葉袋が車内にあるのだろうなどと考えて、馬車の旅を愉しむ時間はほとんどなかった。御者はすぐに停まりそうな様子で御者台からおりはじめ、実際に馬車は薄暗い通りの事務所のまえで停まった。開いたドアには〝ジャガーズ〟と書かれていた。

「いくらですか？」私は御者に訊《き》いた。

「一シリング——余計に払いたいって言うんなら別だけど」御者は答えた。

　私は当然、余計には払いたくないと言った。

「だったら一シリングだ」御者は言った。「面倒は起こしたくないから。この人を知ってるんでね！」と〝ジャガーズ〟の名前に暗い顔で片眼をつぶってみせ、首を振った。

御者が一シリングを受け取り、またのろのろと御者台にのぼり、（どこか安心した様子で）走り去ると、私はトランクを手に正面の事務所に入り、ミスター・ジャガーズはおられますかと訊いた。

「いません」事務員が答えた。「裁判所に行かれています。ミスター・ピップでしょうか？」

そのとおり、ミスター・ピップですと私は答えた。

「ミスター・ジャガーズから部屋にお通しするよう言われています。裁判なのでいつまでかかるかはわかりませんが、先生の時間は貴重ですから、必要以上に長くいることはないはずです」

そう言って事務員はドアを開け、私を奥の部屋に通した。半ズボンのビロードのスーツを着た片眼の紳士が熱心に新聞を読んでいたが、顔を上げ、服の袖《そで》で鼻をふいた。

「外で待ってくれ、マイク」事務員が言った。

お邪魔でなければよかったのですが、と私が言いかけた矢先、見たこともないほどぶしつけな態度で事務員が彼を部屋から押し出し、あとから毛皮の帽子を放り投げて、私をひとりにした。

ジャガーズ氏の部屋は天窓の光だけで照らされたとても陰気な場所だった。天窓は割れた頭のように奇怪に継ぎはぎされ、まわりのゆがんだ家々が体をねじってこちらをのぞきこんでいるように見えた。書類は想像していたほど多くなく、錆《さ》びた古い拳《けん》銃《じゅう》や、鞘《さや》に入った剣、不思議な形の箱や包みなど、想像もしていなかった奇妙なものが置いてあった。棚の上には怖《おそ》ろしい人の顔の石膏像《せっこうぞう》がふたつあり、どちらもひどくむくみ、鼻のあたりが引きつっている。ジャガーズ氏の背もたれの高い椅子は真っ黒な馬毛織りで、まわりに真鍮《しんちゅう》の鋲《びょう》が何列も打ってあって、棺のようだった。ジャガーズ氏がその椅子の背にもたれ、依頼人のまえで人差し指を噛《か》んでいるところが眼に浮かぶ。部屋は狭いから、依頼人はうしろの壁までじりじりと下がるのだろう、ジャガーズ氏の椅子の正面の壁にはとくに人の肩の脂汚れがついていた。そう言えば、私が意図せず追い出すことになった片眼の紳士も足を引きずり、壁をこするようにして出ていった。

　私はジャガーズ氏の椅子と向かい合った来客用の椅子に坐ってみて、部屋の暗い雰囲気に魅了された。事務所の主と同じように、あの事務員にも、他人の不都合を知っている雰囲気があったことを思い出した。二階には事務員があと何人いるのか、彼らもそろって同胞に害を及ぼす能力に長《た》けているのだろうか、と考えた。この部屋の奇妙ながらくたにはどんな来歴があるのか。どうしてここにたどり着いたのか。あのふたつのむくんだ顔はミスター・ジャガーズの家族だろうか。不幸にも彼にあれほど不細工な親族がいるとして、なぜそれを家にしまっておかずに、煤《すす》がたまって蠅《はえ》がとまる埃だらけの場所に置いておくのか。もちろん、私はそれまでロンドンの夏を体験したことがなかったから、暑く気だるい空気と、あらゆるものにたっぷり積もった砂塵《さじん》に気分が沈んでいたのかもしれない。ジャガーズ氏のむっとする部屋で待ちながら、そんなことを考えていたが、ついに彼の椅子の上にある棚のふたつの石膏像に耐えられなくなって立ち上がり、外に出た。

待つあいだに外の空気を吸ってくると事務員に告げると、その角を曲がるとスミスフィールド〔訳注　一八五二年まで食肉市場があった〕ですよと勧められた。そこでスミスフィールドに行ってみたところ、汚物と脂と血と泡にまみれたこの恥ずべき場所が体に粘りついて離れない気がした。それをこすり落とそうと全速力で角を曲がると、その通りからは、セント・ポール大聖堂の大きな黒い円屋根《ドーム》が不気味な石造りの建物のうしろからぬっと突き出しているのが見えた。そばに立っていた人が、あれはニューゲイト監獄だと教えてくれた。監獄の壁に沿って歩いていくと、行き交う乗り物の音を消すために道に藁が敷きつめられている。ビールやジンのにおいをぷんぷんさせた人々がたむろしていることからも、私はいま裁判が進行中なのだろうと推測した。

まわりを見ていると、ものすごく汚くて少し酔っ払った裁判所の門衛が、なかに入って裁判を傍聴したいかと訊いてきた。半クラウン〔訳注　二シリング六ペンス〕で最前列の席を確保してやる、そこからなら、かつらに法衣の首席裁判官がしっかり見られるぞ、と。畏《おそ》れ多い人物のことをまるで蠟人形のように話し、すぐに一シリング六ペンスの割引料金を持ちかけてくる始末だった。先約があるからと断ると、親切にも私を中庭に連れていき、絞首台《こうしゅだい》がしまわれている場所や、公開の鞭《むち》打ち刑がおこなわれる場所、絞首刑の罪人が引き出されてくる〝債務者の門〟を見せてくれた。そのぞっとする戸口への興味をあおるために、二日後の朝八時にそこから「やつらが四人」出てきて、順番に処刑されるのだと彼は言った。ひどい話で、私はロンドンにおぞましい印象を抱いた。この首席裁判官の興行主がカビだらけの服装で（帽子からブーツ、さらにはポケットのハンカチまで）、それらがどうやらもとは本人のものではなく、死刑執行人から安く買い上げたものだということがわかると、嫌な気持ちはますます募った。そういう状況で、彼に一シリングやって追い払うことができたのは上出来だった。

事務所に戻り、ジャガーズ氏は戻ったかと尋ねたが、まだだったので、また散歩に出た。今度はリトル・ブリテンをひととおり見て、バーソロミュー・クロースに入ると、私と同じようにジャガーズ氏を待っている人たちがいることに気づいた。いわくありげな男がふたり、バーソロミュー・クロースをぶらぶらし、ときに考えこんで敷石の割れ目に靴の先を突っこみながら、話しこんでいた。最初に私のまえを通ったとき、そのひとりが、「ジャガーズはやるべきときにはやるから」と相手に言っていた。通りの角には男三人と女ふたりが集まり、女のひとりが汚れたショールを顔に当てて泣き、もうひとりが自分のショールを肩に引き上げて、「ジャガーズが彼の弁護をしてくれるんだから、アメリア、これ以上何を望むことがある？」と慰めていた。私がぶらついているあいだにクロースに入ってきた赤眼の小柄なユダヤ人は、もうひとりの小柄なユダヤ人を使いに出した。使いがいなくなると、そのユダヤ人は興奮しやすい性質《たち》なのだろう、街灯の下で落ち着きなくジグを踊り、気がふれたように、「おお、ジャガース、ジャガース、ジャガース！　ほかはみんな腐りかけの肉《キャグ・マガース》！　おれにはジャガース！」と唱えていた。わが後見人の評判を表すこうした数々の証言に、私は強い感銘を受け、ますます驚いて敬意を抱いた。

　バーソロミュー・クロースの鉄の門からリトル・ブリテンを眺めていると、ついにジャガーズ氏が私のほうに歩いてくるのが見えた。待っていた人たちもみないっせいに彼の姿を認め、わっと駆け寄った。ジャガーズ氏は私の肩に手を置き、何も言わずに並んで歩きだしたが、ついてくるほかの人々に話しかけた。

まず、いわくありげな男ふたりから。

「おまえたちに言うことは何もない」ジャガーズ氏はふたりに指を突きつけた。「いま以上何も知りたくない。結果は五分五分だな。最初から五分五分だと言ったはずだ。ウェミックに支払いはしたか？」

「今朝やっとこさ金をこしらえましたんで、先生」男のひとりがへりくだって言った。もうひとりはジャガーズ氏の顔色をうかがっていた。

「いつこしらえたかなど訊いとらん。どこでこしらえたかも。そもそもこしらえたかどうかも訊いてない。ウェミックは受け取ったのか？」

「はい、先生」ふたりは同時に答えた。

「たいへんけっこう。なら行っていい。さあ、ここまで」ジャガーズ氏はふたりに手を振って下がらせた。「あとひと言でも言ったら、この件から手を引くぞ」

「ひとつ考えたんですが、ミスター・ジャガーズ——」男のひとりが帽子を脱いで、また話しだした。

「それをするなと言っただろう。おまえが考える？　考えるのはこっちの仕事だ。おまえたちにはそれで充分。もしこっちから用があったら、どこを探せばいいかはわかっとる。わざわざ探してもらわんでいい。もうひと言も聞かんぞ」

男たちは顔を見合わせ、ジャガーズ氏はまたあっちへ行けと手を振った。ふたりはおとなしくしたがい、話はそれで終わった。

「次はおまえたちか！」ジャガーズ氏はふいに足を止め、ショールの女ふたりのほうに振り返った。三人の男はおずおずと距離を置いていた。「ほう、アメリアだったかな？」

「はい、ミスター・ジャガーズ」

「憶えているか？」ジャガーズ氏はたたみかけた。「私がいなければ、あんたはここにいないし、いたくてもいられなかったことを」

「もちろんです、先生！」女ふたりは声をそろえた。「神様のご加護がありますように、先生。もちろんわかっています」

「ならば、なぜここに来た？」

「わたしのビルのためです、先生！」泣いている女がすがりついた。

「いいか、教えてやる！　一度しか言わん。あんたのビルが有能な人間の手に預けられていることは、あんたが知らなくても私が知っている。それでもここへ来てビルのことで邪魔立てするのなら、もうこの件は放っておいて、ビルとあんたをほかの連中への見せしめにしてやる。ウェミックに支払いはすませたか？」

「ええ、もちろんです、先生！　最後の一ファージングまで」

「よろしい。だったら、やるべきことは終わりだ。あとひと言でも言ったら――ほんのひと言でもだ――ウェミックがあんたに金を突っ返すからな」

　その怖ろしい脅しでふたりの女は即座に離れた。あとに残ったのは興奮しやすいユダヤ人だけで、すでにジャガーズ氏の上着の裾《すそ》を持ち上げて、さかんにキスをしていた。

「こんな男は知らんぞ！」ジャガーズ氏は相変わらず辛辣《しんらつ》な口調で言った。「何しにきた？」

「わか親愛なるミスタ・ジャガース！　ヘイブラハム・ラザラスの兄でごさいます！」

「誰だって？」ジャガーズ氏は言った。「上着を離せ」

　陳情者はもう一度上着の裾にキスをしてから手離し、言った。「ヘイブラハム・ラザラス、皿を盗んだ容き者でごさいます！」

「もう遅い」ジャガーズ氏は言った。「すでに私は検察側についている」

「天なる父、ミスタ・ジャガース！」興奮しやすいこの男は顔面蒼白《そうはく》で叫んだ。「あなたがヘイブラハム・ラザラスの反対かわにまわるなんて！」

「まわったのだ」ジャガーズ氏は言った。「以上。さっさとどいてくれ」

「ミスタ・ジャガース！ ほんのちょっとお待ちを！ いまちょうと、いとこがミスタ・ウェミックのとこ行ってます。とんな条件でもいいからおねかいしたいって。ミスタ・ジャガース！ ほんのほんのちょっとお待ちを！ もし検察かわからおりてくれるんなら――とんな値段でも！――お金は問たいありません！――ミスタ・ジャガース！――ミスタ――」

わが後見人は洟《はな》も引っかけずにこの嘆願者を退け、路面が真っ赤に焼けているかのように跳ね踊っている相手を残して去った。ほかの邪魔は入らず、私たちが正面の事務室に入ると、なかには事務員と、ビロードのスーツに毛皮の帽子の男がいた。

「マイクです」事務員はスツールからおり、ジャガーズ氏に近づきながら小声で言った。

「ほう！」ジャガーズ氏は男のほうを向いた。男は、コック・ロビンの歌で鐘のロープを引く雄牛のように、額のまんなかの髪を引いて敬意を表していた。「おまえの友だちが今日の午後、法廷に入るそうじゃないか、え？」

「ええ、ジャガーズ先生」マイクは生まれつき風邪を引いているような声で言った。

「いろいろ面倒だったけど、ようやくよさそうなのがひとり見つかりましたよ」

「何を証言するつもりなんだ？」

「いやね、ジャガーズ先生」今度は毛皮の帽子で鼻をふきながら、「言っちまえば、なんだって証言しますぜ」

ジャガーズ氏はいきなり怒りを爆発させた。「こら、警告しただろう！」と怯《おび》える依頼人に人差し指を突きつけて、「ここでそういうしゃべり方をしたら、見せしめにしてやるとな。この忌々《いまいま》しい悪党めが！　この私にそんなことを言うとは、どこまで図々《ずうずう》しいやつ」

依頼人は震え上がったが、自分が何をしたのかわからず、困ってもいるようだった。

「まぬけ！」事務員が低い声で言って、肘《ひじ》で彼をつついた。「知恵なし！　面と向かってあんなこと言うやつがあるか！」

「さあ、もう一度訊くぞ。みっともない愚か者」わが後見人はきわめて厳しい口調で言った。「もう一度だけ、これが最後だ。おまえが見つけた男は何を証言するつもりだ？」

マイクは、わが後見人の顔から何かの教訓を学び取ろうとしているかのように凝視して、ゆっくりと答えた。「人柄についてか、問題の夜ずっといっしょにいたことについてです」

「さて、慎重に答えろよ。その男の仕事はなんだ？」

マイクは自分の帽子、床、天井、事務員、しまいに私まで見て、緊張した様子で答えた。「なんかのふりをさせるなら――」そこでわが後見人が怒鳴りつけた。

「なんだと？　何をするだと？」

（「まぬけ！」と事務員が言って、また男を小突いた。）

マイクはしかたなく、しばらく考えたあと顔を輝かせて続けた。

「立派なパイ職人みたいな恰好をしてます。お菓子屋みたいな」

「本人はここにいるのか？」わが後見人は訊いた。

「待たせてます」マイクは言った。「そこの角を曲がったところの玄関先に」

「その窓のまえを通らせろ。見てみたい」

その窓とは事務所の窓のことだった。私たち三人は窓辺に移動した。ブラインドのうしろで待っていると、依頼人が偶然を装《よそお》って窓のまえを通った。いっしょに歩いてきたのは、白いリネンの短いスーツに紙の帽子をかぶった、殺し屋のような顔つきの長身の男だった。この無邪気な菓子屋はどう見ても素面《しらふ》ではなく、眼のまわりの青あざが治る途中で緑になっているのを化粧で隠していた。

「あの証人をいますぐ追い払わせろ」わが後見人は苦虫を嚙みつぶしたような顔で事務員に言った。「ついでに、あんなのを連れてくるとはどういう了見だと訊いておけ」

　ジャガーズ氏は私を自室に入れると、箱に詰めてきたサンドイッチとフラスクのシェリー酒という昼食を立ったままとりながら（食べる様子も、まるでサンドイッチをいじめているようだった）、私のために手配したことを説明した。私は〈バーナーズ・イン〉〔訳注　かつて法律家や法学部生が住んでいた中世の建物群〕にいる若いポケット氏のところに行く。部屋には私が使うベッドを配送してある。私は月曜まで若いポケット氏とすごし、月曜に彼の父親の家をいっしょに訪ね、その家が気に入るかどうか確かめる。支給される小遣いも教えられた――大きな額だった。わが後見人は抽斗《ひきだし》からいろいろな商人の名刺を取り出し、服や妥当な範囲で必要なほかのものはここで買うようにと言った。「つけは充分利《き》くからな、ミスター・ピップ」そこで彼が急いであおったフラスクのシェリー酒は、樽《たる》いっぱいの酒くらい強いにおいがした。「だが、これで私はきみの金遣いを調べ、浪費がすぎたら止めることができる。むろんきみはどこかで失敗するだろうが、それは私の知ったことではない」

　私はこの激励のことばについてしばし考えたあと、馬車を呼んでいただけますかと尋ねた。ジャガーズ氏は、その必要はない、目的地はすぐそこだから、よければウェミックに案内させようと言った。

ウェミックというのは、隣の部屋にいる事務員のことだった。ウェミックが外出するあいだ、代わりを務める事務員が階上から呼ばれた。私はわが後見人と握手したあと、ウェミックといっしょに通りに出た。事務所の外にはまた人が集まってうろうろしていたが、ウェミックはそこを通り抜けながら、冷たく、有無を言わさぬ口調で、「ここにいたって無駄だよ。先生は誰ともひと言も話さない」と告げ、私たちは彼らから離れて、並んで歩きだした。

21

日の光の下でウェミック氏はどう見えるのだろうと、歩きながら眼をやると、背が低く、干からびた風貌《ふうぼう》で、四角い顔は木でできているかのようだった。表情は刃こぼれした鑿《のみ》で不器用に削り出した感じで、素材が柔らかくて道具がよければ、えくぼになったはずの跡も、ただのへこみだった。鑿は鼻をきれいに彫り出そうと三、四度試みたが、仕上げまでいかずに投げ出していた。リネンのシャツがすり切れているところを見ると、どうやら独身で、大勢の近しい人と死別したように思えた。形見の指輪を少なくとも四つはめ、婦人としだれ柳と骨壺《こつつぼ》を置いた墓をあしらったブローチをつけていたからだ。旅立った友人たちの思い出をめいっぱい背負いこむつもりか、時計の鎖にも指輪やら印章やらがぶら下がっていた。小さく鋭く黒い眼がギラギラと輝き、斑点《はんてん》のついた薄い唇が横に広い。想像しうるかぎりでは、そういう顔つきになって四、五十年はたっていそうだった。

「ロンドンは初めてですか？」ウェミック氏が訊いた。

「はい」私は答えた。

「私も昔は初めてでしたから。いま思うと不思議です」

「もうロンドンのことはよくご存じですか？」

「ええ、それはね。この街の動きはわかっています」

「ここは柄の悪い土地ですか？」私は情報を得るというより、話を続けるために訊いた。

「ロンドンでは、だまされたり、強盗に遭ったり、殺されたりする。ですが、そういうことをする人は、どこにだって大勢います」

「それはお互い恨み合っているからでしょう」私は話を少し穏やかにするつもりで言

った。

「恨み？　よくわかりませんね。恨みはたいしてない。何か得られるものがあればやるんです」

「だったら、なおのこと悪い」

「そう思います？　似たようなもんですよ」

ウェミック氏は帽子を頭のうしろのほうにのせ、まっすぐまえを向いて歩いていた。通りに注意を要するものは何もないといった独立独歩の態度である。口が郵便ポストの投函口《とうかんぐち》にそっくりなので、笑みも機械のように見えた。ホーバン・ヒルのてっぺんに達したころ、ようやくそれが機械のように見えるだけで、笑ってなどいないことに気づいた。

「ミスター・ポケットの住まいはわかりますか？」

「ええ」ウェミック氏はその方向に首を振った。「ロンドンの西のハマースミスです」

「まだまだかかります？」

「うむ、八キロほどですかね」

「彼とは知り合いですか？」

「いやはや、根っからの尋問者ですな！」ウェミック氏は言い、満足げに私を見た。

「ええ、知り合いですよ。よく知ってます！」
彼のことばには、しかたなくつき合っているか、見下している雰囲気があって、私は憂鬱《ゆううつ》になった。四角い木の塊のような顔にせめて何か励みになる要素はないだろうかと横目で見ているうちに、〈バーナーズ・イン〉に着いたと言われた。言われても、私の憂鬱は晴れなかった。〈バーナーズ・イン〉とはバーナード氏が経営するホテルで、それに比べればわが村の〈青猪《あおいのしし》〉亭などただの居酒屋だと想像していたのだが、とんでもない。バーナードは実体のない精神か虚構であり、その宿屋《イン》は、猫のたまり場を思わせる悪臭芬々《ふんぷん》たる一角に押しこめられた、薄汚くみすぼらしい家の集まりだった。

　私たちは小さな門をくぐって、この安息の地に入り、狭苦しい通路を抜けて、平らな墓地のように見える物寂しい小さな広場に出た。まわりの木々も、スズメも、猫も、五、六軒の建物も、見たことがないほど陰気だった。建物はみな何組かの部屋に分かれていて、どの窓にもさまざまな滅びの段階にある日よけやカーテン、ゆがんだ植木鉢、割れたガラス、埃まみれで壊れかけたものや、みじめな補修が見られた。空いた部屋からは〝貸間〟、〝貸間〟、〝貸間〟の表示が私を睨《にら》みつけた。まるで新たに入居するみじめな輩《やから》はひとりもおらず、いまいる住人がひとりずつ自殺して教会の葬儀も受けられずに砂利の下に埋められることで、復讐《ふくしゅう》に燃えるバーナードの魂が徐々になだめられるかのように。バーナードのこのわびしい創造物は、見苦しい煤と煙の喪服をまとい、頭から灰をかぶり、ただのゴミ溜《た》めとして改悛《かいしゅん》と辱《はずかし》めに甘んじていた。ここまでは視覚でとらえたことだが、加えて、放置された屋根や地下室で進む乾いた腐敗、湿った腐敗、ありとあらゆる静かな腐敗、さらにはネズミや虫の腐敗、近くにある馬車用の厩舎《きゅうしゃ》の腐敗が、かすかに私の嗅覚《きゅうかく》を刺激し、「バーナードの香水をお試しあれ」とうなっていた。

　大いなる遺産の最初の実現がこれかと、私はウェミック氏に困惑の眼を向けた。

「ああ！」ウェミック氏はその意味を取りちがえて言った。「こういう寂しいところに来ると、田舎を思い出すのですね。同感です」

　彼は私を広場の隅へ連れていき、そこから階段を上がった。階段は少しずつ崩れて、おが屑《くず》になる途中のようだった。ある日、階上《うえ》の住人がドアの外を見ると、階下《した》におりる方法がなくなっているのだ。最上階の部屋のドアに〝ミスター・ポケット・ジュニア〟という表示があり、郵便受けには〝すぐ戻ります〟という紙が貼《は》ってあった。

「こんなに早く来るとは思ってなかったんでしょうね」ウェミック氏は説明した。

「私はここで失礼しても？」

「ええ、ありがとうございました」私は言った。

「現金をお預かりしていますから、これからもたびたび会うことになるでしょう。ごきげんよう」

「ごきげんよう」

私は手を差し出した。ウェミック氏は最初、物乞いをされたかのようにそれを見たが、私の顔に眼を上げると、勘ちがいに気づいて言った。

「ああ！　握手の習慣があるのですね？」

私は混乱し、もうロンドンでは握手が廃《すた》れたのかと思ったが、そうですと答えた。

「握手など長いことしていませんでした！」ウェミック氏は言った。「最近までね。知り合いになれて光栄でした。ではまた！」

握手をして彼が去ったあと、私は階段の窓を開けて危うく首を刎《は》ねられそうになった。腐っていた紐《ひも》が切れ、窓がギロチンのように落ちてきたのだ。幸い落下が早かったので、まだ首を出していなかった。そんなふうに命拾いしてから、私は埃がこびりついた窓越しに見る、霧がかかったような〈バーナーズ・イン〉の景色でやむなしと、悲しい気分で外を眺めながら、ロンドンはぜったいに過大評価されていると胸につぶやいた。

ポケット・ジュニア氏の考える〝すぐ〟は、私とはちがったらしい。半時間も外を眺めていると気が変になりそうで、窓ガラス一枚一枚の埃の上に指で自分の名前を何度も書いていたら、ようやく階段に足音が聞こえた。眼のまえに帽子が現れ、頭、ネッカチーフ、チョッキ、ズボン、ブーツと少しずつ出てきて、どうやら私と身分が似たり寄ったりの社会の一員が立っていた。彼は両脇《りょうわき》に紙袋を抱え、片方の手にイチゴの小さな籠《かご》を持って、息を切らしていた。

「ミスター・ピップ？」

「ミスター・ポケット？」

「これは失礼！」彼は大声で言った。「本当に申しわけない。きみの故郷からの馬車が正午に着くことはわかってたんで、乗ってるだろうとは思ったんだけど、じつはきみのために外出していてね。それを言いわけにしちゃいけないが、田舎から出てきたのなら食後には果物を食べたいかもしれないと思って、コヴェント・ガーデン市場でよさそうなのを買ってきたんだ」

ある理由で、私は眼の玉が飛び出そうなくらい驚いた。彼の気遣いに上の空で感謝しながら、これは夢にちがいないと思いはじめた。

「まったく！」ポケット・ジュニア氏は言った。「このドアは建てつけが悪くて」

紙袋を両脇に抱えたままドアと格闘して、イチゴもジャムになってしまいそうだったので、私は荷物を持とうと申し出た。彼はにっこりと微笑《ほほえ》んで袋を手離し、野獣に立ち向かうようにドアと闘った。やがてそれが勢いよく開き、彼はうしろによろめいて私にぶつかり、私もよろめいて向かい側のドアにぶつかった。ふたりとも笑ったが、私は相変わらず眼が飛び出そうで、これは夢にちがいないと思っていた。

「さあどうぞ」ポケット・ジュニア氏が言った。「お先に失礼。何もない部屋だけど、月曜までなんとかすごせるといいね。うちの父は、きみが明日ぼくといっしょにいたほうが愉《たの》しいだろうと考えたんだ。ロンドン見物でもすればどうって。よければ喜んで案内するよ。食事はまずまずだと思う。ここのコーヒーハウスから取り寄せるから。ちなみに、これはきちんと言っておくべきだろうけど、代金はきみ持ちだ。ミスター・ジャガーズの指示でね。宿はまあ、豪華とは言えない。ぼくは自分の生活費を稼がなきゃならない。父から仕送りはないし、たとえあっても、受け取る気はないから。ここが居間だ。見てのとおり、椅子《いす》とテーブル、絨毯《じゅうたん》ぐらいしかないけど。家で使わないやつを持ってきた。テーブルクロスとスプーンと調味料入れは、ぼくのものだと思わないように。きみのためにコーヒーハウスから持ってこさせたんだ。ここがぼくのささやかな寝室。かび臭いけど、そもそも〈バーナーズ〉自体がかび臭い。ここがきみの寝室。家具は今回のために借りた。これで足りると思うけど、万一足りないものがあったら、また仕入れてくる。この部屋は建物の奥のほうだから、ぼくたちはふたりきりになるが、喧嘩《けんか》はしないだろう。あ、面目ない。果物を持たせたままだった。袋をこっちにもらおう。いやはや、恥ずかしいな」

ポケット・ジュニア氏と向かい合って、袋をひとつずつ渡すうちに、彼の眼にも、私と同じように驚きの表情が浮かんだ。ポケット・ジュニア氏はあとずさりして言った。

「驚いた。きみはあのときうろついてた子じゃないか！」

「そしてきみは」私は言った。「顔色の悪い若い紳士！」

22

顔色の悪い若い紳士と私は〈バーナーズ・イン〉で顔を見合わせたあと、いきなり大声で笑いだした。「きみだったとは！」彼が言った。「きみだったとは！」私も言った。私たちはまた互いに顔を見つめ合い、笑った。「ふむ！」顔色の悪い若い紳士は上機嫌で手を差し出して言った。「すべて終わったことだ。きみを殴りまくったことは赦《ゆる》してもらえるとありがたいな」

この発言から、ハーバート・ポケット氏（それが顔色の悪い若い紳士の名前だった）がいまも自分の意図と現実の結果を混同しているのがうかがい知れた。しかし私は謙虚に応じ、温かい握手を交わした。

「あのときにはまだ幸運を手にしてなかったんだね？」ハーバート・ポケットが言った。

「そう」私は言った。

「そうか。ごく最近のことだと聞いたよ。あのときには、ぼくが幸運を狙《ねら》ってたんだ」

「本当に？」

「ああ。ミス・ハヴィシャムからあの家に呼ばれてね。ぼくのことが気に入るか試してみたというわけだ。でも気に入らなかった、いずれにしろ」

それは驚きだ、と言っておくのが礼儀だろうと思った。

「趣味が悪いよね」ハーバートは笑いながら言った。「でも事実だ。そう、あの人はぼくを試すために呼んだのさ。あのときうまくいってれば財産を与えられたはずだし、エステラとそういうことになってたんじゃないかな」

「そういうことって？」私は突如真剣に訊いた。

ハーバート・ポケットは話しながら果物を皿に並べていたので、そちらに気を取られておかしな言い方になったのだった。「婚約だよ」とまだ果物に集中して言った。「縁定め、結婚の約束、なんとでも。そういうやつだ」

「そんな悲しい出来事にどうやって耐えたの？」

「はっ」彼は言った。「悲しくもないさ。あれはまるでタタール人だから」

「ミス・ハヴィシャムが？」

「それも否定はしないけど、ぼくが言ったのはエステラだ。あの子は強情で、高慢で、どうしようもなく気まぐれだ。男という存在に復讐を果たすようにミス・ハヴィシャムが育てたから」

「彼女とミス・ハヴィシャムの血縁関係は？」

「ないよ。ただの養子だ」

「どうして彼女は男という存在に復讐を果たすの？　どんな復讐を？」

「驚いたな、ミスター・ピップ。知らないの？」

「知らない」

「これはこれは！　話せば長くなるから、夕食のときまで取っておこう。今度はこっちから質問だ。きみはあの日、どうしてあそこにいた？」

　私は説明した。ハーバート・ポケットは終わりまで聞いて、また大笑いし、あとで体が痛かったかと尋ねた。私は、そっちこそ痛かったかとは訊かなかった。訊くまでもないからだ。

「ミスター・ジャガーズがきみの後見人だと聞いたけど？」彼は続けた。

「そうだよ」

「彼はミス・ハヴィシャムの出納を預かる顧問弁護士で、彼女がただひとり信頼する人だ。それは知ってるね？」

　私は話が危険な領域に近づいていると感じた。話しにくいのを隠さず、ふたりで闘ったまさにあの日、ミス・ハヴィシャムの屋敷で一度だけジャガーズ氏に会ったが、あの人はきっとそのことを憶《おぼ》えていないだろうと伝えた。

「彼はすごく親切で、ぼくの父をきみの教師にするよう推薦し、その提案のために父を訪ねてきたんだ。もちろん父のことは、ミス・ハヴィシャムの親戚《しんせき》だから知っていた。父はミス・ハヴィシャムのいとこだからね。親しくつき合ってるわけじゃないけど。おべっか使いじゃなくて、彼女を持ち上げたりしないから」

ハーバート・ポケットは率直で気安く、じつに魅力的だった。あらゆる表情や口調から、隠しごとも卑劣なこともできないとこれほど強く感じさせる人は過去にいなかったし、いまに至るまでいない。体全体からすばらしく希望に満ちた雰囲気を漂わせていて、同時に、それほど成功せず裕福にもならないだろうとささやきかける何かがあった。どうしてそう感じたのかはわからない。夕食前のこの最初の段階でそういう考えに染まったのだが、理由はいまも説明がつかない。

彼は相変わらず顔色の悪い若い紳士で、元気溌剌《はつらつ》としているなかにも抑えた気だるさのようなものがあり、そのせいで生来の力強さが外に出ていなかった。顔立ちは整っていないが、整っているよりいいことがあった――愛嬌《あいきょう》たっぷりで、明るい印象を与えるのだ。体つきは私の拳《こぶし》がしたい放題したあの日と同じく、どことなく不恰好《ぶかっこう》だが、これからもずっと軽やかで若々しい気がした。トラブ氏の田舎ふうの仕立てが私より似合うかどうかはわからないものの、ハーバート・ポケットは、それなりに古い服を、私が新調の服を着るよりはるかにうまく着こなしていた。

彼がさばさばとなんでも話すので、こちらが黙っているのはこの年頃の人間にふさわしくない失礼な態度だと感じた。そこで私は自分の短い歴史を語り、財産を譲ってくれた人が誰か尋ねてはいけないことを強調した。さらに、田舎の鍛冶屋《かじや》として育てられ、礼儀というものをほとんど知らないので、途方に暮れたりまちがった方向に進んだりしているのに気づいたら、教えてもらえると非常にありがたいと伝えた。

「喜んで」彼は言った。「でも予言しておくと、教えることはほとんどないと思うよ。これからいっしょにすごすことも多いから、お互い遠慮はなしにしよう。手始めに、ぼくを名前のハーバートで呼んでくれないか？」

　私は、ありがとう、そうすると言い、こちらはフィリップだと伝えた。

「フィリップはいまいちだな」彼は微笑んで言った。「綴《つづ》り方《かた》の本に出てくる道徳話の少年みたいじゃないか。怠け者で池に落ちたり、太りすぎて眼が見えなくなったり、強欲でケーキを隠したらネズミに食べられたり、鳥の巣を血眼で探しすぎて、近所にいた熊《くま》に食われてしまったりするような。ぼくから提案しようか。こんなに調子よくやってるんだし、きみは鍛冶屋だったわけだから――いいかな？」

「提案してくれるなら、なんでもいいよ」私は言った。「よくわからないけど」

「ヘンデルはどう？　ヘンデルが作った『調子のよい鍛冶屋』っていう愉しい曲がある」

「とってもよさそうだ」

「それでは、親愛なるヘンデル」彼はドアを開けながら振り返った。「夕食にしよう。

上座に坐《すわ》ってもらうよ。きみの支払いだから」

　私が聞き入れなかったので、彼が上座につき、私はその向かいに坐った。なかなかのご馳走《ちそう》で、当時の私にはロンドン市長の晩餐会《ばんさんかい》もかくやと思われた。まわりに年配者がおらず、ロンドンだけがあるという、一人前の大人のような状況で食べたので、なおさら美味《おい》しく感じた。一種さすらいの民族のような食事の雰囲気も味を引きたてた。テーブルに並んだ料理は、まるごとコーヒーハウスからの出前で、パンブルチューク氏なら豪勢と評しそうだったが、居間の食卓のまわりは、根なし草の生活のような怪しげな趣だったのだ。給仕もいわば放浪して、皿のカバーを床に置き（それにつまずいていた）、溶かしたバターは肘かけ椅子、パンは本棚、チーズは石炭バケツ、茹《ゆ》でたチキンは隣の部屋の私のベッドに置いていた。おかげで夜寝ようとしたら、ベッドにパセリとバターがこってりと凝り固まっていたが、こうしたすべてによって晩餐はすこぶる愉しく、給仕にじっと見られていないときには、とりわけ愉快だった。

　食事がいくらか進んだころ、私はハーバートに、ミス・ハヴィシャムについて話してくれる約束だったねとうながした。

「そうだった。すぐに話すよ。でも、そのまえにひとつある、ヘンデル。ロンドンではナイフを口に持っていく習慣がないんだ。怪我《けが》をするといけないからね。代わりに口に持っていくのはフォークなんだが、これも必要以上に奥には入れない。まあ言うまでもないことだが、ほかの人たちがやるようにやったほうがいいってことで。それから、スプーンはふつう上から持たずに下から持つ。これには得することがふたつあってね。まず、口に持っていきやすい（結局そのためにあるものだから）。そして、牡蠣《かき》の殻を開けるときみたいに右肘を振り上げなくてすむ」

　こういう親切な指摘をいかにも愉しそうにしてくれるので、またふたりで笑い、私は恥ずかしい思いをしないですんだ。

「さて」ハーバートは続けた。「ミス・ハヴィシャムについてだ。まず、彼女が甘やかされて育ったことを知っておかなければならない。ミス・ハヴィシャムの母親は、彼女が赤ん坊のときに死んで、父親は娘の言うことならなんでも聞いた。彼はきみのいた田舎の名士で、醸造家だった。醸造家の何がすばらしいのかよくわからないんだけど、パン屋でなおかつ紳士というのはありえないのに、醸造家は議論の余地なく立派な紳士になれるんだ。これはいつもそうだね」

「でも、紳士はパブを経営《キープ》しないね？」私は言った。

「断じて」彼は言った。「もっとも、パブが紳士を引き留める《キープ》ことはあるけど。まあいい。ミスター・ハヴィシャムはとても裕福で、とても誇り高かった。娘も同じだ」

「ミス・ハヴィシャムはひとりっ子？」私は思いきって訊いた。

「焦《あせ》らないで。いま説明するところだったんだ。答えを言うと、ひとりっ子じゃなかった。腹ちがいの弟がいた。父親がひそかに再婚してね、たしか相手は料理人だったと思う」

「誇り高い人だったのに？」

「わが善良なるヘンデル、そのとおりだ。ひそかに再婚したのは、まさに誇り高かったからだよ。やがてその妻が死んだ。ぼくが理解しているところでは、そのとき初めて娘に再婚のことを打ち明けたようだ。息子は家族の一員となり、きみも知っているあの家に住んだ。そして成長し、奔放で、金遣いが荒くて、親不孝な若者になった――どうしようもない不良にね。とうとう父親も彼を勘当したが、自分が死ぬときに情にほだされて、かなりの財産を遺《のこ》してやった。といっても、ミス・ハヴィシャムほどではなかったけどね。ワインのお代わりをどうぞ。ああ、ついでに言っとくと、ロンドンの社交界では、そんなふうに縁が鼻に当たるほどグラスを逆さまにして飲み干さなくてもいいんだ。そこまで厳密に良心的である必要はない」

私は彼の話に夢中になりすぎ、そうしていたようだ。礼を言って謝ると、ハーバートは「気にすんな」と言って話を再開した。

「ミス・ハヴィシャムは遺産相続人になって、理想の結婚相手と見なされたことは想像できるだろう。腹ちがいの弟も金持ちになったけど、こっちは借金もあったし、またまた馬鹿《ばか》なことをしでかして浪費してしまった。姉とのあいだには、父親とのあいだより深刻な対立があって、姉を生かしてはおけないというほど深く恨んでいたらしい。自分に対する父親の怒りを彼女が焚《た》きつけたってね。ここから話が残酷になるんだけど、ちょっと休んで言っておくと、わが親愛なるヘンデル、ナプキンはタンブラーに突っこまないように」

なぜそんなことをしていたのか、私にはまったくわからない。ふと気づくと、もっとましなことに使うべき忍耐力でとんでもなく苦労しながら、ナプキンを狭いタンブラーのなかに押しこめようとしていた。私はまた礼を言い、謝った。ハーバートはまた陽気に「いいから、気にすんな」と言って話を再開した。

「ここである男が舞台に登場する。競馬場、舞踏会、どこでもいいけど、そういうところでミス・ハヴィシャムに会って、求愛した。ぼくは彼を見たことがない。二十五年前のことで、ぼくやきみが生まれるまえだ、ヘンデル。でも、父から聞いた話では、人目を引く感じで、求愛なんかがよく似合う男だったらしい。ただ、よほど無知か偏見を持った人でないかぎり、あれを紳士と見なすあやまちは犯さない、と父は思いきり断言してた。天地開闢《かいびゃく》以来、心が本物の紳士でない者が、態度で本物の紳士になれたためしはないというのが父の持論だからね。どれだけニスを塗ろうと木目は隠せない、塗れば塗るほど木目は目立つということらしい。まあとにかく、この男はミス・ハヴィシャムをしつこくつけまわし、熱烈に恋していると告白した。ミス・ハヴィシャムはそれまであまり感情をあらわにしてなかったと思うけど、胸の内にあった感情があふれ出して、この男を熱愛した。彼を崇拝していたのはまちがいない。その愛情に男は着々とつけこんで、莫大《ばくだい》な金を巻き上げたうえ、夫になったら醸造所を引き受けて経営しなければならないとうそぶいて、ミス・ハヴィシャムに異母弟の株を（父親がわずかに遺していたんだ）高値で買い取らせた。そのころ、きみの後見人はまだミス・ハヴィシャムの顧問弁護士ではなかった。どのみちミス・ハヴィシャムは高慢で、男に夢中だったから、誰の忠告も聞き入れはしなかった。親戚は、うちの父を除いてみな貧しい策略家だった。父も貧しかったけど、日和見《ひよりみ》はしないし、嫉妬《しっと》深くもなかった。親戚のなかでただひとり、ちゃんと自分の意見のある人だから、ミス・ハヴィシャムに警告したんだ。あの男に尽くしすぎる、あの男の言いなりになりすぎてるって。そしたら彼女は怒って、次にうちの父に会ったときに、屋敷から出ていけと命じた。面と向かってだよ。以後、父は一度も彼女に会ってない」

私はミス・ハヴィシャムが、「マシューは、わたしがあのテーブルに横たわったときにようやく会いにくるでしょう」と言っていたのを思い出し、ハーバートに、それほどお父さんはミス・ハヴィシャムに深い恨みを抱いているのかと尋ねた。

「そんなことはないけど、彼女は将来の夫がいるまえで父を責めたからね。出世のためにわたしにこびへつらおうとして失敗したから、そんなことを言うのよって。そのあとのこのこ会いにいったら、彼女の指摘が当たってたみたいに見えるだろう――父自身にとっても、彼女にとっても。さて、この男の話を終わらせてしまおう。結婚式の日取りが決まって、花嫁衣装が購入され、新婚旅行の細かい計画が立てられ、式の招待状が発送された。そして当日になったけど、花婿《はなむこ》は現れなかった。代わりに手紙を書いて――」

「ミス・ハヴィシャムは受け取った」私は割って入った。「婚礼のドレスを着ていたときに？　九時二十分前に？」

「まさしくその時間に」ハーバートはうなずいた。「彼女はあとから家じゅうの時計をその時間で止めた。もっとも冷酷に婚約を破棄したことのほかに、手紙に何が書かれていたのかは話せない。ぼくも知らないから。彼女は重い病気にかかって、回復後、きみも見たとおり、あそこをどこもかしこも荒れ放題にしてしまった。それからずっと陽の光を見てないんだ」

「それで話は終わり？」私は考えてから訊《き》いた。

「知ってることは全部話したよ。それにしたって、断片的な話を継ぎはぎしてやっとここまでわかったんだ。父はいつもこの話題を避けるし、ぼくがミス・ハヴィシャム自身に招かれてあの家に行ったときでさえ、厳密に知っておくべきことしか聞かされなかった。でも、ひとつ言い忘れてた。彼女が誤って信頼してしまった男は、どうやら最初から彼女の異母弟と組んで行動してたんだ。ふたりしてこれを企《たくら》んで、利益を山分けしてた」

「その男がミス・ハヴィシャムと結婚して全財産を手に入れなかったのは不思議だね」私は言った。

「既婚者だったのかもしれない。腹ちがいの弟の狙いも、彼女を残酷に苦しめることだったのかもね」ハーバートは言った。「まあ、よくはわからないけど」

「そのふたりの男はどうなった？」私はまた考えたあとで訊いた。

「さらなる恥辱と堕落の底に落ちていった——もしそんなことが可能なら——そして滅びた」

「いまも生きてる？」

「知らない」

「さっきエステラはミス・ハヴィシャムの親戚じゃないと言ったね、養子だったって。養子になったのはいつ？」

ハーバートは肩をすくめた。「ぼくがミス・ハヴィシャムのことを初めて聞いたときから、エステラはずっといたよ。それ以上のことは知らない。さあ、ヘンデル」この話はおしまいだというふうに、「ぼくたちは完全に理解し合ったぞ。ぼくがミス・ハヴィシャムについて知ってることはすべて、きみも知ってる」

「ぼくが知ってることはすべて、きみも知ってる」私も言った。

「そう信じてる。もうぼくらのあいだには競い合いも気兼ねもない。きみの立身出世にかかわる条件、つまり、財産を譲ってくれた人について尋ねても議論してもいけないという条件については、ぼくも家族も侵害しないし、そこに近づくことすらないから安心してほしい」

ハーバートが繊細な気配りでそう言ってくれたので、私はたとえこれから彼の父親のもとで何年暮らそうと、この問題については片がついたと確信した。一方、ハーバートの非常に意味ありげな口ぶりから、私の恩人はミス・ハヴィシャムだと完全に理解していることがうかがえた。私自身もそう理解していた。

そのときまで、この問題をすっきりさせるためにハーバートが長々と話しつづけていたという考えは頭に浮かばなかった。けれども、話をして胸のつかえがとれたように気が楽になったので、それが彼の意図だったのだと悟った。私たちはすっかり打ち解けて陽気になり、私は会話のなかで彼の職業を尋ねた。ハーバートは、「資本家だよ、船舶保険のね」と答えた。そして私が船舶か資本に関するものを探して部屋のなかを見まわしているのに気づいたのだろう、「商業区《シティ》で」とつけ加えた。

シティの船舶保険業者の富と地位はそうとうなものだと思っていたので、そんな若い保険業者を仰《あおむ》向けにぶっ倒し、実業家の眼に青あざを作り、責任のある頭に切り傷を負わせたのはとんでもなかったと怖くなった。しかしそこでまた、ハーバート・ポケットはそれほど成功せず裕福にもならないという妙な印象が甦《よみがえ》って、ほっと胸をなでおろした。

「でも、たんに船舶保険で資産を運用するだけでは満足しないよ。生命保険会社の優良株を買って、そのうち経営層に入るんだ。鉱業にも少し投資しないとね。こういう仕事をしていても、個人勘定で数千トンの船をチャーターする妨げにはならない。貿易をやろうと思ってる」椅子の背にもたれながら言った。「東インドと、絹、ショール、香辛料、染料、薬、高級木材を取引する。おもしろい貿易事業だ」

「利益も大きい？」

「莫大だよ！」彼は言った。

私はまた動揺し、これは私より大いなる財産だと思いはじめた。

「西インドとの貿易もやらないと」ハーバートは両手の親指をチョッキのポケットに入れて言った。「砂糖、煙草《たばこ》、ラム酒。それと、セイロンからとくに象牙《ぞうげ》を輸入する」

「すごくたくさん船がいるね」

「軽く一艦隊は必要だ」

私は巨大な取引の規模に圧倒されて、いま彼が保険をかけている船はおもにどこと交易しているのかと尋ねた。

「まだ保険は始めていない。いまは様子見だ」

なぜかそちらのほうが〈バーナーズ・イン〉にはしっくりくるように思われた。私は（強い確信の口調で）「なるほど！」と言った。

「そう、いまは会計事務所にいて、様子見をしてる」

「会計事務所は儲《もう》かる？」私は訊いた。

「つまり、そこで働く若者にとってという意味かい？」彼は逆に訊いてきた。

「そう、きみにとって」

「ふむ、いや、ぼくは儲からない」彼は慎重に差引勘定をしている雰囲気で言った。「直接の利益にはならない。つまり、何ももらえないってことだ。だからぼくは――自力で生活しなきゃならない」

たしかに儲かりそうにない話だった。そういう収入源から資金はなかなかたまらないだろうという意味をこめて、私は首を振った。

「けど大事なのは」ハーバート・ポケットは言った。「様子見だよ。それが大きなことなんだ。会計事務所のなかにいて、様子をうかがうこと」

会計事務所の外で様子をうかがえないのは妙だという気がしたが、私は彼の経験に敬意を表して黙っていた。

「するとチャンスが巡ってくる」ハーバートは言った。「突破口が見えるときが。それを逃さず果敢に攻めれば、資本ができる。そしたらあとは使うだけさ」

これは例の庭での出会いとよく似ていた。そっくりだ。いま貧乏に耐えているのは、あそこで敗北に耐えていたのと重なる。私にさんざん殴られたときとまったく同じ態度で、いまもあらゆる打撃と苦痛を受け止めているのだ。ハーバートが身のまわりに最低限の必需品しか置いていないのは明らかだった。前述したものはすべて、私のためにコーヒーハウスやほかの場所から届けられたものだったからだ。

それでも心のなかですでに財をなしていた彼は、少しも気取らず、私はその慎《つつ》ましい態度に感謝した。もとより親しみやすい態度にそれが加わって、ますます親しみやすくなり、私たちはとても仲よくなった。夜になると街に散歩に出て、劇場で二本立ての後半の劇を半額で観《み》た。翌日はウェストミンスター寺院の礼拝に行き、午後にはあちこちの公園を訪ねて、あれだけ多くの馬の蹄鉄《ていてつ》は誰が作っているのだろう、ジョーであればいいのにと思った。

その日曜には、ジョーとビディから離れて控えめな計算でも数カ月たったような気がした。彼らとのあいだの空間が、時間感覚の広がりをもたらしたのだ。沼地ははるか彼方《かなた》にあった。このまえの日曜に昔のよそ行きの服で昔の教会に行ったことなど、地理的、社会的、陽暦的、陰暦的に不可能な集合のように思われた。しかし、黄昏時《たそがれどき》に灯火でまばゆく照らされ、人でごった返したロンドンの通りにいると、故郷の貧しい台所を遠くに追いやったことをなんとなく非難されているようで心が沈んだ。真夜中には、見まわりの名目で〈バーナーズ・イン〉をうろついている無能なインチキ門番の足音が、私の胸にむなしく響いた。

月曜の朝八時四十五分、ハーバートは会計事務所に出勤し（おそらく様子見も兼ねて）、私もついていった。一、二時間後にハマースミスまで連れていってくれることになっていたので、私は近所で彼を待った。若い保険業者が生まれ出る卵は、未来の巨人たちが月曜朝に集まる場所から判断するかぎり、ダチョウの卵と同じように埃《ほこり》と熱のなかで孵化《ふか》するようだった。ハーバートが働く会計事務所も、私の眼には、好適な観測地点には見えなかった。中庭に面した建物の裏側の三階で、どこもかしこも薄汚れ、正面に別の建物の裏側の三階があるだけでまったく見通しが利かなかったからだ。

私は正午ごろまで待ってから王立取引所に行ってみた。船舶関連の貼り紙の下に、埃だらけの男たちが坐っていた。あれが偉大な貿易商だろうと思ったが、なぜみな意気消沈しているのかはわからなかった。ようやくハーバートが現れて、私たちはさる高名なレストランで昼食をとった。そのときには畏《おそ》れ多い気持ちになったが、いま振り返ると、あの名声はヨーロッパでもっともくだらない迷信だったと思う。当時でさえ、ステーキにかけるグレイビーソースが、テーブルクロスやナイフや給仕の服にずっとたくさんかかっているのに気づかずにはいられなかった。わりに安い軽食（使った油の量を考えればである。油は無料だった）を食べ終えると、私たちは〈バーナーズ・イン〉に一度戻り、私の手提げトランクを取って、ハマースミス行きの馬車に乗った。到着したのは午後二時か三時ごろで、駅からポケット氏の家までは歩いてすぐだった。門の掛け金をはずしてなかに入ると、川を見晴らす小さな庭があり、ポケット氏の子供たちが遊んでいた。利害関係も先入観もない私の思いちがいでなければ、ポケット夫妻の子供たちは、自然に成長するのでも養育されるのでもなく、転がりながら育っていた。

　ポケット夫人は木の下でガーデンチェアに坐り、もうひとつのガーデンチェアに両足をのせて、本を読んでいた。夫人のふたりの子守は子供たちを遊ばせながら、あたりを見まわしていた。「ママ」ハーバートが声をかけた。「彼がミスター・ピップだよ」それを聞いたポケット夫人は、威厳のある親切な態度で私を迎えた。

「アリック様、ジェイン様！」子守の一方が子供たちに叫んだ。「茂みに飛びこんだら、川に転がり落ちて溺《おぼ》れ死にますよ。そしたらお父様がなんとおっしゃるか！」

　同時に、この子守はポケット夫人のハンカチを拾って言った。「これで六回目になりますかしら、奥様！」聞いたポケット夫人は、「ありがとう、フロプソン」と笑って言い、椅子から足をおろしてまた本を読みはじめた。もう一週間も読書を続けているかのように、たちまち眉間《みけん》にしわを寄せて真剣な表情になったが、五、六行も進まないうちに私に眼をすえて言った。「お母様はお元気ですか？」この予想外の質問に私は大いにまごつき、そんな人がいればまちがいなく元気でしょうし、お気遣いにたいへん感謝して、お礼のことばを伝えたことでしょう、と最高に馬鹿げた答えを返しそうになった。そのとき、同じ子守が助けてくれた。

「まあ！」彼女はハンカチを拾いながら叫んだ。「もう七回目ですよ！　今日の午後はいったいどうなすったんです、奥様！」ポケット夫人はハンカチを受け取り、初めて目にしたというふうな、名状しがたい驚きの表情を浮かべていたが、そのうち気づいて、「ありがとう、フロプソン」と笑い、私がいることを忘れて読書に戻った。

それで気持ちの余裕ができて数えてみると、ポケット家の子供は少なくとも六人いて、転がり育つさまざまな段階にあった。それで全員かと思いきや、すぐにどこか見えないところから七人目の悲しげな泣き声が聞こえた。

「赤ちゃんよ！」フロプソンがさも驚くべきことのように言った。「急いで、ミラーズ！」

もうひとりの子守のミラーズが家のなかに入っていくと、大きな泣き声はだんだん静かになって、やんだ。子供の腹話術師が口に何かを突っこまれたかのようだった。ポケット夫人はその間もずっと本を読んでいて、私は、いったい何の本なのだろうと興味をそそられた。

私たちはポケット氏が迎えに出てくるのを待っているようだった。とにかくそこで待っていたので、この家族の注目すべき現象を観察する機会を得た。子供のひとりが遊んでいる途中でポケット夫人の近くに寄ると、かならずつまずいて彼女に倒れかかるのだ。そのたびに夫人はぎくりと驚き、子供は延々と泣きわめく。この驚くべき状況に私はすっかり戸惑い、どう説明がつくのか考えずにはいられなかった。そのうちミラーズが赤ちゃんを抱いてきてフロプソンに渡し、それをフロプソンがポケット夫人に渡そうとすると、これも赤ん坊ごと頭から夫人に突っこみそうになり、すんでのところでハーバートと私が支えた。

「おやまあ、フロプソン！」ポケット夫人は一瞬、本から眼を上げた。「誰も彼も転ぶのね！」

「まったく、おやまあですよ、奥様！」フロプソンは顔を真っ赤にして応じた。「そこに何をお持ちですか？」

「何をお持ちかって、フロプソン？」ポケット夫人は尋ねた。

「奥様の足のせ台じゃありませんか！」フロプソンは叫んだ。「スカートの下にそんなものを置いてたら、みんなつまずくに決まってますよ！　さあ、赤ちゃんを受け取ってください、奥様。本はお預かりします」

ポケット夫人はそのことばにしたがい、ほかの子たちがまわりで遊んでいるあいだ、いっとき赤ん坊を膝《ひざ》で不器用にあやした。が、それもすぐに終わり、みな家のなかに入って昼寝をしなさいと手短に命じた。こうして私は、最初の訪問で第二の発見をした。ポケット家の子供たちは、転ぶことと寝ることを交互にくり返して育てられるのだ。

そういう状況だったから、フロプソンとミラーズが羊の小さな群れのように子供たちを家に連れていったあと、ポケット氏が挨拶《あいさつ》をしに出てきたときにも、私はさほど驚かなかった。ポケット氏は当惑したような表情と、もじゃもじゃの白髪頭の紳士で、髪にしろ何にしろ、まっすぐにする方法はさっぱりわからないという風采《ふうさい》だった。

23

ポケット氏は、私に会えてうれしいと挨拶し、自分を見てがっかりしていないことを願うと言った。「なぜなら」と息子と同じ笑みを浮かべ、「私は眼をみはるような人物ではないからね」当惑顔と白髪頭でも若く見え、身ごなしは自然だった。自然というのは、あくまでわざとらしさがないという意味だ。取り乱した様子はどこか滑稽《こっけい》で、そうなりかけているという自覚があるからまだいいものの、なければ文句なしのお笑い種《ぐさ》になるところだった。私と少し話したあと、彼は黒く豊かな眉《まゆ》をひそめて、ポケット夫人に、「ベリンダ、ミスター・ピップにはもう挨拶したね？」と言った。夫人は本から眼を上げて「ええ」と言い、上の空で微笑んで、橙花水《とうかすい》は美味しかったかしらと私に訊いた。その質問は前後のやりとりとはなんの関係もなかったので、私は、それまでの彼女の態度と同じように、目下相手の儀礼的な会話のひとつなのだろうと思った。

　これはいま述べてもよかろうが、その後数時間のうちに、ポケット夫人が、何かの拍子にナイト爵《しゃく》を授けられた故人のひとり娘であることがわかった。その故人は、誰かがまったく個人的な理由で強硬に反対しなければ、自分の亡父は準男爵に叙せられていたと勝手に信じこんでいた。その誰かが国王だったか、首相、大法官、はたまたカンタベリー大司教だったかは、聞いたかもしれないが忘れてしまった。ともかく、そういう架空の事実にもとづいて、さも当然のごとく地上の貴族の隅っこに加わっていたわけだ。彼がナイト爵を得たのは、ある建物の定礎の折、高級羊皮紙にどうしようもない演説を大書したペン先で英文法を粉砕したことと、王族の誰かに鏝《こて》か漆喰を手渡したことによるものだった。いずれにせよ、彼は娘のポケット夫人が幼少のころから、当然将来は爵位を持つ人間と結婚させるべく育て、庶民的な家事の知識に染まらないよう保護していた。この思慮深い親による不断の監視がすばらしく成功し、若い娘は外見こそ麗《うるわ》しいが完璧《かんぺき》に無力で使いものにならない人間に成長した。そうしてめでたく人格が形成され、若さが初めて花開いたころに、ポケット氏と出会った。彼もまた若さが花開くころで、これから大法官になって貴族院議長の席につくか、司教冠《ミトラ》をかぶった大司教になるか決めかねていた。どちらかになるのは時間の問題だったので、ふたりはここぞと〝時間〟の前髪を引っつかみ（その髪はずいぶん長くて、切る必要があったようだ）、思慮深い親に知らせることなく結婚した。祝儀《しゅうぎ》に何をやるか悩むにしても、祝福のことばしか持たなかったこの思慮深い親は、しばらく苦慮したのち、ことばの持参金をふんだんに与え、ポケット氏に、きみの妻は〝王子の宝物〟であると告げた。爾来《じらい》、ポケット氏はその〝王子の宝物〟を世間に投資して役立てようとしているが、さほど利益はあがっていないようだった。いずれにせよ、ポケット夫人は爵位持ちと結婚しなかったことによって、おおむね敬われながらも奇妙に憐《あわ》れまれ、ポケット氏のほうはついぞ爵位を持たなかったことによって、大目に見られながらも奇妙にそしられていた。

　ポケット氏に案内されて家のなかに入り、私の部屋を見せてもらった。居心地のいい部屋で、居間として快適に使えるように家具も備わっていた。ポケット氏は似たような別のふたつの部屋のドアを叩《たた》き、そこに住むドラムルとスタートップという人を私に紹介した。ドラムルは若者ながら老《ふ》け顔、体格はがっしりしていて、口笛を吹いていた。スタートップは見た目も実年齢もドラムルより下で、本を読みながら、詰めこんだ知識で頭が爆発しそうだと言わんばかりに、頭を抱えていた。

　ポケット夫妻はふたりとも、明らかに誰かの管理下にあるという雰囲気だった。この家を所有して彼らを住まわせているのは何者だろうと私は思ったが、その知られざる力は、使用人たちだった。厄介事を避けてつつがなく切り盛りするにはそれがいいのだろう。しかし費用はずいぶんかかりそうだった。使用人たちは贅沢《ぜいたく》に飲み食いし、階下で盛大に客人をもてなすことを自分たちの義務と考えていたからだ。ポケット夫妻に出す料理も気前がよかったけれど、下宿に最適な場所は階下の台所であるように思えた――ただし、下宿人に自衛手段があればである。たとえば、私が暮らしはじめて一週間もたたないころ、家族の知人ではない近所の婦人から手紙が来て、ミラーズが赤ん坊を引っぱたいているのを見たと書いてあり、ポケット夫人を大いに悲しませた。夫人は手紙を読むとわっと泣きだし、近所の人がよその家のことに口出しをするのはろくでもないと言った。

おもにハーバートから聞いた話で、ポケット氏がハーロー校とケンブリッジ大学で学び、優秀な成績を収めたことがわかってきた。しかし、ごく若いころにポケット夫人と結婚する幸せに恵まれたので、将来展望がなくなり、私塾の教師の道を選んだ。金持ちの頭の鈍い子弟に苦労して教えたあと――不思議なのは、彼らの父親が有力者の場合、決まってポケット氏の出世を後押ししてやろうと言うのに、子供が塾を去るなり忘れてしまうことだった――その不毛な仕事にうんざりして、ロンドンに出てきた。やがて気高い望みも消えてしまい、勉強の機会を失ったか無視してきた者の学習を手伝ったり、特別な目的のために学ぶ者を磨き上げたり、持てる学識を文献の編集や校正の仕事に活《い》かしたりして、それらの収入をまことにささやかな私財に加えることで、私が見ている家を維持しているのだった。

ポケット夫妻には、おべっか使いの隣人がいた。同情心旺盛《おうせい》な寡婦《かふ》で、万人の言うことに同意し、そこらじゅうの人を祝福し、状況に応じてみなに微笑んだり、涙を流したりする。名前はコイラー夫人といい、私は越してきた日に彼女を食堂に案内する光栄に浴した。コイラー夫人は階段をおりながら、愛《いと》しいポケット氏が学習者を家に下宿させなければならないのは、愛しいポケット夫人には痛手なのだと言った。「もちろんあなたを除いてですよ」とあふれんばかりの愛情と信頼をこめて私を説得した

（知り合って五分もたっていなかったが）。「全員があなたみたいなら、まったく別の話です」

　コイラー夫人は続けた。「でもね、愛しいミセス・ポケットは結婚してすぐがっかりしましたから（ミスター・ポケットが悪いわけではありませんけど）、せいぜい贅沢で優雅な生活をさせてあげないと――」

「そうですね」私は彼女をさえぎるために言った。いまにも泣きだしそうに見えたからだ。

「あのかたは心根がとても貴族的なので――」

「そうですね」私は同じ目的のためにくり返した。

「――愛しいミスター・ポケットの時間と関心が、愛しいミセス・ポケットから離れてしまっているのが、本当につらいのです」

　肉屋の時間と関心がポケット夫人から離れるほうがもっとつらいかもしれない、と思わずにはいられなかったが、私は黙っていた。人前でのマナーにおどおどと気を遣うことで精いっぱいだったのだ。

　ナイフやフォーク、スプーン、グラスなど、身の破滅のもととなる道具に私が集中しているあいだ、ポケット夫人とドラムルが交わしていた会話から、ドラムルの洗礼名がベントリーであること、準男爵の三番目の継承候補者であることがわかった。ポケット夫人が庭で読んでいた本は貴族名鑑で、もし彼女の祖父がそれに載ったとすればいつだったかという正確な日付まで知っていることも。ドラムルはあまりしゃべらないが（どうも不機嫌な男のようだ）、ことば少なにながら特権階級の一員という口ぶりで話し、ポケット夫人も同じ仲間のひとりと認めていた。会話にいくらかでも前向きなのは、このふたりとおべっか使いのコイラー夫人だけで、ハーバートは苦痛に感じている様子だった。そんな会話が永遠に続くかと思われたとき、給仕が入ってきて家事のちょっとした問題を知らせた。料理人が牛肉をどこにやったか忘れたという。そのとき私は、ポケット氏が鬱憤《うっぷん》を晴らす仕種《しぐさ》を初めて見て、声も出ないほど驚いた。とても異様な気がしたのだが、ほかの誰も気にしておらず、ほどなく私もみなと同じように慣れた。ポケット氏はちょうど肉を切っていたナイフとフォークをおろし、もじゃもじゃの髪に両手を突っこんで、すさまじい努力で自分を上に持ち上げようとしたのだ。そして、まったく持ち上がらないことが証明されると、おとなしく食事を再開した。

コイラー夫人が話題を変え、私にお世辞を言いはじめた。私もしばらくは気分がよかったが、あまりにあからさまな追従《ついしょう》なので、すぐに聞くのが嫌になった。私が故郷に残してきた友人や事物に死ぬほど興味があるふうを装《よそお》って、舌先がふた叉《また》に分かれたヘビのように、ぬらぬらとすり寄ってくるのだ。夫人はときにスタートップ（彼女とはほとんど話さない）や、ドラムル（こちらはもっと話さない）にも飛びかかったが、彼らはテーブルの反対側に坐っているので、うらやましかった。

　食事のあと子供たちが部屋に入ってきて、コイラー夫人は彼らの眼や鼻や脚を褒めまくった。子供の精神を発達させる賢いやり方である。娘が四人、息子がふたり、性別がわからない赤ん坊に加えて、これまた性別不明の次の子がいた。みなを連れてきたのはフロプソンとミラーズで、あたかもふたりの下士官が子供の兵を募って集めてきたかのようだった。ポケット夫人は若い貴族（だったはずの子）たちを、以前しっかり身元調査をしたものの、いまはどうすべきかよくわからないといった顔つきで見ていた。

「さあ！　フォークをこちらへ、奥様！　赤ちゃんを受け取ってください」フロプソンが言った。「そういう持ち方はいけません。頭がテーブルの下になってしまいます」

　そう忠告されてポケット夫人は赤ん坊を逆向きに抱えたが、やはり頭がテーブルの下になったことは、ゴツンとぶつかる大きな音と震動で人々に知らされた。

「まあ！　こちらに戻してください、奥様！」とフロプソン。「ジェイン様、赤ちゃんに踊りを見せてくださいな！」

小さな娘のひとりが、幼いのにほかの子の世話を引き受けていたらしく、私の横から進み出て、赤ん坊に近づいたり遠ざかったりしながら踊った。赤ん坊が泣きやんで笑うと、ほかの子たちも笑い、ポケット氏も（その間に二度、自分の髪を引っ張って体を持ち上げようとしたが）笑って、みなにこにこと和やかな雰囲気になった。

フロプソンは赤ん坊を外国製の人形のように関節のところで曲げて、無事ポケット夫人の膝にのせ、くるみ割りをおもちゃとして与えた。同時に、くるみ割りの持ち手が眼に入らないように注意してくださいとポケット夫人に助言し、ジェインには同じことをきつく言い渡した。そして子守ふたりは部屋から出ていき、食事の給仕をした使用人と階段で騒々しく言い合いをした。その使用人は賭博場《とばくじょう》で散財し、借金の形《かた》に服のボタンを半分失っていた。

ポケット夫人が砂糖とワインに漬けたオレンジのスライスを食べながら、ドラムル相手にふたつの準男爵位の話に熱中し、すっかり膝の赤ん坊のことを忘れているので、私は気が気ではなかった。赤ん坊は、くるみ割りで背筋がぞっとすることをしつづけていた。その幼い頭が危機にさらされていることに、ようやく小さなジェインが気づき、そっと席を立って、さまざまな小技を駆使して赤ん坊をなだめ、危険な武器を取り上げた。ほぼ同時にオレンジを食べ終えたポケット夫人はそれを認めず、ジェインに言った。「いけない子ね、なんてことをするの！　いますぐ席に戻りなさい！」

「ママ、てもね」小さな娘は舌足らずに言った。「赤ちゃん、眼当たるよ」

「何つべこべ言ってるの」ポケット夫人は言い返した。「さっさと席に戻って！」

　夫人のあたりを圧する威厳に、私は自分が悪いことをしたかのように畏れ入った。

「ベリンダ」ポケット氏が食卓の反対側から異を唱えた。「それはひどい言い方だろう。ジェインは赤ん坊を守ろうとして手を出しただけじゃないか」

「わたくしは誰にも手を出させませんよ」ポケット夫人は言った。「驚いたわ、マシュー、あなたがわたくしに対するこんな手出しを許すなんて」

「まったく！」ポケット氏はいきなり悲しみ、絶望して叫んだ。「赤ん坊がくるみ割りのせいで墓場に入りかけてるときに、誰も救っちゃいかんというのか？」

「ジェインには余計な手出しはさせません」ポケット夫人は罪もない小さな反抗者に威圧的な一瞥《いちべつ》を投げた。「わたくしは気の毒な祖父の身分を知っていますから。ジェインに手出しされるなんて！」

　ポケット氏はまた両手を髪に突っこみ、今度は本当に椅子《いす》から体を十センチほど持ち上げた。「聞きたまえ！」とむなしく万物の源である地・水・火・風に訴えた。「気の毒な祖父の身分のために、赤ん坊がくるみ割りで死ぬなんて！」そして椅子にまた体をおろすと、静かになった。

こういうことのあいだ、私たちはみな気まずい思いでテーブルクロスを見ていた。沈黙ができ、無邪気で手に負えない赤ん坊はジェインに向かってぴょんぴょん跳ねたり、呼びかけたりしていた。ジェインは家族のなかで（使用人は別として）ただひとり、赤ん坊がはっきり認識している人のようだった。

「ミスター・ドラムル」ポケット夫人は言った。「呼び鈴でフロプソンを呼んでくださる？　ジェイン、あなたみたいに親不孝な子はもう寝なさい。さあ、赤ちゃん、ママと行きますよ！」

赤ん坊は誇り高く全力で抵抗した。ポケット夫人の腕のなかで変な方向に体を折り曲げ、ぽっちゃりした顔の代わりに編み靴と、えくぼのある足首を見せて、これ以上ないほどのむずかりようで連れていかれた。結局、我を通したらしく、数分のうちにジェインにあやされているのが窓から見えた。

フロプソンは自分の用事で忙しく、ほかに子守もいなかったので、残りの五人の子は食卓に残ったままだった。そこで私は次のようなやりとりから、彼らとポケット氏との関係をうかがい知ることができた。ポケット氏はいつもの困惑顔をいっそう困惑させ、髪をくしゃくしゃにして、どうしてこの子たちが自分の家にいるのか、なぜ造物主は彼らをほかの家に住まわせなかったのかまったくわからないというふうに、子供たちを数分眺めていた。そして他人事《ひとごと》のような、宣教師めいた口ぶりでいくつか質問した。たとえば、どうしてジョーの服のフリルには穴があいているのかね？――これにジョーは、パパ、時間があるときにフロプソンが繕ってくれます、と答えた。どうしてファニーの指先は腫《は》れているのかね？――これにファニーは、パパ、ミラーズが忘れなかったら湿布を貼《は》ってくれます、と答えた。そのあとポケット氏は、親らしいやさしい気遣いでわが子たちに一シリングずつ与え、遊んできなさいとうながし、彼らが出ていくと、またもや一生懸命髪をつかんで自分を持ち上げようとしたあげく、こりゃだめだとあきらめるのだった。

　夕方には川でボートを漕《こ》いだ。ドラムルもスタートップもそれぞれボートを持っていたので、私も手に入れて彼らを負かしてやろうと決意した。田舎の少年が得意な運動にはたいてい秀《ひい》でていたが、ほかの川ならいざ知らず、テムズ川でボートを漕ぐ優雅さはないのがわかっていたので、さっそく新しい知人たちに競艇の優勝者を紹介してもらい、指導を受けることにした。この操船法の権威は、きみの腕は鍛冶屋《かじや》のようだと言って、私を大いに面食らわせた。そのお世辞で生徒をひとり失いかけるとわかっていたら、そんなことは言わなかったのではないだろうか。

夜になって家に帰ると、軽食が用意されていた。少々不快な家庭内の出来事がなければ、みな愉《たの》しくすごしただろうと思う。ポケット氏が上機嫌だったところへ、メイドがやってきて、「よろしいでしょうか、旦那《だんな》様、ちょっとお話ししたいことが」と言った。

「ご主人様に直接話すの?」ポケット夫人がまた気位を刺激されて言った。「どうしてそんなことを思いつけるのかしら。フロプソンにお話しなさい。あるいは、わたくしに——またあとで」

「お赦《ゆる》しください、奥様」メイドは答えた。「いますぐ、どうしても旦那様にお話ししたいことがあるのです」

そう聞いて、ポケット氏は部屋から出ていき、私たちは彼が戻ってくるまでどうにか時間をやりすごした。

「これはたいへんだぞ、ベリンダ!」ポケット氏が戻ってきて言った。顔に悲嘆と絶望を浮かべている。「料理人が酔いつぶれて台所の床に倒れている。戸棚に新品のバターの大きな包みが隠してあった。業者に売り払うつもりだったのだ!」

ポケット夫人は急ににこにこと愛想がよくなった。「あのろくでもないソフィアの仕業でしょう」

「どういうことだね、ベリンダ？」ポケット氏が訊いた。

「ソフィアがあなたに言ったじゃないですか。あの娘が部屋に入ってきて、あなたにお話ししたいことがあると言ったのを、わたくしがこの眼で見、この耳で聞かなかったというの？」

「だが、あの娘は私を階下に連れていったんだぞ、ベリンダ」ポケット氏は言い返した。「そして料理人の女とバターの包みを見せてくれた。だろう？」

「あれをかばうんですね、マシュー？」ポケット夫人は言った。「わたくしに対するあの失礼な態度をかばうの？」

　ポケット氏は暗い声でうなった。

「お祖父《じい》様の孫であるわたくしは、この家ではなんの価値もないんですの？」ポケット夫人は言った。「それに、あの料理人はとても立派な女性です。仕事を探しにうちに来たときにも、奥様は公爵夫人に生まれついたかたですと、さも当たりまえのように言ってましたし」

　ポケット氏は、すぐそばにあったソファに、彫像『瀕死《ひんし》のガリア人』の恰好《かっこう》でどさりと坐《すわ》りこんだ。その恰好のまま動かず、うつろな声で、「おやすみ、ミスター・ピップ」と言った。私は彼を残して寝室に行くのがいちばんだと思った。

24

二、三日たって、自分の部屋にも慣れ、ロンドンとのあいだを何度か往《い》き来《き》して、必要なものをすべて指定の店に注文し終わったころ、私はポケット氏とふたりでゆっくり話をした。彼は私の将来について私よりよく知っていた。ジャガーズ氏から、私はとくに仕事にはつかず、金に不自由のない平均的な若者に〝引けを取らない〟程度まで教育を受ければ充分であると聞かされていたのだ。私としては、それと食いちがうことは何も知らなかったので、もちろん同意した。

ポケット氏は、そうしたごく基本的な知識を得るためにいくつかロンドンの学校にかようことを勧め、勉強全般に関する指導と説明は自分にまかせてほしいと言った。賢明な手助けがあれば、失望することはほとんどないだろうし、すぐに彼以外の支援は必要なくなるだろう、と。私はさまざまなことに関するポケット氏の話しぶりに感銘を受け、信頼を置くようになった。同時にここで言っておくが、彼が私に対する約束をつねに熱心かつ誠実に果たしてくれるので、私のほうも彼に対する約束を熱心かつ誠実に果たした。もしポケット氏が教師として無関心だったら、私も生徒として無関心になっただろう。だが彼はこちらに決してそんな口実を与えず、私たちは互いに真摯《しんし》に接した。教師としてのポケット氏を滑稽に感じたことは一度もなかった。彼は終始まじめで、正直で、善良だった。

こうした取り決めが実行に移され、私が真剣に勉強しはじめたころ、ふと〈バーナーズ・イン〉の寝室を維持できれば程よい気分転換になるし、ハーバートとつき合って私の行儀作法もよくなるのではないかと思いついた。ポケット氏はその案に反対しなかったが、何か行動を起こすまえにかならず後見人に相談すべきだと言って譲らなかった。この計画がハーバートの経費節約になることを考えての気遣いだろうと感じたので、私はさっそくリトル・ブリテンに出向き、ジャガーズ氏に希望を伝えた。

「いま借りている家具を買い取って、ほかのものもひとつふたつ足せば、あそこでくつろげるのですが」私は言った。

「買いたまえ！」ジャガーズ氏は短く笑って言った。「いずれうまくやれるようになると言っただろう。さあ！　いくら必要だね？」

私はわからないと答えた。

「ほらほら！」ジャガーズ氏はたたみかけた。「いくらだね？　五十ポンドか？」

「いや、それは多すぎます」

「五ポンド？」とジャガーズ氏。

　ずいぶんな落差だったので、私はうろたえて言った。「いいえ！　もっとです」

「もっとか、ん？」ジャガーズ氏は両手をポケットに突っこみ、首を傾《かし》げ、私のうしろの壁に眼をすえて答えを待った。「どのくらいもっとだね？」

「合計を出すのがむずかしくて」私はためらった。

「ほら！」ジャガーズ氏は言った。「決めようじゃないか。五ポンドの二倍で足りるかね？　それとも三倍？　四倍？　どうだ？」

　私は、それで充分足りそうだと答えた。

「五ポンドの四倍で充分か？」ジャガーズ氏は眉間にしわを寄せて言った。「では、四かける五はいくらかな？」

「いくらか？」

「そう！」とジャガーズ氏。「いくらだね？」

「二十ポンドになると考えておられるのでは？」私は微笑《ほほえ》みながら言った。

「私の考えはどうでもよろしい、わが友人」ジャガーズ氏はわかっていながらあえて反論するように、頭をつんとそり返らせて言った。「きみがどう考えるか知りたい」

「二十ポンドです、もちろん」

「ウェミック！」ジャガーズ氏は事務室のドアを開けて呼んだ。「ミスター・ピップに支払依頼を書いてもらって、二十ポンドお渡ししろ」

　このきわめて独特な仕事のやり方は、私にきわめて独特な印象を残したが、心地のよいものではなかった。ジャガーズ氏は決して笑わない。代わりに、軋《きし》むピカピカの大きなブーツをはいていて、その上で大きな頭を傾け、眉間にしわを寄せて答えを待つ姿勢をとると、ブーツが軋んで、冷たく疑り深い笑い声を発しているように聞こえた。ジャガーズ氏が出ていき、ウェミックがやけに快活で話したがっているので、私はジャガーズ氏の態度をどう考えるべきかわからないと言ってみた。

「それをご本人に伝えたら、褒めことばだと受け取りますよ」ウェミックは答えた。「わかってもらおうなんて思ってませんから——ああ！」私が驚いたのを見て、「いや、個人の問題じゃなくて、職業上そうなんです。あくまで職業上」

　ウェミックは机について昼食をとっていた。郵便ポストのその口にときおり手紙を投函《とうかん》するように乾いて固いビスケットを放りこみ、バリバリ噛《か》んでいた。

「いつも思うんですがね」彼は言った。「あのかたは人を陥《おとしい》れる罠《わな》を仕掛けて、じっと見てるんじゃないかって。で、突然、カシャン――捕まるんです！」

そんな罠は人生の愉しみにはならないでしょうと言うのはやめておき、私は、先生は巧みな技を使うのですかと訊いた。

「それはもう深くて。オーストラリア並みです」ウェミックはペンで床を指して、オーストラリアが地球のちょうど裏側にあることを示し、深さを強調した。「もしこれより深いものがあるとしたら」とペンを紙の上に戻してつけ加えた。「それはあの先生です」

ならば業績は好調でしょうね、と私が言うと、ウェミックは「一・流・です！」と応じた。事務員は大勢いるのですか、と訊いたところ、ウェミックの答えは――

「事務員はあまりおりません。ジャガーズ先生はひとりだけで、依頼人はみな先生と直接やりとりしたがりますから。ここにいるのはわずか四人です。ご紹介しましょうか？　あなたはもう身内のようなものですから」

私はそうしてくださいと言った。ウェミック氏は、ビスケットをすべて投函し終わり、金庫の現金箱から支払いをしてくれた。金庫の鍵《かぎ》は紐《ひも》で背中にぶら下げていて、それを鉄の弁髪のように襟元から引っ張り出した。そのあと私たちは二階に上がった。建物のなかは暗くてみすぼらしく、ジャガーズ氏の部屋に肩で脂《あぶら》汚れをつけた人々は、長年この階段を重い足取りでのぼりおりしたようだった。二階の通りに面した部屋では、居酒屋の亭主とネズミの捕獲人を足して二で割ったような事務員——顔色の悪いぶくぶくの大男——が、貧相な恰好の三、四人の人々と話し合っていた。ジャガーズ氏の金庫を肥やす者たちはみなそうなのだろうが、いかにも無作法な扱いを受けている。「証拠をまとめているのです」その部屋から出たときにウェミック氏が言った。「ベイリー〔訳注　中央刑事裁判所、通称オールド・ベイリーのこと〕に提出するために」その上の部屋では、髪を長々と伸ばしたやる気のない小さなテリアのような事務員（子犬のころからトリミングを受けていないらしい）が同じように、眼が悪そうな男と話し合っていた。ウェミック氏によると、その男はつねに商売繁盛《はんじょう》している製錬工で、頼めばなんでも溶かしてくれるということだった。そういう技術を自分自身に試しているのだろうか、服に白い跡が残るほど大量の汗をかいていた。裏手の部屋では、神経痛の顔を汚いフランネルで縛り、黒くてかてかした古服を着た男が、肩を怒らせて机にかじりつき、ほかのふたりの事務員が書き取ったことを、ジャガーズ氏に読ませるために清書していた。

　以上が事務所のすべてだった。また階下におりると、ウェミック氏は私をわが後見人の部屋に入れて言った。「ここはもう見ましたね」

「すみません」私は、引きつった流し目が醜いふたつの顔の石膏像《せっこうぞう》にまた気づいて、訊《き》いてみた。「あの顔は誰ですか？」

「これですか？」ウェミックは椅子にのり、怖《おそ》ろしい首から埃を吹き払って、おろしながら言った。「ふたりとも有名人ですよ。どちらも名の知れたうちの依頼人で、おかげでわれわれの信用は大いに高まりました。こいつは（こらおまえ、夜中におりてきてインク壺《つぼ》のなかをのぞいたな。眉毛に黒い染《し》みがついてるぞ、この悪党め！）自分の主人を殺したんですが、証拠のなんたるかも知らない男にしては、うまいこと計画を立てたんです」

「本人に似ているのですか？」私は凶暴犯からあとずさりしながら訊いた。ウェミックは像の眉に唾《つば》を吐き、服の袖《そで》でこすっていた。

「似ているも何も、これは本人だから。ニューゲイトで絞首台《こうしゅだい》からおろされた直後に型を取ったんですよ。おまえはずいぶん私のことが気に入ってたな。だろう、達人の旦那？」そしてウェミックは、婦人としだれ柳と骨壺を置いた墓をあしらったブローチに触りながら、その親しげな呼びかけについて説明した。「やつがこれを私のために作らせたのです、特別に！」

「そのご婦人は名のある人ですか？」

「いいえ」ウェミックは答えた。「やつのたんなる遊び相手です（おまえは女遊びが好きだったよな、え?)。そう、まともな相手はいませんでしたよ、ミスター・ピップ——ひとりだけ除いてね。その彼女もこんなにほっそりはしてなかったし、まして骨壺の面倒を見るなんてことはありえません。その骨壺に酒でも入っていないかぎり」言いながら気になったようで、ウェミックは石膏を置くと、ハンカチでブローチを磨きはじめた。

「もうひとつのほうも同じ最期《さいご》を迎えたのですか?」私は訊いた。「同じような表情をしているけれど」

「そのとおり。これも本物の表情です。小さな釣り針がついた馬の毛で片方の鼻の穴を引っ張ったみたいな。そう、こいつも同じ最期を迎えました。当然といえば当然の最期です。遺言書を偽造したんですよ。さすがに遺言者を葬《ほうむ》り去るところまではいきませんでしたが。それにしても、おまえは紳士的だったな」(ウェミック氏はまた石膏に呼びかけた。)「ギリシャ語が書けると言っていた。この見栄《みえ》っ張りめ! 嘘《うそ》をつくな! おまえほどの嘘つきは見たことがない!」死んだ旧友を棚に戻すまえに、ウェミックは形見の指輪のなかでいちばん大きなのに触れて言った。「処刑前日に、これを私に贈りたいと買いにいかせたんです」

彼がもうひとつの像も棚に上げて椅子からおりているあいだに、この人が身につけている宝石類はみなそういうところから手に入れたのではないかという考えが頭をよぎった。本人が遠慮なくこういう話をするので、私は、彼がすぐそこに立って手の埃を払っているときに思いきって尋ねてみた。

「ああ、もちろん。これらはみなそういう類《たぐ》いの贈り物ですよ。ひとつ来ると、次も来る、そういうものです。私はつねにもらっておきます。珍品ですし、財産ですから。たいした額にはならないかもしれませんが、持ち運べる財産です。あなたみたいに将来有望なかたにはつまらないことでしょうが、私に関しては、座右の銘が〝動産はつかんでおけ〟なのです」

その見解に私が敬意を表すると、ウェミックは親しげに続けた。

「そのうち、ほかに何もすることがないときにでも、ウォルワースのわが家にお出かけください。ベッドもありますし、お迎えできれば光栄です。お見せするものはさほどありませんが、珍しい品は二、三あるかと。それに私は庭や四阿《あずまや》が好きでして」

私は、喜んでご招待に応じたいと言った。

「それはどうも。ではそういうことで、ご都合のよろしいときにどうぞ。もうミスター・ジャガーズと食事はなさいました?」

「まだです」

「ふむ」ウェミックは言った。「ワインを飲ませてもらえます。上等のワインです。わが家ではパンチをお出しします。これも悪くありません。ひとつ教えてあげましょう。ミスター・ジャガーズのお宅の食事に呼ばれたら、家政婦をよく見てください」

「何かひどく風変わりなことでも？」

「まあ、野獣が飼い慣らされたと思えばよろしい。ならばそう風変わりでもない？　いえいえ、この野獣の本性がどのくらい荒々しかったか、飼い慣らすのにどのくらいかかったかを考えなければなりません。もちろん、それでジャガーズ氏の力量に関するあなたの評価が下がることはありません。しっかり眼を開けて見てください」

私はそうすると答えた。彼の事前説明で興味と好奇心をかき立てられたからだ。そして帰ろうとすると、ウェミック氏は、ジャガーズ氏の〝仕事ぶり〟を五分ほど見ていかないかと尋ねた。

ジャガーズ氏の〝仕事ぶり〟をよく知らなかったということも含めて、いくつかの理由から、私は見てみたいと答えた。私たちはシティに飛びこみ、人でごった返す刑事裁判所に浮かび上がった。そこでは、風変わりなブローチの趣味を持つ例の処刑された男の血族（殺人という点でだが）が被告席に立ち、不愉快そうに何かを噛んでいるあいだ、わが後見人が女性を尋問していた（反対尋問かもしれないが、私にはどちらかわからなかった)。その女性や裁判長のみならず、法廷にいる人全員が畏怖《いふ》の念に打たれていた。ジャガーズ氏の意に染まないことを、どんな地位の人であれ誰かがひと言でも口にすると、彼はただちに「記録しろ」と要求した。誰かがあることを隠していれば、「白状させてやる!」と責め、誰かがあることを認めれば、「それみたことか!」と言った。ジャガーズ氏が指をちょっとでも噛むと、判事たちは震え上がった。泥棒も、泥棒を捕まえた者も、彼のことばにぞっとしながら夢中になり，眉毛一本でも自分に向けられると、縮こまった。法廷全体を挽《ひ》き臼《うす》にかけているようなものなので、私にはジャガーズ氏がどちらの側についているのかはわからなかったが、爪《つま》先《さき》立って法廷から出る際に、彼が裁判長の味方でないことだけは察せられた。裁判長の老紳士は、イギリスの法と正義の代表者として本日の法廷を担当する資格なし、とジャガーズ氏に指弾されて、机の下で両脚をぶるぶる震わせていたからだ。

25

ベントリー・ドラムルはめっぽう不機嫌な男で、本を手に取るときにも作者にかつて危害を加えられたような扱いだったし、知り合いになるときにもそれ以上の愛想のよさは見せなかった。体つきも動きも理解力も鈍重で、顔立ちにも締まりがなく、部屋のなかをだらしなく動きまわる本人と同じように、大きく不恰好な舌も口のなかをだらしなく動きまわった。怠け者、見栄っ張り、けちで、口数が少なく疑り深い男だった。サマセットシャーの裕福な家庭に生まれ、こうした性質をすくすくと育《はぐく》んで、馬鹿者《ばかもの》であることに家族が気づいたのは、成年に達してからだった。こうしてベントリー・ドラムルがポケット氏に預けられたときには、背はこの紳士より頭ひとつ高いが、知能はたいていの紳士より頭五、六個分劣っていた。

　スタートップのほうは気の弱い母親に甘やかされ、学校に行くべき年齢になっても家に置いておかれた。母親を心から愛し、この上なく崇拝していた。女性のように繊細な顔貌《がんぼう》で、母親にそっくりだった。「お母さんに会ったことがなくても、似ているのはわかる」とハーバートから聞いた。そんなわけで、私がドラムルよりスタートップにはるかに親しみを覚えたのも当然だった。夕方にボートを漕ぎはじめた最初のころから、スタートップと私はボートを並べて話しながら帰ったが、ドラムルはひとりでうしろにつき、土手から川面《かわも》に張り出した木々の下やイグサの茂みのあいだを漕いできた。彼は潮の流れで速度が出るときでさえ、不快な両生類さながら岸辺の近くをいつも這《は》うように進んだ。流れのなかほどに映る夕陽の名残や月の光を、私たちの二艘《そう》のボートが砕いていくときに、ドラムルのボートが暗闇《くらやみ》か淀《よど》んだ水のなかをついてきていたのを、いつも思い出す。

ハーバートは私の親しい仲間で友人だった。私は自分のボートを彼と共有することにしたので、ハーバートはたびたびハマースミスにやってきた。彼の部屋も共有になったので、私もたびたびロンドンに出かけた。このふたつの場所のあいだを、昼も夜もふたりでよく歩いた。いまもあの道には愛着がある（もうあのころほど快適な道ではないのだが）。世の荒波にもまれていない若さと希望のなかで育った愛着である。

ポケット氏の家に居候《いそうろう》するようになって一、二カ月たったころ、カミラ夫妻が現れた。カミラはポケット氏の妹だった。ミス・ハヴィシャムの屋敷で同じ日に見かけたジョージアナも現れた。彼女はいとこで、みずからの頑固さを信心と呼び、肝《かん》臓を愛しの君と呼ぶ消化不良の独身女性だった。彼らは金銭欲と失望から来る嫌悪《けんお》感で私を憎んだ。にもかかわらず、もちろん、裕福になった私に眼を覆《おお》いたくなるほどの卑屈さで媚《こ》びへつらった。己の利益というものがわかっていない、大人になった子供のポケット氏に対しては、以前聞かされたことのある無関心の寛大さを見せていた。みなポケット夫人のことは軽蔑《けいべつ》していたが、哀れな夫人が人生にひどく失望していることは認めてやった。その失望が放つ弱い光で、自分たちが明るくなるからだ。

こうした環境に私は落ち着き、勉強に本腰を入れた。ほどなく金のかかる習慣を身につけ、わずか数カ月で信じられないような金額を遣ってしまったが、いいときにも悪いときにも、書物は手離さなかった。自分の欠点を知るだけの分別はあったということ以外、そこに称賛すべきものはない。ポケット氏とハーバートのおかげで、私は見る見る進歩した。どちらかがかならずそばにいて必要な後押しをしてくれ、進路の障害物を取り除いてくれたのだから、成果があがらなければドラムル並みの愚か者である。

ウェミック氏には数週間会っておらず、手紙を書いて、どこかの夜に家を訪ねさせてもらおうと思いたった。彼からは、望外の喜びである、六時に事務所まで来られたいという返事が来た。そこで事務所に行くと、ウェミック氏が待っていて、時計が六時を打つと同時に金庫の鍵を背中に垂らした。

「ウォルワースまで歩くつもりでした？」ウェミック氏は言った。

「もちろん」私は言った。「あなたさえよければ」

「大いにけっこう。一日じゅう脚を机の下に押しこめていたので、ぜひとも伸ばしたい気分です。夕食に何を用意したか説明しておきましょう、ミスター・ピップ。ビーフ・シチュー――これはうちで作りました――それからロースト・チキンの冷製――こちらは料理店から買いました。チキンは柔らかいと思います。店の主人が、先日うちで扱ったいくつかの事件の陪審員だったのです。われわれは彼の仕事を楽にしてやりましたから、チキンを買ったときにそのことを思い出させました。〝いいところを頼むよ、ブリトン。あんたをあと一日、二日長く陪審員席に坐らせようと思えば、簡単にできたんだから〟とね。そしたら〝店でいちばんのチキンを贈らせていただきます〟と言うので、もちろんそうしてもらった。それもひとつの動産ですからね。年寄りの親がいてもよろしいですね？」

まだチキンの話だと思ったら、彼が「うちには年寄りの親がいるもので」と言い足したので、私は礼儀正しい答えを返した。

「ミスター・ジャガーズとの食事はまだですね？」―歩きながら彼は話を続けた。

「まだです」

「今日あなたが来られるとお伝えしたときに、先生がそうおっしゃっていましたから。明日招待されると思います。お友だちもごいっしょに。三人、でしたね？」

私はつねづねドラムルを親しい友人と考えてはいなかったが、「はい」と答えた。

「仲間全員の招待です」―これはあまり喜ばしい表現ではなかった。「どんな料理が出るにしろ、いいものが出てきます。品数は多くありませんが、ものは最高です。先生の家にはもうひとつ風変わりなことがありましてね」ウェミックはちょっと間を置いて言った。例の家政婦の件の続きであることはわかりきっているかのように。「先生は夜、決してドアや窓の鍵をかけないのです」

「泥棒が入りませんか？」

「そこです！」ウェミックは言った。「先生は〝わが家に泥棒に入るやつを見てみたい〟と公言してましてね。いやはや、事務所で押しこみ強盗たちに〝わが家の場所は知っとるだろう。閂《かんぬき》もかけたことがない。うちでひと仕事したらどうだ？　ほら、そそられないか？〟とおっしゃるのを何度聞いたことか。当然ながら、いくら金が欲しくたってあそこに泥棒に入る度胸のあるやつはいませんよ」

「そんなにあの人を怖れてるんですか」

「怖れてるか？　そりゃ怖れてますとも。ただ、先生はそうやって彼らを挑発しながらも、用心は怠りません。あそこに銀器はないんです。スプーン一本に至るまで、全部合金《ブリタニア・メタル》でして」

「それなら、盗んだところでたいした得には――」

「そう！　ですが、先生の得にはなりますよ」ウェミックは私をさえぎって言った。

「連中はそれを知ってます。先生は彼らの命を奪うことだってできるんですから。好きなだけ。先生がその気になって得られないものは、まずないでしょう」

私がわが後見人の偉大さに思いを馳《は》せていると、ウェミックは言った。

「銀器がないのは、ご承知のとおり、あのかたの生来の深みによるものです。川が自然に深いように、あのかたも自然に深い。先生の時計の鎖をご覧なさい。あれは本物です」

「あれはずっしりした感じですね」

「ずっしり？」ウェミックはくり返した。「たしかにね。時計は純金のリピーター〔訳注　ボタンを押すと時刻をチャイムで知らせる時計〕で、少なくとも百ポンドの値打ちがあります。この街にはあの時計のことを知っている泥棒がだいたい七百人いますが、男だろうと女子供だろうと、あの鎖の輪っかひとつ見れば、誰の持ち物かわかりますし、だまされて触れたりしようものなら、熱い鉄か何かのようにたちまち取り落とすでしょう」

最初はこのような会話、そのあとはもっと一般的な話をしながら、ウェミック氏と道中愉しくすごしていると、やがてウォルワースに着いたと告げられた。

そこは裏道と溝と小さな庭の集まりに見え、人里離れた退屈な場所という感じだった。ウェミックの家は庭のまんなかに立つ小さな木造家屋で、屋根の部分は切り落とされて塗装され、大砲を数門置いた砲台のようになっていた。

「自分で作りました」ウェミックは言った。「かっこいいでしょう？」

私は絶賛した。その家は私がそれまで見たなかでいちばん小さかった。なんとも奇怪なゴシックふうの窓と（大部分は偽物《にせもの》だった）、通り抜けられるのかと思うほど小さなゴシックふうのドアがついていた。

「あれは見てのとおり、本物の旗竿《はたざお》です」ウェミックは言った。「日曜には本物の旗を掲げます。そしてここ。この橋を渡ったら、こんなふうに上げて交通を遮断します」

橋とは一枚の厚板で、幅一メートル少々、深さ六十センチの溝に渡してあった。それを彼が誇らしげに上げて固定する――おざなりではなく、いかにもうれしそうに微笑みながらそうしている――のを見るのは、じつに愉快だった。

「グリニッジ標準時の毎晩九時に、大砲を撃ちます。ほら、あれですよ。あれが鳴るのを聞いたら、たぶん怖ろしい兵器だと言われると思います」

件《くだん》の兵器は格子状《こうしじょう》の櫓《やぐら》の上にすえられ、傘のように器用に張った防水シートで雨から守られていた。

「あの裏側には」ウェミックは言った。「要塞《ようさい》という構想を台なしにしないように、ここからは見えないのですが――一度何かを思いついたら、とことん最後までやりとげるのが私の主義でして――賛同してくださるかどうかはわかりませんが――」

私は、もちろん賛同しますと答えた。

「あの裏側には、豚と鶏とウサギがいます。小さな温床を組み立てて、キュウリも育てています。それでどんなサラダをこしらえるか、今夜ご自身で確かめてください。ということで――」ウェミックはまた微笑みながら、しかしまじめな表情で首を振り、「このささやかな場所が敵に包囲されたとしても、食糧という点ではかなりのあいだ持ちこたえることができます」

そして、十メートルほど離れた四阿へ私を案内したが、小径《こみち》がくねくねと曲がって作られているので、たどり着くまでにかなり時間がかかった。そこにはすでにグラスが用意され、私たちのパンチが四阿の隣にある観賞用の池で冷やされていた。丸い池で中央に島があり（そこに生える緑が夕食のサラダの材料かもしれない）、島には噴水が設《しつら》えてあって、ウェミックが小さな水車をまわし、パイプのコルクを取ると、手の甲がびっしょりになるくらい水が噴き出した。

「私は技師で、大工で、配管工、庭師、なんでも屋です」ウェミックは私の褒めことばに応じて言った。「まあ、いいことですよ。ニューゲイトの蜘蛛《くも》の巣を払えるし、年寄りも喜びますんで。うちの年寄りに紹介してもよろしいですか？　お嫌じゃありませんね？」

私は、ぜひ会いたいと答えた。ふたりで〝城〟に入ると、暖炉のそばにフランネルの上着を着たかなり老齢の男性が坐っていた。小ぎれいで明るく、心地よさそうで、しっかり世話をされているのがわかったが、非常に耳が遠かった。

「やあ、年寄り父さん」ウェミックは老人と心のこもった陽気な握手をして言った。

「調子はどうです？」

「上々だよ、ジョン。上々だとも！」老人は答えた。

「こちらはミスター・ピップです、年寄り父さん」ウェミックは言った。「名前が聞こえるといいんですがね。うなずいてやってください、ミスター・ピップ。うなずかれるのが好きなんです。よろしければ、ウインクをするようにうなずいてください！」

「ここはせがれが作ったすばらしい場所で」私がめいっぱい深くうなずくと、老人は叫んだ。「きれいな遊園地でしょう、サー。この場所と、その上にある美しい作品の数々は、せがれがあの世に行ったあと、みんなのために国がそっくり維持すべきだ」

「パンチと同じくらい、この家も自慢の種ですね、年寄り父さん？」ウェミックがいつもの固い表情をすっかり崩して、老人を見つめながら言った。「ほら、うなずきますよ」そして思いきりうなずき、「ほら、もうひとつ」さらに深くうなずき、「これが好きですよね？　ミスター・ピップ、もしお疲れでなかったら——慣れないかたはさぞお疲れになると思いますが——もう一度お願いできませんでしょうか？　ご想像がつかないくらい、本人は喜ぶのです」

　私はさらに何度かうなずいてみせた。老人は大喜びだった。そのあと立ち上がって、鶏に餌《えさ》をやるというので、私たちはまた四阿に移ってパンチを飲んだ。ウェミックはパイプを吹かしながら、地所をいまの完璧《かんぺき》な状態にするにはそうとうな年月がかかったと語った。

「ここはご自身の土地ですか、ミスター・ウェミック？」

「ええ、そうです」ウェミックは言った。「少しずつ買い足していったのです。そう、いまや完全な保有地です！」

「そうですか。ミスター・ジャガーズも感心されたのでは？」

「先生はここを見ていません。聞いたこともない。年寄りのことも聞いていません。事務所と私生活とは別物です。事務所に入るときには〝城〟は置いていきます。〝城〟に入ったら、事務所のことは忘れます。あなたも、もし不愉快でなければ同じようにしていただけるとありがたく存じます。職場でここのことは話していただきたくないのです」

もちろん私は、その要望を受け入れるのが誠実な態度だと思った。パンチはじつに美味《おい》しく、飲んで語らううちに九時が近づいてきた。「そろそろ号砲の時間だ」ウェミックは言い、パイプを置いた。「年寄りのもてなしです」

ふたたび〝城〟に入ると、老人がこの偉大な夜の儀式に備え、期待に満ちた眼つきで火かき棒を焼いていた。ウェミックは時計を手に砲台に向かう時刻を待ち、そのときが来ると、真っ赤に熱された火かき棒を老人から受け取って出ていった。やがて怖ろしい兵器が轟音《ごうおん》を発し、珍妙な小箱のような家はばらばらに崩れるかと思うほど揺れた。そこらじゅうのグラスとティーカップがぶつかって鳴った。すると老人が――肘《ひじ》かけにしがみついていなければ、椅子から吹き飛ばされていたと思う――勝ち誇って、「撃った！　聞こえた！」と叫んだ。私はことばの綾《あや》ではなく、老人の姿が完全に見えなくなるほど深々とうなずいた。

そこから夕食までのあいだに、ウェミックは収集した珍品の数々を見せてくれた。たいてい犯罪に関係したもので、著名な偽造事件で使われたペン、いわくつきの剃刀《かみそり》一、二本、髪の毛の房がいくつか、複数の死刑囚が書き残した告白書などだった。告白書は、彼に言わせると「どれもこれも大嘘」なので、とりわけ価値があるらしかった。これらのものは、小さな陶器やグラス、この博物館の館長が手作りしたさまざまな麗《うるわ》しい小物、パイプに煙草《たばこ》を詰める老人手彫りの道具などのあいだに見目よく配置されていた。その展示は〝城〟で私が案内された最初の部屋にあったが、そこは居間であるだけでなく、炉端の棚のソースパンや、暖炉の上に回転式肉焼き機を吊《つる》す真鍮《しんちゅう》製《せい》のしゃれた腕金から判断すると、台所としても使われているようだった。

身ぎれいで小柄な娘がいて、日中は老人の世話をしていた。彼女が食卓を整えると、橋がおろされ、出ていく道ができた。娘は一日の仕事を終えて帰っていった。夕食はすばらしかった。〝城〟のなかが乾燥腐敗しているので、食べ物は傷《いた》んだナッツのような味わいだったし、豚はもっと遠くにいてくれてもよかったと思うが、私はこのもてなしに心から満足した。小さな砲塔のなかにあった私の寝室にも難点はなかった。ただ、旗竿とのあいだにごく薄い天井しかないので、ベッドに仰向《あおむ》けに寝ると、ひと晩じゅう額の上でその旗竿のバランスをとらなければならないような気がしたが。

ウェミックは朝早起きして、申しわけないことに、私の靴を磨いてくれているのが、音でわかった。そのあとは庭いじりを始め、私がゴシックふうの窓から外をのぞくと、老人に手伝ってもらっているふりをしながら、何度も熱心にうなずいているのが見えた。朝食も夕食と同じくらいすばらしく、私たちは八時半きっかりにリトル・ブリテンめざして出発した。ウェミックは歩きながら徐々に枯れて固くなり、口もまたポストの投函口よろしく引き結ばれた。職場に着くと、彼は上着の襟元から鍵を引っ張り出し、ウォルワースの家のことはすっかり忘れたように見えた。〝城〟も、跳ね橋も、四阿、池、噴水、お年寄りも、大砲の最後の一発でみな空中に吹き飛ばされてしまったかのように。

26

ウェミックの予言どおり、わが後見人の家と、彼の現金出納事務員の家を比較する機会はわりあい早く訪れた。私がウォルワースから事務所に到着したとき、ジャガーズ氏は自室にいて、香料入り石鹸《せっけん》で手を洗っていた。そして私を呼ぶと、ウェミックが教えてくれたとおり、友人ともども私を自宅に招待してくれた。「堅苦しいことはなしだ」彼は条件を示した。「正装もなし。明日でどうかな?」どこに行けばいいのか訊くと（住所を知らなかったので）、なんであれ言われたことを受け入れるのが嫌いな性分なのだと思うが、「ここへ来なさい。そのあとうちへ連れていくから」と答えた。ちなみに、ジャガーズ氏は、外科医か歯科医のように手を洗って依頼人を洗い落とす。部屋にはそれ専用の個室があり、香水店さながら石鹸の香料のにおいがしていた。ドアの裏側には特大のタオルがかかっていて、ジャガーズ氏は刑事裁判所から帰ってきたり、部屋から依頼人を追い出したりしたときには、かならず手を洗い、そのタオルでしっかりふいた。翌日六時に私と友人たちが事務所を訪ねると、この日はいつもより性質《たち》の悪い事件にたずさわったようで、彼は個室に頭を突っこんで、手だけでなく顔も洗い、うがいまでしていた。それがすべて終わり、タオルをまるごと使いきったあとも、ペンナイフを取り出して爪から事件を削り落としてから、上着を着た。

いつものように、通りに出ると数人がこそこそうろついていた。ジャガーズ氏と話したくてたまらない様子だったが、彼を取り巻く石鹸のにおいには人を寄せつけないオーラのようなところがあって、みなこの日はあきらめた。西に向かって歩いていくと、ときおり雑踏のなかから声をかける人がいたが、彼はそのたびにもっと大きな声で私に話しかけた。それ以外には誰かに眼を止めることもなかったし、眼を止められても知らんぷりだった。

連れていかれたのは、ソーホーのジェラード・ストリートの南側に立つ家だった。この種の家としては風格があるほうだが、哀れに塗装がはげ、窓も汚れていた。ジャガーズ氏が鍵を出してドアを開け、私たちは石造りの玄関ホールに入った。がらんとして薄暗く、ほとんど使っていない雰囲気だった。茶色の暗い階段を二階へと上がり、三つつながった茶色の暗い部屋に入った。壁板には花綱が彫刻されていて、ジャガーズ氏がそのまえで歓迎のことばを述べるあいだ、その花綱が何に使う縄に見えたか、いまも憶《おぼ》えている。

食事は三つのなかでもいちばん立派な部屋で供された。二番目に立派な部屋は化粧室、三番目は寝室だった。邸宅全体を所有しているが、いま見ている部屋以外はめったに使わないということだった。食卓は気持ちよく整えられ——もちろん銀器はない——ジャガーズ氏の椅子《いす》の横には大きな給仕用ワゴンがあって、さまざまな種類の壜《びん》やデカンタ、デザートのフルーツの皿が四つのっていた。私は食事のあいだじゅう、彼があらゆるものを自分の手元に置いて配っていることに気づいた。

その部屋には本棚があった。並んだ本を見ると、証拠、刑法、犯罪者の伝記、公判記録、議会制定法などに関するものだった。家具は彼の時計の鎖と同じく、どれも堅《けん》牢《ろう》で上等だが、見た感じは事務的で、純粋に装飾的なものは何ひとつなかった。部屋の隅には小さな机があり、書類と笠《かさ》つきのランプがのっていた。そこからも、事務所の仕事を家に持ち帰り、車輪のついたその机を夜引き出して働いていることがうかがえた。

ジャガーズ氏は家まで私と並んで歩いてきたので、ここまで連れの三人をほとんど見ていなかった。呼び鈴を鳴らしたあと、暖炉のまえの絨毯《じゅうたん》に立ち、彼らに探るような視線を向けたときには、驚いたことに、三人のなかでもひときわドラムルに興味を惹《ひ》かれたようだった。

「ピップ」ジャガーズ氏は大きな手を私の肩に置き、窓辺に私を導きながら言った。「誰が誰だかわからんが、あの蜘蛛はいったい何者だ？」

「蜘蛛？」

「あの染みだらけのだらしないむっつりしたやつだ」

「ベントリー・ドラムルです」私は答えた。「繊細な顔立ちの彼がスタートップです」

ジャガーズ氏は〝繊細な顔立ちの彼〟のほうはまったく無視して言った。「ベントリー・ドラムルというんだな？　あの面構《つらがま》えが気に入った」

そしてさっそくドラムルに話しかけた。ドラムルの鈍重で無愛想な返事をものともせず、むしろそれで勢いづいて、ジャガーズ氏は話を無理やり聞き出そうとした。そんなふたりを見ていると、家政婦が最初の料理を手に割りこんできた。

彼女は四十がらみだった。もっとも、実際より若く見てしまったかもしれない。背は高めで、しなやかにすばやく動き、肌はひどく青白かった。色褪《あ》せた大きな眼に、豊かに波打つ髪。心臓病か何かのせいだろうか、あえぐように口を開け、顔には驚きうろたえているような奇妙な表情が浮かんでいた。けれども、私は前夜かそのまえの夜に劇場で『マクベス』を観《み》ていたので、彼女の顔は、魔女たちの大釜《おおがま》から現れた幻影のごとく熱気で揺らめいているように見えた〔訳注『マクベス』第四幕第一場〕。

家政婦は料理を置き、指でわが後見人の腕にそっと触れて、食事の用意ができたことを知らせると、出ていった。私たちは丸テーブルに着席した。わが後見人はドラムルを隣に坐らせ、反対側の隣がスタートップだった。家政婦が食卓に並べたのは上品な魚料理で、次に同じくらい選りすぐりの羊の骨つき肉と、やはり選りすぐりの鶏肉《とりにく》が出た。ソースやワインなど、欲しいものはみなワゴンから主人が提供し、すべてが極上だった。それらがテーブルをひとまわりすると、彼はつねにワゴンに戻す。同様に、新しい料理が出るたびに、そこからきれいな皿とナイフとフォークを配った。使い終わった食器は椅子の脇《わき》の床に置いたふたつの籠《かご》に入れていた。部屋に入ってくるのは家政婦だけで、彼女がすべての料理を並べ、私は毎回その顔に大釜から立ち現れる幻影の顔を重ねた。何年もたってから、彼女の似顔絵を描いてみた。暗い部屋で燃えるアルコールの皿のうしろにその顔を描いたが、波打つ髪のほかに似ているところはまるでなかった。

彼女自身の際立《きわだ》った外見と、ウェミックから得た知識によって、私は家政婦にとりわけ注目していたが、彼女が部屋にいるときには、つねにわが後見人を注意深く見ていること、彼のまえに皿を置いたときには、いつもためらいがちに手を離すことに気づいた。まるで遠ざかったあとで彼に呼び戻されることを怖れ、話があるなら近くにいるうちにしてほしいと思っているかのように。ジャガーズ氏の態度から想像するに、彼はそのことを承知しており、あえて家政婦を不安な状態に置いていたのではなかろうか。

食事は愉《たの》しく進んだ。わが後見人は、話題を提供するより人の話に相槌《あいづち》を打っていたが、私たちのそれぞれから性格のもっとも弱い部分を引き出していた。私について言えば、金を無駄遣いし、ハーバートに兄貴風を吹かし、将来手に入る莫大《ばくだい》な財産を自慢する傾向があることを、ほとんど口を開くと同時に暴《あば》かれていた。残りのみなも同じだったが、とくに目立ったのはドラムルで、まわりの人に対して気むずかしく疑り深い態度が身についてしまっていることを、魚料理の皿が下げられるまえに探り出されていた。

食後のチーズが出るころ、会話はボート漕《こ》ぎの自慢になり、ドラムルが夕方、両生類のようにのろのろとうしろからついてくることをからかわれた。するとドラムルは主人に向かって、こんなやつらはいないほうがましだ、ボート漕ぎの腕はこいつらの師匠より上だし、力比べなら籾殻《もみがら》みたいに吹っ飛ばしてやると息巻いた。わが後見人は何か見えない力によって、これほどの些事《さじ》についても凶暴になりかねないほどドラムルをあおりたてたのだ。実際に彼は腕まくりをして太さを測り、筋肉を見せつけた。ばかばかしくも、私たち全員が腕まくりをして太さを測ることになった。

ちょうどそのとき、家政婦は食卓を片づけていた。わが後見人は彼女にぜんぜん注意を払わず、そっぽを向いて、指の横を噛みながら椅子の背にもたれていた。ドラムルの話に興味津々《しんしん》なのが私にはまったく理解できなかったが、ジャガーズ氏はテーブルに家政婦の手が伸びてくると、いきなり罠にかけたように大きな手で押さえつけた。その動きがあまりに突然ですばやかったので、私たちはくだらない自慢競争をぴたりとやめた。

「力比べというのなら、本物の手首を見せてやろう」ジャガーズ氏は言った。「モリー、こいつらに手首を見せてやりなさい」

つかまれた手はテーブルの上だったが、彼女はすでにもう一方の手を腰のうしろに隠していた。「旦那《だんな》様」と低い声で言った。眼は懇願するようにじっと彼を見すえて。

「おやめください」

「本物の手首というものを見せてやる」ジャガーズ氏は梃子《てこ》でも動かぬ決意でくり返した。「モリー、手首を見せるんだ」

「旦那様」家政婦はまたつぶやくように言った。「お願いです！」

「モリー」ジャガーズ氏は彼女と眼を合わさず、頑《かたく》なに部屋の反対側を見つめて言った。「こいつらに両方の手首を見せるんだ。さあ、早く！」

彼は手を離し、家政婦の手首をテーブルで上向きにした。彼女はもう一方の手をうしろから出して、両方を上向きに並べた。あとから出たほうはずいぶん傷ついていた――くっきりと縫った跡があり、横向きの線が何本も入っていた。両手を並べた彼女はジャガーズ氏から眼をそらし、残りのわれわれを用心深くひとりずつ見ていった。

「ここには力がある」ジャガーズ氏は彼女の腱《けん》を淡々と人差し指でたどりながら言った。「手首の力がこの女ほどある男は、ほとんどいない。握力だけでもたいしたものだ。いままで多くの手を見てきたが、男女を問わず、これほど力のある手はなかった」

ジャガーズ氏がこうしたことをのんびりと批評しているあいだ、家政婦は席についた私たちを順番に見ていたが、話が終わると、また彼に眼を向けた。「もうよろしい、モリー」ジャガーズ氏はかすかにうなずいて言った。「みな感心している。行っていい」彼女は手を引っこめ、部屋から出ていった。ジャガーズ氏はワゴンからデカンタを取って、自分のグラスを満たし、みなにワインをまわした。

「諸君、九時半には散会しなければならない。時間を有効に使ってくれたまえ。会えてよかった。ミスター・ドラムル、きみに乾杯しよう」

ドラムルを特別扱いする目的がますます彼を増長させることにあったのなら、見事に功を奏した。ドラムルはぶすっとしつつ勝ち誇り、残りの私たちをますます不機嫌に見下したので、忌々《いまいま》しさは耐えがたいまでになった。そのすべての段階において、ジャガーズ氏は例の不可思議な興味を示し、あたかもドラムルは氏のワインに風味を添えているように見えた。

若気の至りで私たちは飲みすぎたと思う。しゃべりすぎたのもわかっている。私たちの金遣いの荒さを嘲笑《ちょうしょう》するドラムルの無遠慮な態度は、とりわけ癪《しゃく》に障《さわ》った。私は分別を忘れてカッとなり、一週間ほどまえに私がいるまえでドラムルがスタートップから金を借りたのはみっともなかったとつい言ってしまった。

「いずれ返すさ」ドラムルは反論した。

「返さないとは言ってない。ただ、そのことを考えれば、ふつう他人の金遣いに余計な口は出さないんじゃないかってってことさ」

「ふつうだと！　あきれるね！」

「だって、考えてみろよ」私はこの際、徹底的にやりこめてやろうと続けた。「きみはぼくらの誰にも金は貸さないだろう、たとえ頼みこんだって」

「そのとおり。おまえらには六ペンスだって貸さない。誰にも、六ペンスだろうと貸さない」

「それならふつう人から金は借りないだろう」

「ふつうかよ」ドラムルはくり返した。「あきれるね！」

これに私は腸《はらわた》が煮えくりかえり――彼の不機嫌な愚鈍さに歯が立たないのでなおさら――ハーバートが制するのも無視して言った。

「ついでに教えようか、ミスター・ドラムル。きみがその金を借りたときに、ハーバートとぼくが何を話したか」

「おまえとハーバートが何を話したか、おれは知りたくもない」ドラムルはうなった。そしてもっと小さなうなり声で、ふたりとも地獄へ堕《お》ちて震え上がるがいいとつけ加えたように思う。

「でも教えてやる」私は言った。「知りたかろうと、そうでなかろうと。ぼくたちは、きみがさもうれしそうにあの金をポケットに入れたとき、貸したスタートップの気の弱さをひどくおもしろがっているように見えると話したのさ」

ドラムルは大声で笑った。面と向かって、両手をポケットに突っこみ、猫背を伸ばして笑いつづけた。まさにそのとおりだ、馬鹿者ぞろいのおまえらを軽蔑していると言わんばかりに。

そこでスタートップが私よりはるかに立派な態度で割って入り、もう少し愛想よくふるまえないかとドラムルを説得した。スタートップは快活で聡明《そうめい》な若者、ドラムルはその正反対だったから、ドラムルのほうはつねづねスタートップの存在を自分に対する露骨な侮辱ととらえ、恨んでいた。このときにも品のない愚鈍な調子で言い返したが、スタートップは受け流して別の愉しい話題を持ち出し、私たちみなを笑わせた。この小さな成功を何よりも恨んだドラムルは、なんの脅しも予告もなく両手をポケットから出して背を屈《かが》め、悪態をついて、大きなグラスをつかむや仇敵《きゅうてき》の頭に投げつけようとしたが、グラスがテーブルから持ち上がった瞬間、今宵《こよい》の主人が巧みにそれを取り押さえた。

「諸君」ジャガーズ氏はグラスを慎重にテーブルに戻すと、大きな鎖を引っ張って金時計を取り出した。「まことに申しわけないが、九時半になった」

それを合図に、私たちは辞去しようと立ち上がった。玄関のドアに達するまえに、スタートップはもうドラムルに対して何事もなかったかのように、「きみ《オールド・ボーイ》」と明るく呼びかけていた。しかしドラムルのほうは答えるどころか、ハマースミスに向かう通りの同じ側さえ歩こうとしなかった。ロンドンに残るハーバートと私は、道の両側を帰っていくふたりを見送った。スタートップが先に立ち、ドラムルがそのうしろから家並みの陰をのろのろとついていくさまは、ボートを漕ぐときとそっくりだった。

ドアがまだ閉まっていなかったので、私はハーバートにしばらく待ってもらい、二階に駆け上がってわが後見人にひと言挨拶《あいさつ》しておこうと思った。ジャガーズ氏は、まわりに手持ちのブーツがずらりと並んだ化粧室で、すでに懸命に手を洗い、私たちを流し去っているところだった。

私は、不愉快な事態になったのを謝るために戻ってきた、寛大な心で赦《ゆる》していただけるとありがたいと言った。

「はっ！」彼は顔を洗い、ぽたぽた滴《しずく》を落としながら言った。「あんなことはなんでもない、ピップ。それより、あの蜘蛛は気に入ったぞ」

私のほうを向いて頭を振り、鼻をかみ、タオルで顔をふいた。

「気に入っていただいて何よりです。ぼくは好きじゃありませんが」

「それはそうだろう」わが後見人は同意した。「あの男とはあまりかかわらんように。なるたけ避けなさい。だが、私は好きだ、ピップ。あれは本物だ。もし私が占い師だったら――」

タオルのなかから私の眼をとらえた。

「いや、私は占い師ではない」花綱のようなタオルに頭を突っこみ、両耳までしっかりふいた。「私が何かは知っとるな？　おやすみ、ピップ」

「おやすみなさい」

その後一カ月ほどして、ポケット家に蜘蛛が下宿する期間が終わった。彼は実家のねぐらに戻っていき、ポケット夫人を除く家の全員がほっと胸をなでおろした。

27

〝親愛なるミスター・ピップ

ミスター・ガージェリーの依頼でこの手紙を書いています。今度、ミスター・ウォプスルとロンドンに出かけるので、差し支えなければ、あなたに会えるとうれしいということです。火曜の朝九時に〈バーナーズ・ホテル〉に着くそうです。差し障りがあったら、お知らせください。お気の毒なお姉様は、あなたが発《た》ってからあまり変わっていません。わたしたちは毎晩台所であなたのことを話します。どんなことを言い、どんなことをしているのかしらと。勝手なことをしてと思われたなら、昔の思い出に免じてお赦しください。では、親愛なるミスター・ピップ、ここまでで失礼いたします。

いつも感謝している奉仕者から、愛情をこめて

ビディ

追伸「とびきり愉しくやろう」としっかり書くように言われました。それであなたにはわかるそうです。あなたはもう紳士ですが、昔から心のやさしい人ですし、ミスター・ガージェリーは立派な、立派なかたですから、歓迎してくださるよう願い、また、そうしてくださると信じています。この最後の文だけを除いて、

手紙は全部ミスター・ガージェリーに読んで聞かせました。もう一度、「とびきり愉しくやろう」と書いてほしいそうです。〟

この手紙を受け取ったのは月曜の朝、つまりジョーが来るのは翌日だった。そのことを私がどう思ったか、ここで正直に告白しておく。

ジョーとは切っても切れない関係だったにもかかわらず、私はうれしくなかった。少なからず動揺し、いくらか恥ずかしく、自分とジョーはとてつもなく不釣り合いだと感じた。金を払うことでジョーを遠ざけておけるなら、まちがいなくそうした。最大の安心材料は、ハマースミスではなく〈バーナーズ・イン〉に来るので、ジョーとベントリー・ドラムルが鉢合わせしないことだった。ハーバートや彼の父親にジョーを見られるのはかまわない。このふたりには敬意を抱いていたから。しかし、軽蔑するドラムルに見られるのにはどうしても耐えられなかった。つまり、人生をつうじて、私たちの最悪の弱さや卑《いや》しさは、もっとも軽蔑する人がいることで表に出てくる。

私はすでに部屋を、柄でもない無用のもので飾りたてるようになっていた。バーナードとの格闘は非常に高くついた。そのころの部屋は、入りたての時期とはまるでちがっていて、私は近隣の室内装飾業者の帳簿で晴れがましいページを占める栄誉に浴していた。いまや怖いものなしといった羽振りのよさで、ブーツをはいた（それも乗馬用ブーツだ）使用人までひとり雇っていた。私はこの使用人に拘束され、つきしたがって毎日暮らしていたようなものだ。この怪物を（わが洗濯婦の家族のゴミ屑《くず》から）創造し、青い上着とカナリア色のチョッキ、白いクラバット、クリーム色のズボン、前述したブーツで飾ったあとは、できるだけ少量の仕事で大量に食べさせなければならなかったからだ。彼はそのふたつの怖《おそ》ろしい要求とともに私に取り憑《つ》いた。

　私はこの恨みがましい亡霊に命じて、火曜の朝八時に玄関で待機させることにした（床の敷物を買った折、玄関が六十センチ四方しかないことがわかった）。ハーバートが、ジョーは朝食にあれやこれやを食べたいのではないかと提案してくれた。それほど興味を持ち、思いやってくれることに心から感謝しながらも、私は、もしジョーが彼に会いにくるのなら、ここまでてきぱきと働かないのではないだろうかという、苛《いら》立《だ》たしい奇妙な疑いを抱いた。

　とはいえ、ジョーを迎えるために、月曜の夜には〈バーナーズ・イン〉に入り、翌朝は早起きして、居間と朝食のテーブルをめいっぱい華やかに整えた。あいにくその朝は霧雨が降っていた。気弱な巨人の煙突掃除夫のごとく、バーナードが窓の外で煤《すす》けた涙を流していたことは、天使も隠しきれなかっただろう。

約束の時間が近づくにつれ、私は逃げ出したくなったが、〝恨めし屋〟はあくまで命令に忠実に玄関で待っていた。やがて階段を上がるジョーの足音がした。ぎこちない上がり方と――彼のよそ行きのブーツはいつも大きすぎるのだ――途中の階でほかの住人の表札を読むのにかかる時間とで、ジョーだとわかった。ついに彼が私の部屋の外で止まり、表札に書かれた私の名前を指でなぞっている音がした。鍵穴《かぎあな》から息遣いの音もはっきりと聞こえた。とうとう彼はドアをかすかに一回叩《たた》き、ペッパー――それが私を苦しめる〝恨めし屋〟の名前だった――が「ミスター・ガージェリーです！」と告げた。ジョーはいったいいつまで靴をぬぐっているのだろう、こちらが出ていって彼をマットから引き上げなければいけないのかと思ったが、やっとなかに入ってきた。

「ジョー、元気だった、ジョー？」

「ピップ、おまえこそどうだい、ピップ？」

ジョーは善良で正直な顔を喜びで輝かせ、帽子をふたりのあいだの床に置き、私の両手を取って、最新特許のポンプか何かのようにまっすぐ上下に動かした。

「久しぶりだね、ジョー。帽子を預かるよ」

しかしジョーは、卵が入った鳥の巣を扱うように帽子を両手でそっと持ち上げ、その所有財産を決して手離さず、なんともやりにくそうに立ったまま、帽子越しにしゃべった。

「それにしても、大きくなったなあ。どっから見ても立派な紳士だ」そこで少し間を置いて次のことばを考えた。「まちがいなく国王陛下と国の誉れだ」

「ジョーもとても元気そうだね」

「おかげさんで、よそさまと同じくらいはな。おまえの姉さんも、まえより悪くなってない。ビディはいつもちゃんとしてて、よく働いてくれる。友だちもみんな、よかあなくても、悪くもなってない。ただ、ウォプスルはな、あれはいかん」

　こう話すあいだ、ジョーは（相変わらず鳥の巣を後生大事に抱えて）ぐるぐると部屋じゅうを見まわし、私の部屋着の花柄模様を見ていた。

「いかんって?」

「いや、それがな」ジョーは声を落とした。「教会を辞めて、芝居を始めたんだ。だから今日、おれといっしょにロンドンに出てきた。それで、よかったら」と、しばし鳥の巣を左腕に移して右手でなかの卵を探った。「これを渡してくれって」

　受け取ってみると、ロンドンの小劇場のしわだらけになったチラシだった。まさにこの週、〝ロスキウス〔訳注　ローマ時代の名優〕の再来とも言われる名高い地方出身アマチュア俳優〟のロンドン初登場を宣伝している。〝国民的吟遊詩人の最高傑作たる悲劇〔訳注　シェイクスピアの『ハムレット』を指す〕での氏の演技は、地方演劇界に一大センセーションを巻き起こした〟。

「ジョーは観たの？」私は訊《き》いた。

「もちろん観たさ」ジョーは厳《おごそ》かに強調した。

「一大センセーションだった？」

「そりゃもう。オレンジの皮がばんばんウォプスルに飛んでたよ。とくに、幽霊を見たときに。しかしですよ、サー、幽霊と話してるときに、いちいち客席から〝アーメン！〟なんて声をかけられたら、まじめに演技なんかしてられんと思う。たしかに、教会で働いてたのは運が悪かったけど」ここで理屈めいたことを言おうと、気持ちをこめて声をひそめ、「ああして本番中に役者の気をそらす理由にはならん。何が言いたいかって、つまり、自分の父親の亡霊が出てきたときに注意を払わなかったら、何に注意を払うんです、サー？　なお悪いことに、喪服用の帽子があいにく小さすぎて、どんなに頭にのせとこうとしても、黒い羽根の重さで落ちるばかりだった」

ジョー自身の顔が亡霊を見たかのように変わったので、ハーバートが部屋に入ってきたのがわかった。私がジョーを紹介すると、ハーバートは握手の手を伸ばしたが、ジョーはあとずさりして、鳥の巣を抱えこんだ。

「恐縮です、サー。つまり、あなたとピップが――」そのときテーブルにトーストを置いていた〝恨めし屋〟に眼が止まり、ジョーはすぐさまこの若い紳士も家族の一員に加えようとしたが、私が眉《まゆ》をひそめて制止したので、ますます混乱することになった。「いやつまり、あなたがたふたりの紳士が、こういう狭苦しいところでお元気であることを祈りますよ。ここはロンドンの基準だと高級な宿屋《イン》かもしれません」ジョーは内緒話のように言った。「評判もたいしたもんなんでしょう。けど、おれだったら、ここじゃ豚一匹飼わないな――まるまると太らせて、うんまい味にしようと思ったらね」

こうして私たちの住まいのすばらしさを称《たた》え、ときどき私を〝サー〟と呼ぶようになったジョーは、食卓に案内されると、帽子を置くのにふさわしい場所を探して部屋を隅から隅まで見まわし――まるで自然界のきわめて希少なものの上にしか置けないというふうに――最終的に炉棚のいちばん端に引っかかるようにのせたが、帽子はその後たびたび床に落ちた。

「紅茶とコーヒーのどちらになさいますか、ミスター・ガージェリー？」朝食でいつも主人役を務めるハーバートが訊いた。

「ありがとうございます、サー」ジョーは頭から爪先《つまさき》まで緊張して答えた。「どちらでも、ご都合のいいほうをいただきます」

「では、コーヒーにします?」

「ありがとうございます、サー」ジョーはその提案にがっかりした様子で答えた。

「コーヒーを選んでくださったんですから、そのご意見に反対するつもりはありません。けど、あれは少々カッときませんか?」

「それなら紅茶にしましょう」ハーバートは言って、紅茶をついだ。

　そこでジョーの帽子が炉棚から落ち、彼は椅子から飛び出してそれを拾うと、まったく同じ場所に置き直した。またすぐに落ちることが正しい礼儀作法であるかのように。

「ロンドンにはいつお越しになりました、ミスター・ガージェリー?」

「昨日の午後だったかな」ジョーは街に出てきて百日咳《ひゃくにちぜき》にかかる暇があったのか、口に手を当てて咳きこんだあと、答えた。「いや、ちがう。あ、やっぱりそうか。そうだ。昨日の午後です」（叡智《えいち》と安心と厳密な公平性がないまぜになった表情で。）

「もうロンドン観光はなさいました?」

「ああ、もちろんです、サー。ウォプスルとまっすぐ靴墨会社の倉庫を見学しに行きました。けど、入口に貼《は》ってあった赤いポスターとはずいぶんちがってたな。つまり」とさらに説明した。「ポスターのほうがずっと立派で、建築がく的《アーキテクトゥーラル》こうぞう的《ウーラル》——」

放っておけば、ジョーはその単語（どこかで見た建物をありありと連想させることばではあったが）をずっと引き延ばして一曲の歌にしてしまっただろうが、運よくまた落ちかけた帽子に気を取られた。その帽子には、絶え間ない注意と、クリケットのウィケットキーパーに匹敵する眼と手のすばやさが必要だった。ジョーは類《たぐ》いまれな手腕を発揮し、最高の技を見せた。帽子が落ちはじめたところで飛んでいって器用につかみ、落ちる途中で受け止め、弾き飛ばし、部屋のあちこちで模様入りの壁紙にぶつかりながら機嫌をとり、ようやくしっかり手元に置いたものの、結局茶こぼしのなかに放りこんだので、私は失礼を顧みずそれを取り上げた。

ジョーのシャツと上着の襟も考えるだにわけがわからず、解決不能の謎《なぞ》だった。なぜあそこまですり傷を作らないと正装した気になれないのだろう。なぜ晴れ着の苦行で身を清めなければと考えるのだろう。やがてジョーは意味不明な瞑想《めいそう》の発作を起こした。フォークが皿と口のあいだで止まり、眼はおかしな方向に引き寄せられ、ひどい咳に悩まされ、テーブルから離れすぎて、食べるよりこぼすもののほうがはるかに多くなったが、本人はこぼしていないふりをする。そんなわけで、ハーバートがシテイに出かけて私たちをふたりきりにしたときには、心からうれしかった。

　こうなったのはすべて私のせいであり、私がもっとジョーに気安く接していれば、ジョーも気楽になれただろうと考えるだけの良識も、気性のよさも、私は持ち合わせていなかった。ジョーのことが我慢できず、腹を立てていた。そんな私の頭に、ジョーは炭火を積んだ〔訳注　箴言《しんげん》第二十五章第二十二節。悪をおこなう者に善をもって返し、改悛に導くたとえ〕。

「ふたりだけになりましたから、サー」ジョーは話しだした。

「ジョー」私は不機嫌に割りこんだ。「どうしてぼくを〝サー〟なんて呼ぶのさ」

　ジョーは一瞬、かすかに非難するような眼で私を見た。クラバットも襟もまったく馬鹿《ばか》げて見えたが、私はその表情にある種の威厳を感じた。

「ふたりだけになったから」ジョーは話を再開した。「それに、このあと長くはいられんし、いるつもりもないから、どうしておれがありがたくもここへ来ることになったのか、説明しとくよ——まあ、説明してみる」ジョーはまた以前のようにすらすらと話しはじめた。「おれのたったひとつの願いは、おまえの役に立つことだ。でなけりゃ、こうして紳士の家で畏《おそ》れ多くもいっしょに食事をさせてもらうことはなかった」

　私はジョーのあの表情を二度と見たくなかったので、口調を咎《とが》めるのはやめた。

「つまり、サー、こういうことなんです」ジョーは続けた。「このまえの夜、おれが〈艀《はしけ》乗り〉亭にいたらな、ピップ」愛情を示すときにはつねに〝ピップ〟、礼儀に逆戻りするとつねに〝サー〟と呼ぶのだ。「あのパンブルチュークが自分の馬車でやってきた。あの男、ときどきえらくこっちの癇《かん》に障ることをする」と話が脇道にそれた。「おまえが小さいころから交友よしみ《コンパニオネーション》を結んでて、自分は遊び相手として尊敬されてたなんて、町じゅうで言いふらしたり」

「くだらない。遊んでくれたのはジョーじゃないか」

「おれもそう思うよ、ピップ」ジョーは頭をそり返らせて言った。「けど、それはいいんですよ、サー。いやまあ、ピップ、その吹かし屋がな、〈艀乗り〉亭でおれに寄ってきて（パイプとビールは働く人間にとって元気の素《もと》ですなあ、刺激にもなりすぎないし）、〝ジョゼフ、ミス・ハヴィシャムがおまえと話したいそうだ〟と言ったんだ」

「ミス・ハヴィシャムが？」

「〝あのかたがおまえと話したいそうだ〟。それがパンブルチュークの伝言だった」ジョーは天井を見上げた。

「それで、ジョー？　続けて」

「だから翌日、きれいな恰好《かっこう》をしてミス・Aに会いにいきましたよ、サー」ジョーは私がはるか遠くにいるような眼つきで言った。

「ミス・Aって、ミス・ハヴィシャムのこと、ジョー？」

「さようです、サー」ジョーは遺言書でも作成しているような、しかつめらしい法律家の雰囲気で答えた。「ミス・A、別名ハヴィシャム。彼女の話は次のとおり。〝ミスター・ガージェリー、ミスター・ピップと手紙のやりとりはありますか？〟。手紙はもらってたから、〝はい、あります〟と答えることができましたよ（お姉さんと結婚したときの誓いは、〝はい、そうします〟でしたがね、サー。友だちに答えるときには、〝はい、あります〟だ、ピップ）。〝それなら伝えてくださる？〟と彼女は言った。〝エステラが家に戻って、彼に会いたがっていると〟」

ジョーを見ながら、顔がカッと熱くなるのがわかった。その遠因のひとつは、もしジョーのこの用向きを知っていたら、もっと訪問を歓迎したはずだと意識したことだったと思う。

「家に帰って、そのメッセージを伝える手紙を書いてくれとビディに頼んだら」ジョーは続けた。「ビディはちょっとためらって、〝きっとピップは、この話を直接聞いたらとても喜ぶわ。いまは休暇中だし、あなたも会いたいでしょう。行ってあげて！〟

と言った。以上です、サー」ジョーは椅子から立ち上がって、「じゃあな、ピップ、もっともっと成功することを祈ってるぞ」

「まだ帰らないでしょう、ジョー?」

「いや、帰る」

「でも、また夕食には戻ってくるよね」

「いや、戻らない」

眼と眼が合った。手を差し出したジョーの男らしい心から、あらゆる〝サー〟が溶け出して消えた。

「ピップ、相棒、世の中はな、ものすごくたくさんの部品が溶接されていっしょになってるようなもんだ。鍛冶屋《かじや》もいれば、ブリキ職人も、金細工師も、銅細工師もいる。そのあいだの区切りが肝心で、大事にしなきゃならん。今日いっぱいのことで何か不都合があったら、それは全部おれが悪い。おまえとおれはロンドンではいっしょにいられない。よく知ってる場所、ふたりでいられて、友だち同士わかり合ってる場所じゃないとだめだ。偉そうなことを言うつもりはないよ。おれは正しくなりたいだけだ。もうこの服を着てるとこをおまえに見せることは二度とないだろう。こんな服はまちがってる。おれは鍛冶場や、台所や、ぬめ地から出ちゃいかん。鍛冶屋の服を着て、ハンマーを持ってれば、いやパイプでもいいけど、そういうとこを想像してくれたら、いまの半分も悪かない。もしまたおれに会いたくなったら、今度は鍛冶場の窓から頭を突っこんで、鍛冶屋のジョーを見てくれな。いつもの鉄床《かなとこ》のまえで、いつもの焼け焦《こ》げたエプロンをつけて、いつもの仕事をしてるとこを。そしたらいまの半分も悪かない。おれは怖ろしく馬鹿だけど、やっといま正しいことを叩き出したんじゃないかな。神様のご加護がありますように、ピップ、わが相棒。神様のご加護を！」

ジョーに純朴な威厳があると考えた私はまちがっていなかった。このことを話すとき、彼の服装はなんら威厳の妨げにならなかった――天国で妨げにならないのと同じように。ジョーは私の額にそっと触れて出ていった。私はわれに返るなりあとを追い、近所の通りを探したが、もう彼の姿はなかった。

28

翌日、故郷の町に帰らなければならないのは明らかだった。最初に押し寄せた改悛《かいしゅん》の情にしたがって、ジョーの家に泊まらなければならないのも、同じくらい明らかだった。けれども、翌日の馬車の御者横の席を予約し、ポケット家に寄って戻ってくるころには、ジョーの家に泊まることについてあまり確信が持てず、〈青猪《あおいのしし》〉亭に投宿する理由と言いわけを考えはじめていた。ジョーたちに迷惑をかけてしまうかもしれない。行くことを知らせていないから、ベッドも用意できていないだろう。ミス・ハヴィシャムの屋敷からも遠すぎる。ミス・ハヴィシャムはいろいろ厳しい人だから、それが気に入らないかもしれない。世のあらゆる詐欺師《さぎし》と比べても、自分をだます詐欺師ほど性質《たち》の悪いものはない。私はこんな口実をひねり出して自分を欺《あざむ》いた。おかしなものである。誰かが作った偽《にせ》の半クラウン硬貨を、そうと知らずに持っているのならわかるが、自分で作った偽物とわかっている硬貨を本物と思いこめるのだから！愛想のいい赤の他人が、こうすれば安全だからと私の紙幣を小さくたたみ、その紙幣の代わりにクルミの殻を私に返したとする。だがそんな器用な手つきも、みずからクルミの殻をたたんで自分に紙幣だと信じさせる私の手練《てだ》れの技に比べれば、何ほどのものだろう！

〈青猪〉亭に行くと決めたあとは、〝恨めし屋〟を連れていくべきかどうか悩みに悩んだ。〈青猪〉亭の馬留めのアーチの下で、金のかかった〝傭兵《ようへい》〟が公然とブーツを見せびらかすという考えにはそそられるものがあったし、さり気なく仕立屋に連れていって、あの失礼なトラブの小僧をあわてふためかせることを想像すると、厳粛な気持ちにすらなった。一方で、トラブの小僧が彼に取り入って親しくなり、余計な入れ知恵をするかもしれないし、小僧はあのとおり向こう見ずでやけっぱちだから、本通りで彼を野次るかもしれない。わが恩人の耳にも〝恨めし屋〟に関する噂《うわさ》が入り、不快に思わないともかぎらない——などと考えた末、結局連れていかないことにした。

　私が予約したのは午後の便で、冬になっていたから、目的地に到着するのは日が暮れて二、三時間後というところだった。馬車が〈交叉鍵《クロス・キーズ》〉亭を出発するのは二時で、私は十五分前に〝恨めし屋〟に付き添われて駅に着いた——可能なかぎり私に付き添うことのない人間にこの表現を使っていいとすれば。

　当時は駅馬車で囚人を造船所に送る習慣があった。彼らが屋上席に乗ったという話はよく聞いたし、街道で馬車の屋根から鉄の鎖がついた足をぶらぶらさせているのも何度か目にしていたので、見送りに来てくれたハーバートが、いっしょに囚人がふたり乗るようだと言ったときにもさほどの驚きはなかった。が、私には〝囚人〟と聞くと本能的に平静でいられなくなる、古くからの理由があった。

「気にならないだろう、ヘンデル？」ハーバートは言った。

「平気さ」

「嫌そうな顔をしたみたいだけど」

「嫌じゃないと言えば嘘《うそ》になる。きみだってそうだろう。でも気にしないよ」

「ほら！　あそこ」ハーバートは言った。「パブから出てきた。なんて堕落した卑しい光景だ」

彼らは護衛についた看守に酒をおごっていたらしく、三人で口をぬぐっていた。囚人ふたりは手錠でつながれ、足枷《あしかせ》をつけている――あの鎖の形には見憶えがあった。また、やはりはっきりと見憶えのある囚人服を着ていた。看守は拳銃《けんじゅう》を二挺《ちょう》持ち、大きなこぶのある棍棒《こんぼう》を脇に挟んでいるが、囚人たちとは仲よくやっていて、三人並んで馬車に馬がつけられるのを見ていた。まるで囚人ふたりが未公開の興味深い展示物で、看守は博物館の館長であるかのように。囚人の一方はもう一方より上背があり、がっしりしていて、囚人の世界にも自由世界にも当てはまる不思議な習わしにより、当然小さいほうの服を割り当てられているようだった。彼の腕や脚は大きな人型の針山の腕や脚に見え、服のせいで馬鹿げた印象を与えるものの、その半分閉じた眼は、見たとたんにわかった。そこに立っているのは、いつだか土曜の夜、〈三人の陽気な艀乗り〉亭で長椅子に坐《すわ》り、眼に見えない銃で私を撃ち倒したあの男だった！

男がいまのところ、私を人生で一度も見たことのない人間だと思っているのは容易に知れた。こちらを見て、あの眼で私の懐中時計を品定めし、どうでもいいというふうに唾《つば》を吐き、もうひとりの囚人に話しかけたからだ。ふたりは笑って、互いにつながった手錠を鳴らしながら体の向きを変え、何か別のものを眺めた。番地が記された家のドアを思わせる背中の大きな数字、下等動物のように粗野でみすぼらしいぶざまな外見、ハンカチを花綱のように巻いておざなりに隠した鉄の足枷、その場にいる人々が彼らを見て距離を置いているさま――それらすべてが（ハーバートが言ったように）きわめて不快で堕落した光景を作り出していた。

　だが、もっと悪いことがあった。ロンドンから引っ越す一家に馬車の後部が占拠されたため、囚人ふたりは御者のうしろの屋上席に坐るしかなくなったのだ。そこの四つめの席を予約していた短気な紳士が火を噴かんばかりに怒り、こんな悪党といっしょにされるのは契約違反であり、きわめて不快、悪質、不名誉、破廉恥《はれんち》などなど、あらゆる苦情を吐き散らした。すでに馬車の準備はできて、御者は苛立っている。私たちが乗りこもうとしたとき、囚人ふたりが看守と近づいてきた――囚人にともないがちな湿布とラシャ、古縄をほぐした糸、磨き石の異様なにおいをさせて。

「どうかお怒りを収めてください」看守は怒った乗客に頼んだ。「私があなたの隣に坐りますので。こいつらは隅っこに寄せときます、お邪魔にならないように。いることもわかりませんよ」

「おれを責めんでもらおう」私が知っている囚人が言った。「おれは行きたかないんだから。喜んで居残るよ。代わりたきゃ誰とでも代わってやる」

「おれもだ」もうひとりが乱暴に言った。「おれの好きにやらしてくれりゃ、誰にも迷惑はかけなかったさ」囚人たちは笑い、クルミを割って殻をまわりに捨てはじめた。私も彼らの立場でこれほど見下されたら、そうしたかっただろうと思う。

結局、怒った紳士を満足させる方法はない、偶然の道連れといっしょに行くか、嫌ならあとに残るかだということになり、彼はまだ文句を言いながらも席についた。看守がその横に坐り、囚人たちはできるだけ席で背筋を伸ばした。私の知っている囚人は、私の髪の毛に息がかかるくらいすぐうしろに坐っていた。

「またな、ヘンデル！」馬車が出ると、ハーバートが叫んだ。彼がピップとはちがう名前で呼びかけることを、これほど幸運に思ったことはなかった。

私が例の囚人の息を頭のうしろだけでなく背骨全体にどれだけ鋭敏に感じたか、とてもことばでは言い表せない。強烈な酸が骨髄に染《し》み入るような感覚で、歯がピリピリした。彼はもうひとりより呼吸が激しく、音も大きかった。私はそれから逃れようと身を縮め、一方の肩が持ち上がるほどだった。

　この午後はみじめなくらい冷えこみ、囚人たちは寒さに悪態をついた。さほど行かないうちに客はみな気力を失い、中間地点の駅をすぎるころには、うとうとしては震えることをくり返し、黙りこんでいた。私も、うしろの男がまたいなくなるまえに二ポンドを返すべきか、返すならどうするのがいちばんいい方法かと考えているうちに寝入ってしまった。馬と馬のあいだに飛びこみそうになるほどまえに倒れて、はっと目覚め、またその問題に取り組んだ。

　しかし、思ったより長く眠っていたようで、あたりは暗く、馬車の明かりが気まぐれに光と影を作るなかで何も見えないものの、吹きつける湿った冷たい風から、沼地に入ったことがわかった。囚人たちは少しでも温まろうと背を丸め、私を風よけにしたので、ますます私に近づいていた。目が覚めて最初に聞こえた彼らの会話は、私自身が考えていたあのことば、「二ポンド札二枚」だった。

「やつはそれをどうやって手に入れた？」私の知らない囚人が言った。

「知るか」もう一方が答えた。「どっかに隠してたんだろ。友だちにもらったとか」

「ここにあればなあ」相手が寒さに呪《のろ》いのことばを吐きながら言った。

「二ポンドか？　それとも友だちか？」

「二ポンドさ。一ポンドでもくれりゃ、友だちなんぞ全員売ってやる。それでも儲《もう》けもんだ。で、やつはなんと言ったって？」

「こういうことだ」私の知っている囚人が答えた。「造船所の材木の山の陰で、ほんの三十秒ほどで話がついたんだが、やつは〝おまえ、釈放されるんだって？〟と訊いてきた。ああ、そうだ、とおれが答えると、食いもんをくれて秘密を守った子供を見つけて、この二ポンドをやってくれないか、と来た。おれは、いいともと答えて、そうしてやった」

「おまえ馬鹿か」相手がうなった。「おれだったら大人の食いもんと飲みもんに使うぜ。そいつも青臭いやつだな。おまえとは知り合いでもなかったんだろ？」

「知り合いなもんか。班もちがうし、船もちがった。やつは脱走したんで、また裁判にかけられて終身刑になった」

「たいしたもんだ。で、おまえがこのへんで働かされたのは、あんときだけだったのか？」

「あんときだけよ」

「ここの感想は？」

「いやもうひどいのなんの。泥の土手、霧、沼、労役。でまた労役、沼、霧、泥の土手だ」

ふたりは、いまいる土地を激しいことばで貶《けな》し、文句を言い尽くして静かになった。

この会話を聞いたあと、うしろの囚人に正体を知られていないという確信がなかったら、私はまちがいなく馬車からおりて、暗く寂しい街道にひとり残っただろう。自然のなりゆきで私の姿形は変わっているし、服装も境遇も当時とはまったくちがうから、よほどのことがないかぎり、ばれはしない。ただ、こうして馬車に乗り合わせた不思議な偶然を思えば、もう一度偶然が起きて、相手が私の名前を耳にしないともかぎらない。私はぞっとして、町に着いたらすぐさま馬車をおり、彼の耳に入らないところに行こうと決意した。計画は首尾よく運んだ。私の小さなトランクは足元の荷物入れにあり、留め金をはずすだけで取り出すことができた。町の舗道の最初のランプでそれを地面に落とし、自分もあとからおりた。囚人たちはそのまま馬車で運ばれていった。どこで川に移されるかはわかっていた。移送用のボートと、ぬるぬるした泥まみれの階段で彼らを待っている係の囚人たちが眼に浮かんだ――「漕げ、おまえら！」という犬への命令のようなうなり声がまた聞こえ、暗い水面に邪悪なノアの箱舟がまた見えた。

何が怖いのか自分でもわからなかった。ぼんやりした得体の知れない恐怖感だったからだが、のしかかってくる力は強大だった。宿屋に歩いていきながら、たんに村人から認識されると恥ずかしいとか不快だといった心配をはるかに超える恐怖で、体が震えた。はっきりした形こそないが、それがわずかなあいだ甦《よみがえ》った子供時代の恐怖だったことはまちがいない。

〈青猪〉亭のコーヒールームには誰もいなかった。夕食を注文して、そこで食べようとしたとき、ついに給仕が私の素性に気がついた。彼は、記憶力が弱いことを詫《わ》びたうえですぐに、下足係をやってミスター・パンブルチュークを呼んでこさせましょうかと言った。

「いや、それはやめてほしい」私は言った。

給仕は驚いたらしく（私が年季奉公の契約を結んだ日に、旅商人の苦情を伝えにきたのは彼だった）、焦《あせ》った様子で、古くて汚れた地元新聞を私に差し出した。取り上げて読むと、こんなことが書いてあった。

〝読者諸賢も多少なりと興味のあることだろう。過日、当地の若き鉄職人が夢のような幸運を手にした件につき（それにしても、奇跡的健筆でありながらいまだ世に充分知られざる地元民でコラムの詩人、トゥービーにとって、なんと好個の話題であろう）、この若者の最初の後援者であり傍輩にして友人は、穀物および種苗《しゅびょう》の取引にゆかりがなくもない、無上の尊敬を捧《ささ》げられた一個人である。その至便で広々とした事業施設は、本通りから百数十キロ以内にある。この人物こそが、われらが若きテーレマコスにとってのメントールだった〔訳注　ギリシャ神話のメントールは、友人オデュッセウスの息子テーレマコスの教育をまかされる〕とここに記すことは、われわれの心を動かさずにはおかない。眉《み》間《けん》にしわを寄せて考えこむ地元の賢人や、好奇心に眼を輝かせる地元の美人は、その財産を手にする若者とは誰だろうと問いかけるだろうか。フランドルの画家クエンティン・マセイスはかつてアントワープの鍛冶屋だった、と申し上げれば充分だろう。賢者は一を聞いて十を知る《ウエルブ・サップ》。〃

私が羽振りのよかったころに北極に出かけたとしたら、エスキモーであれ白人であれ、パンブルチュークこそ私の最初の後援者で富の創設者であると教えてくれる人が、かならずやふらりと現れただろう。私は幅広い経験から、いまもそう確信している。

29

翌朝は早めに起きて外に出た。ミス・ハヴィシャムの屋敷を訪ねるには早すぎたので、屋敷がある側の町はずれ――ジョーの家とは逆の方向――にぶらぶら歩いていった。ジョーの家には明日行けばいい。歩きながら、わが恩人のことと、彼女が私のために立てているすばらしい計画についてあれこれ考えた。

エステラを養子にし、私も養子にしたようなものだから、ミス・ハヴィシャムが私たちを結びつけようとしているのは明らかだった。あの荒れ果てた屋敷の修復を私に託したのだ。暗い部屋という部屋に陽の光を入れ、時計をまた動かし、冷えきった暖炉に火を熾《おこ》し、蜘蛛《くも》の巣を払い、害虫や害獣を駆除し――要するに、私がロマンス小説の若い騎士の輝かしい行動をすべてとって、王女と結婚することを望んでいる。屋敷のまえを通りすぎたときには、立ち止まって眺めた。干からびた赤煉瓦《れんが》の壁、閉ざされた窓。老いたたくましい腕のように、茎と巻きひげで煙突にまでからみついている頑丈な緑のツタは、私を主人公にした豊かで魅力的な謎を作り出していた。もちろんエステラがその中心にいて、命を吹きこんでいる。それほどまでに私は彼女の虜《とりこ》になり、彼女を巡る想像や希望に取り憑かれ、少年時代の生活や性格に多大な影響を与えられていたが、その憧《あこが》れに満ちた朝でさえ、私は現実のエステラを超えるなんらかの性質を彼女につけ足してはいなかった。ここでこんなことを述べるのは、迷路に入りこんでしまった哀れな自分のあとをたどるよすがにしてほしいという、確たる目的があるからだ。私自身の経験によれば、恋する人間について一般に考えられていることとは、かならずしも正しくない。私が大人の男としてエステラを愛したのは、たんに彼女が抗しがたいほど魅力的だったから——それが掛け値なしの真実である。はっきり言っておく。悲しいことに、私は道理に反し、見込みもなく、心の平安も得られず、希望も潰《つい》え、幸せも感じず、あらんかぎりの失望が見えているというのに、それでも彼女を愛していると、四六時中ではないにしろ、たびたび意識していた。はっきり言えば、私はそういうことがわかっていても、彼女を愛していた。わかっていても感情を抑える役には立たなかった。それは、彼女を完全無欠な人間だと心から信じていたとしても同じだったはずだ。

　私は昔かよっていたときと同じ時刻に門に着くように歩いていった。震える手で呼び鈴を鳴らし、門に背を向け、深呼吸をして心臓の鼓動をいくらか落ち着かせようとした。家の横のドアが開き、中庭を人が近づいてくる音がしたが、門が錆《さ》びた蝶番《ちょうつがい》を軋《きし》らせて開いたときでさえ、私は聞こえないふりをした。

ついに肩に触れられたので、はっと気づいたように振り向いたが、眼のまえにいる地味な灰色の服の男を見て、本気で驚いた。ミス・ハヴィシャムの門番になっていようとは夢にも思わなかった人物だったのだ。

「オーリック！」

「おう、若旦那《わかだんな》、変わったのはおまえだけじゃないのさ。さあ、入れ、入れ。門を開けとくなって言われてんだ」

私が入ると、オーリックは門を閉め、鍵をかけて抜き取った。「そう！」私の先に立って頑《かたく》なに家のほうへ何歩か進んだあと、くるりと振り返って言った。「おれはここにいる！」

「どうやってここへ？」

「歩いてきたんだよ」オーリックは言い返した。「荷物は手押し車で運ばせた」

「ずっと《フォー・グッド》ここにいるのか？」

「悪いこと《フォー・ハーム》しにきたわけじゃないぜ、若旦那」

それはどうかな、と思った。私が返事を考えていると、オーリックは鈍重な視線を敷石から私の脚、腕、顔へと上げた。

「鍛冶場は辞めたのか？」私は訊いた。

「ここが鍛冶場に見えるか？」オーリックは傷ついたような表情であたりを見まわして答えた。「ほら、鍛冶場に見えるか？」

　私は、ガージェリーの鍛冶屋を辞めてどのくらいになるのかと訊いた。

「ここは毎日変わりばえしないから、数えてみなきゃわからん。けど、ここに来たのは、おまえがいなくなってしばらくたってからだな」

「そんなこと、言われなくたってわかるさ、オーリック」

「けっ！」彼はすげなく言った。「さすがは学者先生だ」

　そのころには家に着いていた。オーリックの部屋は横のドアを入ってすぐで、中庭が見える小さな窓がついていた。手狭なところは、パリによくある門番の部屋に似ていなくもない。壁に鍵がいくつかかかっていて、オーリックはそこに門の鍵を加えた。継ぎはぎだらけの上がけののったベッドは、仕切りの向こうの奥まったところにあった。部屋全体が人間ヤマネ〔訳注　ヤマネは冬眠が長いことから〝眠そうな人〟の意にもなる〕の檻《おり》のようにだらしなく、窮屈で、眠たげだった。そして窓の脇の陰になった隅にのっそりと暗くたたずむ彼は、ねぐらを設《しつら》えてもらった人間ヤマネのように見えた——実際にそうだったのだ。

「こんな部屋があるとは知らなかった」私は言った。「でも、ここに門番はいなかったはずだけど」

「そうさ。だが、この敷地に番人がいないって噂が広まってな。囚人だの人間のくずだのがうろうろしてるから危ないってことになったんだ。で、誰とでもやり合える男をってことで、おれが推薦されたのよ。おれもふいごで風を送ったり、ハンマーを振るったりするより楽だから、引き受けた——あれか、あれには弾が入ってるぞ」

炉棚の上にかけてある、銃床に真鍮《しんちゅう》を用いた銃に私の眼が吸い寄せられているのを、オーリックは自分の眼で追っていた。

「さて」もう会話はしたくなかったので、私は言った。「ミス・ハヴィシャムのところに上がってもいいかな？」

「知るかよ！」オーリックはまず背を伸ばし、体を震わせながら言った。「おれが受けた指示はここまでだ、若旦那。このハンマーでこのベルを叩いたら、おまえは誰かに会うまでこの廊下を進んでいくんだ」

「ミス・ハヴィシャムは、ぼくが来ることはわかってるんだろう？」

「なおさら知るか！」彼は言った。

そこで私は、最初に来たときに分厚いブーツで歩いた長い廊下を進んだ。オーリックが鳴らしたベルがまだ響いているうちに端まで来ると、セイラ・ポケットがいた。

彼女はどうやら私のせいで体じゅうが緑と黄色になってしまったようだった。

「まあ！　あなたね、ミスター・ピップ？」

「そうです、ミス・ポケット。ミスター・ポケットのご家族は、喜ばしいことにお元気ですよ」

「あの人たち、少しは賢くなったかしら」セイラは気重そうに首を振りながら言った。「元気でいるより賢くなったほうがいいわ。ああ、マシュー、マシュー！　行き方はわかりますね？」

　暗い階段を何度ものぼったので、だいたいわかっていた。この日は昔より軽い靴でのぼり、ミス・ハヴィシャムの部屋のドアを昔のように叩いた。「ピップの叩き方ね」すぐに彼女の声がした。「お入りなさい、ピップ」

　ミス・ハヴィシャムは昔と同じテーブルの近くの椅子《いす》に坐り、昔と同じドレス姿で、両手を杖《つえ》の持ち手に重ねて置き、そこに顎《あご》をのせて暖炉の火を見つめていた。そのそばに、一度もはかれたことのない白い靴の片方を持って坐り、うつむいてそれを見ている上品な婦人がいた。私の知らない人だった。

「お入りなさい、ピップ」ミス・ハヴィシャムが振り返らず、顔を上げもせずにつぶやいた。「さあ入って、ピップ。元気だった、ピップ？　あら、手にキスをしてくれるんだね、まるでわたしが女王みたいに、ね？——それで？」

彼女は急に顔を上げ、眼だけを私に向けて、意地悪くふざけるような調子でくり返した。

「それで？」

「ミス・ハヴィシャム」私は当惑して言った。「ぼくの訪問を望んでおられると聞きましたので、こうしてすぐにうかがったのですが」

「それで？」

見たことのなかった女性が眼を上げ、茶目っ気たっぷりにこちらを見た。そのとき私は、彼女の眼がエステラの眼であることに気づいた。しかし昔とは別人のように変わり、あまりにも美しく、女性らしくなって、あらゆる点で格段に魅力を増していたので、私自身はまったく変わっていないような気がした。彼女を見ていると、自分がまた絶望的にがさつで卑しい少年に逆戻りしたようだった。エステラとは住んでいる世界がちがう、自分は不釣り合いだという感覚に襲われ、どうしても手が届かないように思えたのだ！

彼女は握手の手を差し出した。私は、また会えてうれしい、とても長いあいだこのときを待っていたという趣旨のことを、たどたどしく述べた。

「エステラはずいぶん変わったと思う、ピップ?」ミス・ハヴィシャムが貪欲《どんよく》な表情で訊き、ここに坐りなさいと、女性ふたりのあいだの椅子を杖で叩いた。

「入ってきたときには、ミス・ハヴィシャム、姿形にエステラらしいところはないと思ったのですが、いまは不思議なくらいすべてが昔の――」

「何? 昔のエステラと言うつもりじゃないでしょうね?」ミス・ハヴィシャムは途中でさえぎった。「昔のエステラは傲慢《ごうまん》で失礼だった。あなたは逃げ出したいと思ったでしょう。もう忘れたの?」

私はどぎまぎして、それは昔の話であり、いまはもっとものがわかっているというふうなことを答えた。エステラは涼しい顔で微笑《ほほえ》んで、まさに私の言うとおりであり、あのころ自分はとても嫌な人間だったと応じた。

「彼は変わった?」ミス・ハヴィシャムは彼女に訊いた。

「とても」エステラは私を見ながら言った。

「まえほどがさつで卑《いや》しくなくなった?」ミス・ハヴィシャムはエステラの髪を弄《もてあそ》びながら訊いた。

エステラは笑い、手に持った靴を見てまた笑い、私を見て、靴をおろした。依然として私を子供扱いしているが、私は彼女に惹《ひ》かれるばかりだった。

われわれは夢のような部屋のなかで、かつて私に大きな影響を与えた不思議な力に包まれていた。エステラはフランスから帰国したばかりで、これからロンドンに行くということだった。昔のように誇り高く、気まぐれではあったけれど、そうした性質は完全に美貌《びぼう》の配下にあり、彼女の美しさから切り離すことは（少なくとも私にとっては）不可能だし、不自然だった。私の少年時代をかき乱した金銭や品のよさへの憧れも、初めてわが家やジョーのことを恥ずかしいと思わせた身勝手な野望も、彼女の顔を炉で燃える火のなかに浮かび上がらせ、鉄床の鉄から打ち出し、夜の闇《やみ》から引き出して鍛冶場の木の窓からなかをのぞかせ、たちまち消し去る幻想も、エステラという存在から決して切り離すことはできなかった。要するに、過去にしろそのときにしろ、私の人生の最深部とエステラを分けて考えることはできなかったのだ。

その日は屋敷ですごし、夜宿に戻って、翌日ロンドンに帰ることになった。しばらく話したあと、ミス・ハヴィシャムは私たちふたりを荒れ放題の庭に送り出し、散歩から戻ってきたらまた少し昔のように車を押してほしいと言った。

そこで私とエステラは、門を抜けて庭に出た。かつてこの門を通ってぶらぶらしていたときに、顔色の悪い若い紳士、のちのハーバートと出会ったのだった。私は心のなかで打ち震え、彼女のドレスの裾《すそ》さえ崇《あが》めていた。一方、彼女は落ち着き払って、私の服の裾など見向きもしなかった。出会いの場に近づくと、エステラは立ち止まって言った。

「わたし、変わり者だったわね。あの日こっそりあの闘いを見たりして。でも、とても愉《たの》しかった」

「きみはすばらしい褒美《ほうび》をくれたよ」

「そう？」エステラは、そんなことがあったろうか、忘れてしまったという風情《ふぜい》で答えた。「あなたの相手にかなり反感を憶《おぼ》えた記憶があるわ。わたしにしつこくつきまとうために来たみたいで、嫌だったから」

「いま彼とはすごく仲がいい」

「そうなの？　そう言えば、彼のお父さんに勉強を習っているという話だった？」

「ああ」

　認めるのは気が進まなかった。まるで子供のような感じがしたし、彼女はすでに充分私を子供扱いしていたからだ。

「運が開けて財産が入るようになってから、つき合う相手も変わったのね」エステラは言った。

「当然だ」

「そして必然的に」彼女は高慢な調子でつけ加えた。「昔は気が合った仲間が、いまのあなたには合わないことになる」

私の良心のなかに、まだジョーに会いにいくという意図が残っていたかどうかははなはだ疑問だが、かりに残っていたとしても、そのひと言で吹っ飛んでしまった。

「あのころ、たいへんな幸運が舞いこむとは夢にも思っていなかった？」エステラはわずかに手を振って、ハーバートと私が殴り合ったころのことだと示した。

「これっぽっちも」

私の横を歩くエステラの充足した上位者の雰囲気と、彼女の横を歩く私の未熟で卑屈な雰囲気はあまりにも対照的だと思った。自分のことを、彼女のために選ばれて配偶者になる身と考えていなければ、そのちがいはなおさら私を苦しめたことだろう。

庭じゅう雑草が伸び放題で、楽に歩けなかった。二、三回そこを巡ったあと、私たちはまた醸造所の中庭に出た。ここに来た最初の日、エステラが樽《たる》の上を歩いていた正確な場所を指し示すと、彼女は興味なさげに冷たい視線を投げて、「そう？」と言った。彼女がかつて家から出てきて私に肉と飲み物を与えた場所を教えても、「憶えてないわ」と答えた。「ぼくを泣かしたことも憶えてない？」と訊《き》くと、「ええ」と言い、首を振って、まわりを見た。エステラがすっかり忘れ、気にもしていないことに、私はいま一度心のなかで泣いた――それがもっとも胸を刺し貫く泣き方である。

「わかってるでしょうけど」エステラは麗《うるわ》しく才気あふれた女性らしく下の者を思いやるような態度で言った。「わたしには心がないの――心と記憶が関連していればだけど」

それはちがうと思う、といったことを私はくだくだしく述べた。ぼくにはわかる、心《ハート》がなくてこんなにきれいなことなどありえない、と。

「ああ、刺されたり撃たれたりする心臓《ハート》はあるわよ、まちがいなく」エステラは言った。「もちろん、それが鼓動を打つのをやめれば、わたしも存在しなくなる。でも、言いたいことはわかるでしょう。わたしにはやさしさがない。そう、同情も感傷もないし、馬鹿げたことは受けつけない」

彼女がじっと立って私を真剣に見つめたとき、わが心に浮かんだあれはいったい何だったのだろう。ミス・ハヴィシャムのなかに見た何か？　ちがう。たしかにエステラの外見や立ち居ふるまいには、どことなくミス・ハヴィシャムと似ているところがある。子供が世の中から隔離されて大人と深くつき合うと、よくそういう類似が現れ、成長したあとも、ふだんはまったくちがう顔に驚くほど似かよった表情が浮かぶときがある。しかし、私が感じたのはミス・ハヴィシャムの何かではなかった。もう一度、エステラを見た。彼女はまだこちらを見つめていたが、その何かは消えてしまった。

あれは何だったのか。

「まじめに言ってるの」エステラは眉間にしわを寄せるというより（あくまで額はなめらかだった）、顔を曇らせて言った。「わたしたち、これからいっしょにいることが増えるのなら、それはいますぐ信じてもらったほうがいいわ。いいえ！」と口を開きかけた私を苛立《いらだ》たしげに止めて、「わたしはどこにもやさしい気持ちを向けたことがない。そんなものは持ち合わせていないの」

いつの間にか、使われなくなって久しい醸造所のなかに入っていた。エステラは、あの最初の日に彼女が歩いていた上方の回廊を指差し、あそこから下で怯《おび》えて立っているあなたが見えたのを憶えていると言った。その白い手を眼で追ううちに、また先ほどのつかもうとしてもつかめない漠とした感覚が甦った。思わず息を呑《の》んだので、エステラは私の腕に触れた。その幻影はふたたび現れたと見る間に消えてしまった。

あれは何だったのか。

「どうしたの？」エステラが訊いた。「また怖くなった？」

「きみがいま言ったことを信じたら、怖くなって当然だ」私は答えて、話題をそらそうとした。

「つまり、信じないのね？　別にかまわないわ。言うべきことは言ったから。もうすぐミス・ハヴィシャムが、あなたに昔の仕事をやらせようとするでしょうね。わたしはもうそれも、ほかの古いものといっしょに捨ててしまっていいと思うのだけれど。もう一度、庭を巡ってなかに戻りましょう。さあ！　今日はひどいことを言って泣かしたりしないから。わたしの小姓になって肩を貸して」

美しいドレスの裾が地面をこすっていた。エステラは片手でそれを持ち上げ、もう一方の手で軽く私の肩に触れて歩いた。荒れた庭をさらに二、三回巡ったが、私にとってそこは花盛りの庭だった。たとえ古い壁の割れ目から生えた黄色や緑の雑草が貴重この上ない花々だったとしても、あれほど思い出のなかに大切にしまわれることはなかっただろう。

ふたりを遠く隔てる歳《とし》の差はなく、当然彼女のほうが上には見えるものの、年齢はほぼ同じだった。しかし私は、わが恩人が私たちを結びつけるつもりであることを心から確信し、喜んでいるさなかでさえ、エステラの美しさと態度が醸《かも》し出す近寄りがたさにひどく苦しめられた。なんと哀れな若者！

ようやく家のなかに戻ると、意外にも私の後見人が仕事でミス・ハヴィシャムを訪ねてきたらしく、夕食時にまた立ち寄るということだった。私たちがいないあいだに、カビだらけのテーブルがある部屋の冬枯れのような古いシャンデリアに灯がともり、ミス・ハヴィシャムは椅子に坐って私を待っていた。

婚礼の祝宴の残骸《ざんがい》のまわりを昔のようにゆっくりと進みはじめると、椅子そのものを過去に向かって押しているような気がした。だが、葬儀を思わせる部屋のなか、墓から甦ったような姿が椅子の背にもたれてじっと見つめているまえで、エステラは以前にも増して輝かしく、美しく見え、私はいっそう強く魅了された。

時は溶けるように流れ、早めの夕食の時間が近づいてきて、エステラは着替えのために席をはずした。私たちは長いテーブルのまんなかあたりで止まり、ミス・ハヴィシャムは椅子からしおれた片腕を伸ばして、握った拳《こぶし》を黄色いテーブルクロスの上に置いた。部屋から出るまえにエステラが振り返ると、ミス・ハヴィシャムは自分のその手にキスをして、彼女に投げた。その貪欲に思いつめたような身振りに、私はある種の恐怖を覚えた。

エステラが出ていってふたりきりになると、ミス・ハヴィシャムは私のほうを向いてささやいた。

「あの子はきれいで、品があって、立派に成長してるだろう？　あなたはあの子のことが好き？」

「彼女を見たら誰だって好きになりますよ、ミス・ハヴィシャム」

ミス・ハヴィシャムは私の首に手をまわし、坐ったまま私の頭を自分のほうへ引き寄せて言った。「あの子を愛して、愛して、愛しなさい！　あなたに対するあの子の態度はどう?」

　私が答えるまえに（そのあまりにもむずかしい質問に答えられたとして）、彼女はくり返した。「あの子を愛して、愛して、愛しなさい！　あの子が好意を示したら、愛してやりなさい。たとえあなたを傷つけても、愛してやりなさい。あなたの心をずたずたに引き裂いても――あなたの心が歳を重ねて強くなればなるほど、傷は深くなる――愛して、愛して、愛して、愛しなさい！」

　ミス・ハヴィシャムがこのことばを発したときほどの真剣な情熱を、私は目にしたことがなかった。首にかかった彼女の腕のか細い筋肉が、激情でふくらむのを感じた。

「いいこと、ピップ。わたしがあの子を養女にしたのは、愛されるようにするため。愛されるように育て、教育したの。いまのような愛される娘に育て上げた。だから愛しなさい！」

　これだけくり返すということは、本気で言っているにちがいないが、彼女の唇からくり返し出てくることばが〝愛〟ではなく、〝憎悪《ぞうお》〟や〝絶望〟や〝復讐《ふくしゅう》〟やむごたらしい〝死〟であったとしても、これほど呪いのように聞こえることはなかっただろう。

「よくお聞き」ミス・ハヴィシャムは、同じ息せき切った情熱的なささやき声で言った。「本物の愛とはね、やみくもな献身、無条件の自己卑下、完全な服従、己の意に反しても、世界じゅうを敵にまわしても、わが心を奪う者を信じてすがり、全身全霊を捧げることよ――わたしがそうしたように！」

そう言って荒々しく叫んだミス・ハヴィシャムの腰に腕をまわして、私は椅子に押し戻した。彼女が屍衣のようなドレスで立ち上がり、いっそ壁にぶつかって死にたいというほどの勢いで宙に飛び出したからだ。

それはほんの数秒のことだった。ミス・ハヴィシャムをまた椅子に坐らせたとき、憶えのあるにおいを感じて振り返ると、わが後見人が部屋に入っていた。

ジャガーズ氏はいつも非常に大きな高級シルクのハンカチを持ち歩き（これについてはまだ述べていなかったと思う）、それが仕事のうえでとても役立っていた。いまから鼻をかみますぞと言わんばかりに、ものものしく彼がハンカチを広げたとき、依頼人や証人がびくっとするのを見たことがあった。そして鼻をかむまえに尻尾《しっぽ》を出してもらおうというふうに手を止めると、依頼人や証人は当然のごとく、すぐに尻尾を出す。部屋にいるジャガーズ氏は、この表情豊かなハンカチを両手で持ち、私たちを見ていた。私と眼が合うと、一瞬静かに動きを止めて、「ほう、これは珍しい！」と言い、またハンカチを使ってめざましい効果をあげた。

ミス・ハヴィシャムは私と同時に彼に気づき、（誰もがそうなるように）この相手を怖《おそ》れた。懸命に落ち着こうとしながら、途切れがちに、いつも時間に正確ですねと言った。

「いつも時間に正確です」ジャガーズ氏は鸚鵡《おうむ》返しに言って、近づいてきた。「（元気かな、ピップ？　椅子を押しましょうか、ミス・ハヴィシャム？　ひとまわりします？）ここにいたのか、ピップ」

私は、いつ着いたかということや、エステラに会わせようとミス・ハヴィシャムが招いてくれたことについて話した。それを聞いて彼は、「ああ！　とてもきれいなお嬢さんだ！」と言い、ミス・ハヴィシャムの椅子を大きな手の片方でうしろから押した。もう一方の手は、大事な秘密でも詰まっているのか、ズボンのポケットに突っこんでいた。

「ところで、ピップ！　ミス・エステラとどのくらい会ったことがあるんだ？」ジャガーズ氏は止まったときに訊いた。

「どのくらい？」

「何回会ったのかということだ。一万回か？」

「ああ！　もちろん、そんなには会ってません」

「二回とか？」

「ジャガーズ」ミス・ハヴィシャムが割りこんだので、私は大いにほっとした。「そうピップを責めないで、いっしょに食事に行ってらっしゃい」

　ジャガーズ氏はそのことばにしたがい、私たちは手探りで暗い階段をおりた。敷石の中庭を横切って離れに向かう途中で、彼は、ミス・ハヴィシャムがものを食べたり飲んだりするところを何回見たことがあるかと尋ね、いつものように、百回から一回までの選択肢を示した。

　私は考えて、答えた。「一度もありません」

「これからも永遠にない、ピップ」ジャガーズ氏は眉根《まゆね》を寄せて微笑みながら言った。「ここでこういう生活をしはじめてから、飲み食いしているところを、決して人に見せないのだ。夜歩きまわって、そのへんにあるものを食べている」

「あの」私は言った。「質問してもいいでしょうか」

「したまえ。答えないかもしれんがな。とにかく言ってみなさい」

「エステラの名前です。ハヴィシャムですか？　それとも――」ほかに思いつく名前はなかった。

「それとも？」

「ハヴィシャムなんですか？」

「ハヴィシャムだ」

　そこまで話したところで食卓に着いた。エステラとセイラ・ポケットが私たちを待っていた。ジャガーズ氏が上座につき、エステラがその対面、私は黄色と緑の友人と向かい合った。豪華な食事で、給仕を務めたのは私がそれまで一度も見たことのないメイドだった。が、おそらく私が出入りしはじめるまえからこの不思議な屋敷にいたにちがいない。食後にとっておきの年代物のポートワインがわが後見人のまえに出てくると（彼は明らかにそのワインにくわしかった）、女性ふたりは部屋から出ていった。

　あの屋根の下におけるジャガーズ氏の断固たる寡黙《かもく》さは、ほかのどこでも（彼自身のなかにも）見たことがなかった。食事中は完全に内にこもった表情で、ほぼ一度もエステラの顔に眼を向けなかった。話しかけられれば聞いて、ほどよいところで答えるのだが、彼女のほうはいっさい見なかったと思う。一方、エステラは不信感を抱いているのではないにせよ、興味津々《しんしん》という体でたびたびジャガーズ氏を見ていた。それに対して彼は素知らぬ顔で、食事のあいだじゅう、私との会話で何度も財産贈与の件を持ち出しては、セイラ・ポケットをますます黄色と緑にすることに冷ややかな喜びを見出《みいだ》していた。ジャガーズ氏はここでも、私のほうから財産の話をしたがっているように見せかけた。どうやったのかはわからないが、私は悪意なくその話を引き出されたのだ。

ふたりきりになると、ジャガーズ氏は蓄えた情報を吟味するようにじっと坐っていて、私は耐えられなくなった。手持ち無沙汰《ぶさた》になると、彼はワインを反対尋問にかけた。グラスを蠟燭《ろうそく》のまえに掲げ、味を確かめ、口のなかで転がし、飲み下し、またグラスを見て、においを嗅《か》ぎ、味見し、飲み、もう一度グラスを満たし、さらに尋問する。しまいに私は、このワインは私に不利な証言をしているにちがいないという不安に駆られた。三、四度、なんとなく話題を振ろうかとも思ったが、ジャガーズ氏は、こちらが何か訊こうとしているのに気づくたびに、グラスを手に、口のなかでワインを転がしながら、訊いても無駄だぞ、答えられないから、とたしなめるように私を見るのだった。

ミス・ポケットは、私を見つづけていると気が変になり、モスリンのモップのような不気味な帽子を頭から引きはがして、あの頭から生えたとはとても考えられない髪の毛を床にまき散らしてしまうとわかっていたのだろう。食後に私たちがミス・ハヴィシャムの部屋に上がったときには、どこかに消えていた。われわれ四人はホイストをした。ミス・ハヴィシャムは、男ふたりがいないあいだに、ふとした思いつきで化粧台から最高にきれいな宝石を選んで、エステラの髪や胸元や腕に飾っていた。豊かな輝きと色合いを身にまとったエステラの美しい姿が眼のまえに現れると、わが後見人でさえ濃い眉の下からそれを見て、ほほうというように心持ち眉を上げた。

ジャガーズ氏が私たちの切り札をことごとく取り上げ、終盤では、ほんの小さな札で私たちの高貴なキングやクイーンを楽々と打ち負かしたことについては、言うをまたない。彼が残りの三人それぞれを、謎《なぞ》めいたところがまるでない、わかりやすすぎる人格だとずっとまえから見切っていたことについても。私がつらかったのは、ジャガーズ氏の冷ややかな態度と私のエステラに対する思いが相容《あいい》れないことだった。ジャガーズ氏にエステラの話をする気になれないとか、彼がエステラに向かってブーツを鳴らすのを聞いたり、彼女に会ったあとで手を洗うのを見たりしたくない、といった問題ではなかった。ジャガーズ氏のすぐそばでエステラを賛美していること、自分のそんな感情が彼と同じ場所にあることが、どうにも苦しかったのだ。

私たちは九時までカードで遊んだ。エステラがロンドンに来るときには、私に連絡が入り、馬車駅まで迎えにいくという取り決めができた。私は彼女に別れの挨拶《あいさつ》をして、軽く手に触れ、立ち去った。

わが後見人は〈青猪《あおいのしし》〉亭で私の隣の部屋に泊まった。私の耳には、夜遅くまでミス・ハヴィシャムの「あの子を愛して、愛して、愛しなさい！」ということばが響いていた。私はそれを都合よく改変し、枕《まくら》に向かって「彼女を愛して、愛して、愛している！」と何百回も唱えた。すると突如、しがない鍛冶屋《かじや》の見習いだった自分とエステラが結ばれる運命にあることに感謝の念が湧《わ》き起こった。そして、あいにくエステラがその運命に有頂天になるほど喜んでいないとしたら、いつ私に興味を抱きはじめるだろうと思った。いま静かに眠っている彼女の心を、いつ目覚めさせるべきだろう、と。

なんたることだ！　私はそうした感情を尊く偉大だと思っていた。一方で、ジョーを遠ざけておくことを低劣だとはちっとも思わなかった。エステラがジョーを軽蔑《けいべつ》するのはわかっていたからだ。ジョーが私の眼に涙をあふれさせたのは、ついこのあいだのことなのに、その涙はすぐに乾いてしまった。神様、お赦《ゆる》しを！　本当にすぐに乾いてしまったのだ。

上巻、了

本書は訳し下ろしです。本作品中には、今日の観点からは差別的表現ともとれる箇所がありますが、作品の持つ文学性ならびに芸術性、また、歴史的背景に鑑み、原書に出来る限り忠実な翻訳としたことをお断りいたします。（新潮文庫編集部）

J・ヒルトン
白石朗訳

チップス先生、さようなら

自身の生涯を振り返る老教師。生徒の愉快な笑い声、大戦の緊迫、美しく聡明な妻。英国パブリック・スクールの生活を描いた名作。

ルナール
高野優訳

にんじん

赤毛でそばかすだらけの少年「にんじん」を、母親は折りにふれていじめる。だが、彼は負けず生き抜いていく――。少年の成長の物語。

O・ヘンリー
小川高義訳

賢者の贈りもの
―O・ヘンリー傑作選I―

クリスマスが近いというのに、互いに贈りものを買う余裕のない若い夫婦。それぞれが一大決心をするが……。新訳で甦る傑作短篇集。

O・ヘンリー
小川高義訳

最後のひと葉
―O・ヘンリー傑作選II―

風の強い冬の夜。老画家が命をかけて守りたかったものとは――。誰の心にも残る表題作のほか、短篇小説の開拓者による名作を精選。

O・ヘンリー
小川高義訳

魔が差したパン
―O・ヘンリー傑作選III―

堅実に暮らしてきた女の、ほのかな恋の悲しい結末をユーモラスに描いた表題作のほか、短篇小説の原点へと立ち返る至高の17編。

J・ウェブスター
岩本正恵訳

あしながおじさん

孤児院育ちのジュディが謎の紳士に出会い、ユーモアあふれる手紙を書き続け――最高に幸せな結末を迎えるシンデレラストーリー！

J・ウェブスター
畔柳和代訳

続あしながおじさん

お嬢様育ちのサリーが孤児院の院長に?! 慣習に固執する職員たちと戦いながら、院長としての責任に目覚める――。愛と感動の名作。

フローベール
芳川泰久訳

ボヴァリー夫人

恋に恋する美しい人妻エンマ。退屈な夫の目を盗み重ねた情事の行末は？ 村の不倫話を芸術に変えた仏文学の金字塔、待望の新訳！

M・ミッチェル
鴻巣友季子訳

風と共に去りぬ（1～5）

永遠のベストセラーが待望の新訳！ 明るく、私らしく、わがままに生きると決めたスカーレット・オハラの「フルコース」な物語。

ジョイス
柳瀬尚紀訳

ダブリナーズ

20世紀を代表する作家がダブリンに住む人々を描いた15編。『フィネガンズ・ウェイク』の訳者による画期的新訳。『ダブリン市民』改題。

スタインベック
大浦暁生訳

ハツカネズミと人間

カリフォルニアの農場を転々とする二人の渡り労働者の、たくましい生命力、友情、ささやかな夢を温かな眼差しで描く著者の出世作。

スタインベック
伏見威蕃訳

怒りの葡萄（上・下）
ピューリッツァー賞受賞

天災と大資本によって先祖の土地を奪われた農民ジョード一家。苦境を切り抜けようとする、情愛深い家族の姿を描いた不朽の名作。

B・クロウ
村上春樹訳

さよならバードランド
―あるジャズ・ミュージシャンの回想―

ジャズの黄金時代、ベース片手にニューヨークを渡り歩いた著者が見た、パーカー、マイルズ、モンクなど「巨人」たちの極楽世界。

B・クロウ
村上春樹訳

ジャズ・アネクドーツ

ジャズ・ミュージシャンが残した抱腹絶倒、荒唐無稽のエピソード集。L・アームストロング、M・デイヴィスなど名手の伝説も集めて。

ライマン・フランク・ボーム
畔柳和代訳

サンタクロース少年の冒険

一人の赤ん坊が、世界に夢を与える聖人に成長するまでの物語。『オズの魔法使い』の作者が子どもたちのために書いた贈り物。

中里京子訳

チャップリン自伝
―若き日々―

どん底のロンドンから栄光のハリウッドへ。少年はいかにして喜劇王になっていったか？感動に満ちた前半生の、没後40年記念新訳！

中里京子訳

チャップリン自伝
―栄光と波瀾の日々―

アメリカン・ドリームを体現した放浪紳士は華麗な社交生活を送るが、戦後「赤狩り」で米国を追放される。喜劇王の数奇な人生！

J・G・ロビンソン
高見　浩訳

思い出のマーニー

心を閉ざしていたアンナに初めてできた親友マーニーは突然姿を消してしまって……。過去と未来をめぐる奇跡が少女を成長させる！

M・クマール
青木薫訳

量子革命
—アインシュタインとボーア、偉大なる頭脳の激突—

現代の科学技術を支える量子論はニュートン以来の古典的世界像をどう一変させたのか？量子の謎に挑んだ天才物理学者たちの百年史。

J・ニコルズ
村上春樹訳

卵を産めない郭公

東部の名門カレッジを舞台に描かれる60年代アメリカの永遠の青春小説。村上春樹による瑞々しい新訳！《村上柴田翻訳堂》シリーズ。

E・レナード
村上春樹訳

オンブレ

「男《オンブレ》」の異名を持つ荒野の男ジョン・ラッセル。駅馬車強盗との息詰まる死闘を描いた傑作西部《ウェスタン》小説を、村上春樹が痛快に翻訳！

I・マグワイア
高見浩訳

北氷洋
—The North Water—

捕鯨船で起きた猟奇殺人、航海をめぐる陰謀、極限の地での死闘……新時代の『白鯨』とも称される格調高きサバイバル・サスペンス。

バーネット
畔柳和代訳

秘密の花園

両親を亡くし、心を閉ざした少女メアリ。ヨークシャの大自然と新しい仲間たちとで起こした美しい奇蹟が彼女の人生を変える。

H・マロ
村松潔訳

家なき子（上・下）

自らが捨て子だと知ったレミは、謎の老芸人に引き取られて巡業の旅に出る。別れることのない真の家族と出会うことができるのか。

Title : GREAT EXPECTATIONS (vol. I)
Author : Charles Dickens

大《おお》いなる遺《い》産《さん》(上)

新潮文庫　テ－3－1

令和二年五月一日発行

訳者　加《か》賀《が》山《やま》卓《たく》朗《ろう》

発行者　佐藤隆信

発行所　株式会社新潮社

郵便番号　一六二―八七一一
東京都新宿区矢来町七一
電話　編集部(〇三)三二六六―五四四〇
　　　読者係(〇三)三二六六―五一一一
https://www.shinchosha.co.jp

価格はカバーに表示してあります。

乱丁・落丁本は、ご面倒ですが小社読者係宛ご送付ください。送料小社負担にてお取替えいたします。

印刷・株式会社光邦　製本・株式会社大進堂

ISBN978-4-10-203015-8 C0197